U0024619

大話英雄
2 絕代風華
龍人 策劃
易刀◎著

故事背景

神州八六二年。

魔人肆虐，寇邊長達十三年，其中爆發數次人魔大戰。

神州英雄因而輩出。

其中最爲後人傳頌不止的，是一位名叫談容的大英雄。

與此同時，臥龍鎭上的如歸樓中，亦出現了一位名不見經傳的丑角人物：談寶兒。

雖然姓氏相同，但長相、武功、性格、命運截然不同的這兩個人，在如此群魔亂舞、晦暗不明的亂世中，將有著什麼樣的交集？

又將帶給神州大陸什麼樣的衝擊？

談寶兒的人生又將產生什麼樣的巨變？

重要地標

＊臥龍鎮——

一個接近龍州前線的邊陲小鎮。神州八六二年，第二次人魔戰爭爆發，想發戰爭財的精明商人聚集到這裏，沿驛道兩側建屋築鋪，頗有規模。龍州總督司徒崛下令准予成鎮，並親自賜名臥龍。鎮上人人是臥龍，處處有狗熊。因此鎮上非但不見彪悍的民風，反是每至夜晚月明時分，只聞笙歌處處，脂香浮動，呼喝歡笑之聲相聞，一派溫柔鄉景象。

＊如歸樓——

臥龍鎮上唯一的客棧，也是酒樓和茶社。老闆名談松。樓中固定有說書人暢說古今，成爲當地人打發時間的最佳去處。

＊倚月樓——

京城三大名樓之一。

＊秦州——

地處蒼瀾江支流馳江的下游，北接湘城，東連夢州，西對雲州；本身亦是一個巨大的糧倉，自古即軍事要地。

＊天河——

位於葛爾草原旁，是神州子民心中最重要的一條河，有「天下第一河」之稱。自東海發

重要地標

源，由東向西，最後流入至西的崑崙山的滔天谷，之後鑽入地下水脈，神秘失蹤不見。河水沖積所成的天河平原，更是神州三大糧倉之一。

＊蒼瀾江——

發源於南疆的神女峰，縱橫南北，最後流入北溟。是神州兩大水源之一。

＊樂遊原——

大風城北著名的平原，綿延約莫二十里。

＊寒山——

位於樂遊原最北的一座大山。水月庵正是在寒山之巔。

＊閉月宮——

楚國後宮。因宮前廣場中央有個巨大的人工湖泊，夜晚時，可以清晰地看見圓月入湖，倒影成璧，因此得名。

爆笑小字典

＊雲騎——

大夏國最神駿的馬。通體雪白，四蹄上各生有一圈如鳥羽似的長毛，奔跑的時候，幾乎足不沾地，落地聲音極輕，如包了棉花一樣。萬馬馳騁時，遠遠看去像極了天上白雲奔流，並且無聲無息，因此得名。

＊葛爾草原四大部族——

分別是莫克族、龍血族、天池族和胡戎族。

＊神州三大門派——

爲禪林寺、天師教和蓬萊島。分別代表了神州三種主流的法術形式精神術、符咒和陣法。精神術重視人本身的修養，所以法術都和人的精神有關；天師教偏重於物，最擅長的是畫符，以符咒驅使世間一切的物體。蓬萊島的法術則以陣法爲主，借陣法可以引導出天地的威力來誅殺敵人。

＊四大天人——

人族公認的四位最頂尖的高手，分別爲楚接魚、枯月禪師、張若虛和羅素心。

＊「觀海雲遠」——

指京城四大美人，「觀海雲遠」則是四個人的名字縮寫。「觀」指城外水月庵的秦觀雨，「海」指怡紅樓的頭牌駱滄海，「雲」指大夏永仁帝的幼女雲蒹公主；「遠」則指戶部尚書楚天雄的女兒楚遠蘭。

＊四大藩國——

分別是神州東邊的東海群島，西邊的戈壁西域，南邊的雲夢南疆和北邊的葛爾草原部落。後葛爾部落分裂，只剩下了三大藩國。

＊四大神物——

包括西域火獅、南疆天蠶、北池大鵬和東海神龍四種神州極其難得一見的神獸。

＊夜騎——

大夏朝廷最秘密的情報機構，爲天子御用。

＊禁軍三營——

指金箭、金吾和金翎三營。其中以金翎營的人數最多、戰力最強。

＊《南疆遊記》——

作者爲陸子遷，是一位了不得的才子，才華橫溢。書中以介紹南疆的風土人情爲主。

＊《御物天書》——

寒山派的鎮山寶典，內容除爭鬥之術，並包含許多修行之要，是寒山派門人修成正果之不二法門。向來只傳給掌門聖尼。

＊《河圖洛書》——

上古時候禹神治水時所留下，記載了神州所有明流暗河的位置，像極了一副脈絡圖，故被稱為《河圖洛書》。與廣寒仙子的《星河璀璨譜》共稱為天文地理界的至寶！

＊昊天盟——

神州三大黑幫之一最厲害者。由楚接魚領導，敢於直接對抗朝廷，被朝廷稱為盟匪。

＊聽風閣——

以武風吟為首。專門從事暗殺、投毒、買賣情報等恐怖活動。亦是神州三大黑幫之一。

＊偷天公會——

神州三大黑幫之中為神秘者。最初是由一群志同道合的小偷和強盜組織起來的，該組織以努力保障每個小偷和強盜能善終為最初宗旨，後來竟發展成一股神秘而強大的勢力。他們的首領偷天王，每十年召開一次大會，民主選舉一次，標榜「切磋偷盜技術，提高偷盜效率，大力發揚偷盜事業」。

人物簡介

◎神州英雄

＊羿神——

人族所信奉的眾神之王。與天魔爲死對頭，水火不相容。

＊聖帝——

大夏王朝的開國大帝。華朝末年，災荒連年，民不聊生，魔人於此時寇邊，朝廷無力阻止，聖帝舉義旗驅魔，擊敗魔人，故由華朝末代帝君赤炎禪讓於聖帝，從此建立大夏王朝。

＊赤炎——

神州史上第一個朝代華朝的末代帝君。後禪讓給聖帝。

＊白笑天——

人稱「戰神」。以一人之力死守鎖龍關，力阻魔族三十萬大軍七日之久，最後光榮殉國。

＊「天師」張道——

自引天雷與三萬魔族精銳同歸於盡，被大夏國永仁陛下題字「英烈千秋」而名留後世。

＊張十三——

少年英雄。以一碗豆腐腦騙出魔族軍事情報。

＊秦半仙——

測字先生。憑一套女人衣物計殺魔族三名紅衣魔將。

＊談容——

年僅十七。身高八丈，目似銅鈴，拳大如斗，通天文地理，會五行遁甲，揮手生電，呵氣成雲。曾孤身一人闖入魔人百萬軍中，摘下了魔人主帥厲天的頭顱，名震天下。其「蹁躚凌波術」獨步天下。

＊談寶兒——

「如歸樓」中的小夥計。原爲流浪孤兒，被「如歸樓」老闆談松好心收養，長大即成「如歸樓」的店小二。其相貌平平，大字識不到一籮筐，通的是骰子牌九，會的是偷奸耍滑。卻因陰錯陽差，搖身一變，成爲大英雄談容的分身，也因此展開他爆笑無賴的一生。

人物簡介

◎傾城紅顏

＊若兒——
年約十六七歲，明眸皓齒，瓜子臉，並有一頭如墨雲似的長髮。英姿颯爽。

＊秦觀雨——
京城四大美女之一。居於水月庵中。

＊駱滄海——
怡紅樓的頭牌。亦爲京城四大美人之一。

＊雲蒹公主——
大夏國永仁帝的幼女。京城四大美人之一。

＊楚遠蘭——
談容的未婚妻。當今朝廷戶部尚書楚天雄的女兒，亦爲京城四大美人之一。

＊吳月娘——
昊天盟分堂「明月堂」堂主。年約二八，丰姿撩人。

＊楚小菊——
楚接魚的女兒。昊天盟三十六傑中的高手人物之一。擅使天月珠。

◎當代豪傑

＊枯月禪師——

禪林寺的代表人物。禪林寺四大長老之一。無法和尙的師父。

＊張若虛——

天師教的教主，亦是天師教法術集大成之代表人物。名列四大天人之一。法力通神。

＊楚天雄——

大夏國戶部尙書。楚遠蘭之父。與談容之父爲多年知交，因而結下兒女婚事。

＊羅素心——

蓬萊島的代表人物。

＊屠瘋子——

蓬萊山天音上人門下首席大弟子。因和張若虛打賭能破其九九窮方陣，竟自願藏身天牢長達三十年，苦心鑽研陣法。後將一身絕學盡數傳給了談寶兒後不幸離世。

＊楚接魚——

人物簡介

神州武學第一人，黑道第一幫派「昊天盟」的魁首。

＊無法和尚——

禪林門下弟子。被佛祖欽點爲繼承人，卻自願拜談寶兒爲老大。於星相之術頗有專精，有「天文達人」之稱。

＊寒山神尼——

寒山派開山祖師。

＊凌步虛——

賀蘭英的師父。原是張若虛的師弟，因和張若虛意見不和，後來離開天師教，闖蕩到南疆時被南疆王收留，留在王府中倚爲臂助，成爲王子少師。

＊冰火雙尊——

外型特異的兩個奇人。兩人雖年紀已大，留著山羊鬍，頭上卻梳了兩個沖天辮子，做童子打扮；還合穿一條巨肥的褲子。玄冰離合盾及冰火神劍是他們的拿手兵器。

＊凌虛七子——

凌步虛座下的七位高人。擅七極劍陣。

＊況青玄——

「神州十劍」之一。以操作風的力量而排在第六位，人稱「依風神劍」。

＊軒轅狂——

名列「神州十劍」之首。是十劍中唯一使用真劍的人。號稱「真劍無雙」。

＊問月——

「神州十劍」排名第五。以月光爲劍，號稱「問月神劍」。

＊楚問魚——

楚接魚的弟弟。號稱「鐵甲神」，一身護體真氣出神入化。爲昊天盟三十六傑之一。

＊程雪松——

天龍鏢局的鏢頭。縱橫江湖五十多年，所保的鏢卻從來沒有失過手，是談寶兒少年時的偶像之一。

人物簡介

◎相關要角

＊范正——

大夏國太師。

＊范成大——

范太師的獨子。三歲會罵粗口，五歲能吃七碗乾飯，人稱「京師第一神童」；七歲贏得京城蛐蛐大賽冠軍，十三歲時已成麻將協會榮譽會員。

＊張浪——

國師張若虛之子。與范成大爲無惡不作的好友。

＊何時了——

大夏國刑部尚書。年約四十。

＊龍護法——

昊天盟護法。曾大膽行刺大夏國君。

＊永仁帝——

大夏王朝當今天子。對談寶兒寵愛有加。

＊賀蘭耶樹——

南疆國王。久有謀反之心。

＊賀蘭英——

南疆王世子。與雲蒹公主訂有婚約。

＊秦雪——

大夏四大名將之一。駐紮於秦州。

＊秦長風——

秦州副將。

人物簡介

◎大漠兒女

＊黃天鷹——馬賊首領。橫行葛爾草原。

＊桃花——胡戎女子。艷若桃花。胡戎族長之女。

＊蘇坦——胡戎族族長。桃花之父。

＊哈桑——葛爾草原上另一支民族莫克族的族長。

＊木桑——莫克族第一勇士。

＊莫邪——莫克族昔年最偉大的神使。

◎神秘魔族

＊天魔——

傳說中魔族至高無上的信仰偶像。

＊厲九齡——

魔教教主。人稱「魔宗」。

＊厲天——

魔人主帥。厲九齡的第四弟子。魔人集結百萬大軍大犯龍州時，被談容摘下頭顱，魔人士氣大落，被龍州軍追殺出八百里，損失了五十多萬人，連失七座城池。

＊謝輕眉——

一代魔女。亦爲厲九齡的徒弟。風華絕代。曾施出劇毒「碧蟾冰毒」，使大英雄談容不幸身亡。

＊天狼——

魔宗門下第三弟子。

人物簡介

◎其餘配角

＊胡先生——

「如歸樓」的說書先生。

＊談松——

「如歸樓」的老闆。談寶兒父母雙亡後收養談寶兒，是談寶兒的衣食父母。

＊張三——

「如歸樓」中的另一名夥計。

＊司徒崛——

鎮守邊界的龍州總督。在魔人犯境時當場戰死。

＊柳三采——

江湖上知名的採花大盜。人稱「無花不採」。

＊唐天齡——

金翎軍副統領。為人諧趣。年紀約莫六十上下，卻老當益壯，身手敏捷不讓少年。

＊關小輕——

隨軍參謀。禁軍中最有潛力的年輕將領。

＊福伯——

楚府中的管家。

＊劉公公——

皇城禁宮中的太監。

＊布天驕——

京城兵馬大元帥。

＊周叢、黃拈花——

橫行江湖的採花賊。

＊宋三郎——

有「小神手」之稱。

＊柳千雪——

號稱「雲州盜聖」。

＊枯石子——

來自東海，養生專家。擔任本屆偷天大會的特邀主持人。

通靈神獸

＊黑墨——

談容的坐騎。通靈善解人意。健步如飛，快如黑色旋風，是百年難得的神駒。愛喝烈酒，被世人引為神奇傳說。

＊阿紅——

若兒的坐騎。通體棗紅。與黑墨實力相當，兩騎堪稱絕配。

＊小三——

為談寶兒用羿神筆畫出的三足神龜。嗜吃肉，食量驚人。乃昔年羿神座下四大神尊之一，本尊名萬相神龜，羿神曾賜名為玄武神尊！

＊九頭獸——

傳說中天魔的坐騎。供於魔神廟中。

＊蹁躚凌波術——

獨步天下，爲談容的獨家絕技。此術步履飄逸，起落之間，只如行雲流水，故名「蹁躚凌波」。

＊千山浮波陣——

被布下此陣後，所在空間頭頂天空只如千山壓頂，蒼鷹難渡；足下地面則如浮波逐流，落羽可沉，青萍難渡。

＊太極禁神大陣——

以八卦陣法爲基礎。施陣者所踏每一步，都是八八六十四卦其中一卦。這套步法踏完，便已布好。

＊碧蟾冰毒——

魔人萬毒之王。這種毒無藥可救，中者必死，要想將其逼出體外，除開高深的法力外，需有極強毅力，一開始必須要忍受兩個時辰的血液被凍僵之苦，之後陰極陽生，血液就如同被煮沸的開水一樣，在身體裏翻騰。如此冷熱交替不休，足足要五日時光，才算是完成。當世之人只有厲九齡曾成功地逼出過這種毒。

＊移形大法——

談容從羿神筆裏領悟出來的一種法術。能將兩個人的五官、臉形、頭髮、指甲、皮膚和聲音等一切體現於外的特徵完全對移。如欲恢復原狀，需和神筆心意相通，其中方有破解之法。

＊撒豆成兵——

莫克族神使的唯一標誌。作戰時將袋中之豆扔出，可立成無數神兵。魔人退出神州之後，此術曾一度失傳。

＊一氣化千雷——

一門將體內真氣化作雷電外放的法術。練成後，招手之間便能放出上千道雷電，威力驚人。

＊石化符——

能瞬間使被施者僵硬如石，再也動彈不得分毫。

＊蓬萊陣法——

有五種基礎陣法，按五行分類，依次是分金、握木、封水、聚火和裂土之陣。另有數種即將失傳的奇陣：嫁衣之陣、天雷之陣、萬星照月大陣和呼風喚雨之陣，皆是涵蓋天地，包舉萬物，牽一髮而動全局的大陣。

＊九九窮方大陣——

乃國師張若虛集前人法術之大成所創，爲天下罕見的奇陣。其九道大的橫線，代表了九陽，九道大的豎線，代表九陰，九陰九陽相剋卻也相生，彼此作用，生成八十一條小線，每一個格子裏的陰陽之數各自不同，如此反覆，窮盡萬物。後竟被談寶兒意外破解。

＊裂土之陣——

顧名思義就是通過裂開土地來殺敵。此陣法最神奇之處，是裂土之後能將活人埋進去，然後再將土地復原。地底的人憑藉陣法本身的聚氣功效，在地底和在地面一樣呼吸，只要到了時間或者是布陣者再次施法，這些人就可以從地底冒出來。多於兩軍交鋒時用來設置埋伏。

＊火龍符——

張若虛所創的符法之一。可埋於地底，只要有人踏到這塊地面，立刻就會引發符咒，被地火龍追擊。

＊封水之陣——

全名「北斗封水大陣」，是蓬萊五大基礎陣法之一。這種陣法布下時，暗合天上北斗七星之數，布陣之法，是將真氣以一個特殊的方式，按北斗之形散於地面七點，借助天地人三者感應之力，可控制天地間的水元素。

＊九鼎大陣——

上古之時，神州被稱爲九州，因洪水席捲。水神大禹受羿神之命治水，發現是九條魔龍搗亂，他耗時三十年，開出了貫通神州的天河，一面採集藏於東海之底的大地精鐵，以無上神力引來九天之火，費時九九八十一天，終於煉成了九只巨鼎，分別放置在九州大地，鎮住了九條魔龍，洪水乃止。此九鼎彼此牽引，組成了神州最大的陣法「九鼎伏魔大陣」，除了鎮住九大魔龍外，並守護著整個神州大地的安危。此後的戰爭中，魔人的探子一進入九大州的範圍之內，立時便會被天火所焚，消失得無影無蹤。

＊遊刃有魚之術——

此法是爲一人單挑成百上千人而創。施展時，施法者的周身會生出一種類似魚鱗上黏液的黏狀真氣，自己一旦受到攻擊，黏狀真氣會自動讓人本身借力滑開，所以即使一個人身處千軍萬馬之中，也如魚在水中一樣，可以在刀鋒間遊蕩而紋絲不傷，因此得名。

＊血影分光符——

魔族幻術的一種。施術者可利用身邊之物畫出血符，施法變成自己的假身，以分散敵人的注意力。

＊鏡花水月之術——

被施法之物表面上猶如覆蓋了一面明亮的圓鏡，可於夜間用來觀察天象。

＊神行符——

天師教的符法。將此符貼於腳上，即可身法如電，快如疾風。

＊燎原符——

屬天師教符咒之一。能夠召喚地火，即使沒有可燃之物，也能在一丈方圓內燃燒一刻鐘，威力強大。

＊登雲符——

比神行符還要厲害十倍不止的一種符法。

＊冰凍之符——

被施者身中此術即會立刻全身凍成如冰雕一般，動彈不得。

＊五雷聯珠之術——

有如五道閃電的威力，驚天動地。

＊畫皮之術——

乃移形大法基礎。以羿神筆臨摩他人形象，可以假亂真，猶如今之化妝術。

＊「捕風捉影」大陣——

是兩種法術或者陣法的合璧。捕風是說可通過敵人移動所帶起的風反過來攻擊他；而捉影則是精神之術，直接攻擊一個人的影子，來對他的精神造成傷害。爲偷天公會秘傳之法。

＊玉石相焚之術——

此法術一旦展開，敵對的雙方就如同玉和石對撞一樣，必然有一方會死掉，更嚴重的是可能玉石俱焚兩敗俱傷。一旦施術者有施法意願，不管敵人願意不願意都無法拒絕，只有力拚。

＊嫁衣之陣——

蓬萊幾乎要失傳的神奇陣法。主要作用是可以轉借功力，一是直接吸收別人的真氣爲自己所用，另外一個則是將自己的功力暫時或者永久借給別人。又號稱「永不停息之陣」，因爲敵人的真氣一旦爲自己所用之後，很快就會變成陣法的一部分，直到窮盡爲止。

＊傀儡符——

中了符的人會如一個沒有自由的傀儡，跟著施符者說一模一樣的話，做一模一樣的舉動。

珍奇寶物

＊乾坤寶盒——

長方形，非金非玉，不知是何物造就。會放出金色閃電。需念咒語才能打開。原爲談容所有。

＊羿神筆——

長約三尺，筆身巨大，乳白色，有竹結，毛筆通體漆黑，光滑如錦，上面還隱有金光流動。傳說原爲上古時羿神所有，不知何因，流落人間。

＊落日神弓——

與尋常的弓大不相同，入手極沉，弓胎非金非鐵，弓身通體漆黑，弓弦則呈紅色。據說能射下天上紅日。亦稱「英雄之弓」，爲草原四族共有，由神使掌管。歷任神使無一人能將其拉開。曾有神使預言，如有人能拉開此弓，必會成爲大英雄，並帶領草原各族走向前所未有的輝煌。

＊雕翎箭——

與落日神弓互爲神器。不只能射物，更兼有拔毛的神效。

＊酒囊飯袋——

可裝眾多物品，卻不會有重量。要喝酒時，念咒語「嘎嘎拉西」，想吃肉時則念「多多

珍奇寶物

兀個」即可打開。欲裝東西時，則將酒飯湊近袋口，念相同咒語方可。飯菜在袋子裏可保存十天不壞。是胡戎族的寶物。

＊神兵豆——

一種仙豆。豆身呈金黃色，遇敵時，朝地上扔一顆，有退敵之用。

＊瞌睡蟲豆——

豆子落到地面，隨即會變成一隻隻小蟲子。蟲子黏到人頭髮上不久，人便頭腦昏沉，不多時便會沉沉睡去。

＊菩提棒——

禪林寺的秘寶之一。裏面並藏有菩提明鏡心經。

＊變聲豆——

只要將豆子朝嘴裏一放，所發出來的聲音，就可以和原來的聲音完全不同。

＊軟筋散——

可使對方全身綿軟，毫無抵抗能力。此散並無解藥，只有時間到了，藥效自消。

＊麻血散——

乃神州黑道第一幫昊天盟的獨門迷藥，凡是吃了這種藥的人，四個時辰內會昏迷不醒。

＊天月珠——

形爲一月白色的光球，會發出一道道白光，凡被白光所射中的地方，皆會化成粉末。

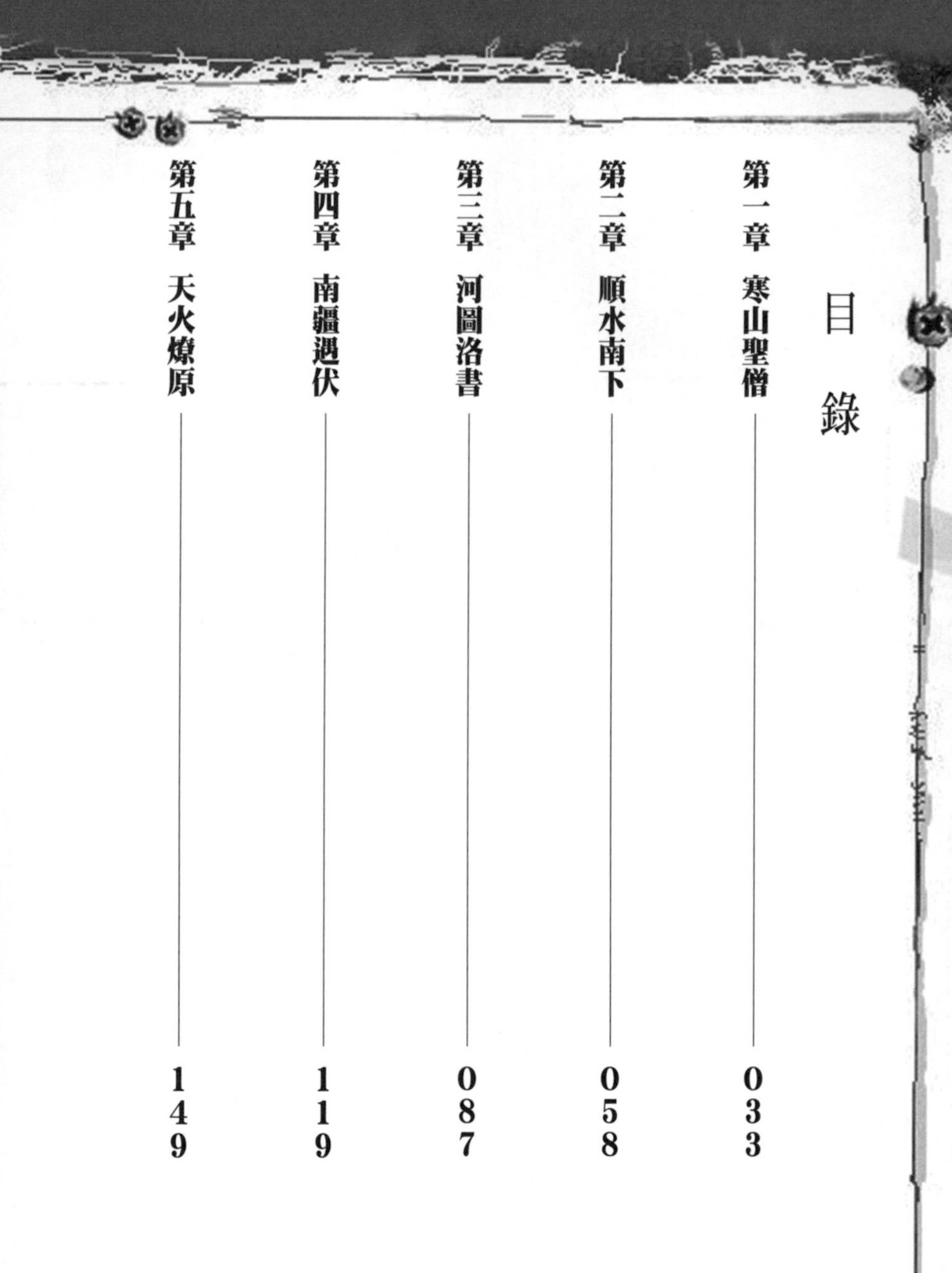

目錄

第一章　寒山聖僧

憑藉御賜金牌大搖大擺出了大風城，走到士兵們視線不及的距離，談寶兒展開凌波術，皎皎明月下，只如星丸擲空，徑直投北。

走了里許，穿過一片荒郊之後，前方天地相連處，碧浪翻滾，卻是進入了一片平原。此時正值盛夏，正是草木瘋長時候，極目向前，大地上都是莽莽蒼蒼的一片。於別人而言，這或者是個困難，但談寶兒卻一如龍入大海，足尖在草尖上劃過，甚至嫩嫩的草尖來不及低頭，他人影已飛到下一片草叢。

長風吹得他衣衫獵獵，月光好似被風吹散，淡淡地灑在少年的袍服上，使得他整個人好似一隻展翅的大鳥，又好似御風而行的仙人——顯然經過半個下午的休養踏圓，功力竟是又有增進。

此時他腳步落下時，更是在足足有一尺時便又自動反彈，一路行來，甚至在遇到水坑時，也只是微風過水面時留下了淡不可見的漣漪，鞋底根本未與水面接觸，滴水未沾。

只是談寶兒此時並未注意到這些，眼前的草原讓他記起了葛爾草原，他此時心頭浮現的是與若兒在一起的點點滴滴，胸中滿是甜蜜，然而過了一陣，他卻又記起剛剛在楚府的情形，若兒會不會一直在房頂觀看，這會兒正在生自己的氣，到了水月庵她會不會不見自己，會不會以後都不理我呢？

患得患失間，草原卻到了盡頭，再向前奔了約莫一里地，前方忽見一座高山頂天立地。

談寶兒之前在離開大風城的時候，曾經專門找人問過路，知道剛剛那片綿延約莫二十里的平原就是大風城北著名的樂遊原，眼前這座孤零零立於平原最北的大山叫寒山，而水月庵正是在寒山之巔。

寒山巍峨雄壯，但卻只有一峰，整個山好似一個酒瓶，越向上越陡，面積也越小，整座山的底部方圓約莫有十里，但到了山頂面積卻只有一里的樣子。

順著山路上山到山頂，只見一片高高的大紅圍牆之內，是百來座雄偉的殿閣，如星羅一般散布在這里許方圓的地面上。但一眼望去，燈火闌珊，只有幾盞燈火，稀稀落落，冷冷清清，全無傳說裏白日香火鼎盛的樣子。

談寶兒喘了口氣，慢慢來到山門之前。他舉手正要敲門，忽然想起一個大問題——這大半夜的，自己一個青春貌美的翩翩少年跑到尼姑庵來，嚷著要進去找人，是個人都會認爲自己

不正常吧？

一念至此，他來到一處圍牆邊，四處瞧瞧無人，凌波術一展，飛身躍進牆去。入鼻陣陣芳香，落腳的地方是一片花圃。花團似錦，萬紫千紅，如海如潮，談寶兒被包圍在群花之中，幽香直沁心脾，一時說不出的心曠神怡。

呼吸一陣花香，談寶兒決定要去找人「問問」若兒所在的房間。

他四處觀察一番，偌大一個尼姑庵裏並無打更巡夜之人，看來這裏的尼姑姿色都不怎麼樣，並不懼怕江湖知名人士「無花不採」柳三采之流的光臨。

本著不打擾師太們休息的大慈悲精神，談寶兒決定找那些屋子裏沒有熄燈的人打聽。但求人辦事總得有點見面禮吧，四處瞅瞅，落到花圃上，想起老胡說，但凡女人都愛花，尼姑也是女人，自然不會例外，當即就地採了一束。

一切準備停當，他瞅著最近的一間有昏黃燈火的房間，偷偷溜了過去。

躡手躡腳地走到屋牆之下，談寶兒按老胡的說法，將花捧到和頭頂相齊，一面輕輕敲著窗戶，一面學著江湖好漢的腔調道：

「屋子裏的師太睡覺沒有？毛驢派談容求見，有要事相商！」

屋子裏卻沒有回應。顯然是嫌棄毛驢派的旗號並非很響亮。

談寶兒微微有些窩火，當即冷冷道：

「裏面的人聽著，一等神威將軍談容在此，趕快放下武器出來迎接！」

屋子裏依然沒有人響應大將軍的號召。正不知如何是好，那窗戶卻咯吱一聲應手開了，原來是這窗戶根本未拴上，談寶兒惱怒下用手用力一敲，自然打開了。

談寶兒愣了一下，並不客氣，理所當然地飛身進了屋子。

屋子裏竟然空無一人，但談寶兒卻是又驚又喜——自己最近真是洪福齊天，無不隨心所欲，誤打誤撞下，居然進了水月庵第一間房就找到了若兒的房間。

房間裏本來無人，但在床邊卻掛著一套金甲和紅色的衣袍，金甲邊上卻有一桿長槍，槍尖紅纓無風自動，飄然如火騰，正是若兒的燎原槍——此地自是若兒居所無疑。

屋子裏燈火通明，在臨窗的所在有一個梳妝臺，臺上有一個臉盆，臉盆裏溫水猶熱，顯然是若兒也回到水月庵不久，剛剛還在屋子裏梳洗，只是暫時出去了而已。

談寶兒想起即將見到若兒，一朝相思得償，心中自是喜悅一片，但記起剛剛在楚府的表現，深怕若兒不聽自己解釋掉頭就走，或是大聲嚷嚷起來，眾尼姑一起圍攻自己，那可是不死也要脫層皮——被口水給腐蝕的。

患得患失間，談寶兒忽然靈機一動，自己不是怕若兒不聽自己解釋掉頭就走嗎，師父我

如果將她制住，她就想不聽我解釋也難啊！

想到這個妙計，談寶兒得意至極，當即動手，手指在地上畫圈，同時真氣透入地面，在門口布好一個太極禁神大陣。

陣法剛剛布好，便聽門外一陣腳步之聲，談寶兒忙躲到門側藏好。腳步聲漸近，片刻後，門口閃過一個人影。

隨即門被推開，一人走了進來。緊隨其後，來人雙腳踏進門內，剛把門一關上，禁神大陣威力發動，頓時全身再也動彈不得。

談寶兒看來人雖然身著青布尼裝，但長髮披肩，身材婀娜，高度與若兒一般無二，當即滿意一笑，走到少女身後，笑嘻嘻道：

「好若兒，你猜誰看你來了？」

若兒卻沒有搭腔。

談寶兒只道她還生自己的氣，柔聲道：「好老婆，你別生氣了，你看我給你帶什麼禮物來了？」說時，將剛剛在外面採的花束遞到若兒面前，「怎麼樣，喜歡不喜歡？」

若兒卻依舊沒有回聲，只是從臉頰到脖子都變得通紅。

談寶兒微覺詫異，慢慢將頭伸了過去，待看到若兒的臉，頓時大驚失色，情不自禁地向後退了兩步──燈火下，那女子容色如仙，仿似不食人間煙火，使人一見忘俗，但除開臉頰一般潔如白玉、年紀相若外，並無一樣像他朝思暮想的李若兒。

好半晌，談寶兒才反應過來，揉揉眼睛，慢慢走到這帶髮修行的青衣女尼身前，發現眼前這女子果真不是若兒之後，忙鞠躬賠禮道：

「對不住，對不住了姑娘，我認錯人了！」

說完抬起頭，卻見那女尼冷冷瞪著自己。

談寶兒嚇了一跳，只道這女尼對剛才之事猶未釋懷，正不知如何是好，卻忽然發現她目光所落的地方竟然是自己手中之花，忙道：

「姑娘千萬不要誤會，這……這些花呢，那個確實是你們庵裏採的，不過我真不是採花賊，小子談容，說起來也是蠻有信譽的神州知名人士，老實可靠，童叟無欺，真金白銀，如假包換……」

青衣女尼聽他胡言亂語，神情很是古怪，嘴角肌肉抽動一下，好似想說什麼話，但話到嘴邊卻又咽了回去。談寶兒不明所以，但見她眸光變得柔和，頓時大大地鬆了口氣。

正在此時，門外忽又響起一陣細碎的腳步聲。

談寶兒聽這聲音淡如葉落，輕如草伏，知是高手，他深怕來人找自己麻煩，忙止住廢

話，朝女子使個不要說話的眼色，自己再次躲到了門後。

不時，那人來到門前，透過門上白紙，顯現出一個光頭人影，來者顯然是一個受戒的尼姑。

出乎談寶兒意料，那尼姑並未進房，而是在門外道：

「觀雨，爲師知道你自幼厭惡塵世紛爭，但《御物天書》裏並非僅是爭鬥之術，其中牽扯許多修行之要，乃是鄙派修成正果之不二法門。你爲何就不肯信呢？」

這帶髮女尼竟是京城四大美女之一的秦觀雨？談寶兒嚇了一跳，隨即卻暗自點了點頭，心說如此容貌不入四大美人之列，那是徹底沒有天理了！

秦觀雨卻沒有出聲回應，談寶兒見她面無表情，眸中卻滿是爲難之色，顯然是在考慮她師父的話，並沒有叫她師父進來收拾自己這個採花賊的意思，頓時放心下來。

門外那女尼嘆了口氣，又道：

「觀雨啊，神州三大法術，陣法、符咒和精神術，世人都只知『陣歸蓬萊，符看天師，神在禪林』，卻不知我寒山一派的精神御物之術比之禪林並不多讓，只因本派最高心法的《御物天書》對傳人資質要求太高，這百多年並無一人有能力繼承本書，這才不顯於世。如今難得遇到你這個百年不遇的術法奇才，最有機會繼承《御物天書》，成就祖師寒山神尼的威名，但你偏偏就是不肯一試！真是冤孽！唉，就算你不願意修成正果，也不看師父我的面子，但你難道就願意看到你師祖她老人家鬱鬱而終，沉迷這術法之障？」

談寶兒聽不懂什麼障啊蟑螂的，但卻暗自好笑，什麼烏寒山派嘛，連自己這個見聞廣博的客棧小二都沒有聽過，想來定是與我毛驢派差之不多，這樣一個垃圾門派，還敢說和禪林比肩，要人家這樣一個大美女繼承你衣缽，不是黃金當糞使嗎？再看秦觀雨，臉色卻是變了變，眸中露出掙扎之色，顯然她對師父的話並非無動於衷，只是內心卻很有堅持。

聽屋內半天沒有動靜，門外女尼嘆道：

「罷了，罷了，一切皆是緣法，這是《御物天書》，為師現在正式傳給你，是讓寶典蒙塵還是讓其發揚光大，一切都隨你便了！」

說著話，她隨手一揮，門縫裏陡然鑽進來一道淡白光華，射到地上，發出一聲輕響，細看時，卻是一本薄薄的書冊。

門外女尼又等了片刻，看門內依舊沒有反應，又嘆了口氣，轉身去了。

聽腳步聲，知女尼去得遠了，談寶兒這才站了起來，笑道：

「秦姑娘，你師父還真會吹牛，說你們的法術可以和禪林相比，你別聽她的。不管怎樣，我支持你，你不想學就不要學了，她再逼你，你就說你要去跳井，她就不敢逼你了。老早

以前我爹逼我讀書時，我就這麼對付他，很管用的！」

秦觀雨嘴角抽動了一下，似乎想說話，但話到嘴邊又咽了回去。

談寶兒不明白她為何如此，但眼見她眸中隱有笑意，知她是笑自己沒有出息，卻也不以為意，笑道：

「你可別因此看不起我，不分本身有沒有出息，只分有用和無用！就好像這本書，對你師父和師祖有用，所以是寶貝，但對你無用，所以就是垃圾。好像封面這幾個字稀鬆平常，我看裏面大概也是馬馬虎虎……」

「不要碰那書！」眼見談寶兒要去翻書打開，秦觀雨忽然叫了起來。

但她不叫還好，這一叫，談寶兒受驚之下手一抖，手指頓時碰到了天書封面，並順手將書掀開了。一道白光從書頁中射出，直取談寶兒，後者不及躲閃，白光自眉心射入。

下一刻，他全身微微一涼，隨即一切又復歸於平常。

談寶兒呆了一下，只以為是幻覺，翻開書冊，卻見上面密密麻麻地寫了許多古怪文字，他看了半晌，抬頭望向秦觀雨，後者臉上一改剛才的淡雅神情，從眉毛到頭髮中都透著愕然：

「你……你竟然把書打開了！」

「廢話！」談寶兒對這樣白癡的對白很不滿意，「你怎麼回答問題驢嘴巴不對馬嘴巴的！」

「我……我不是這個意思……那書上的文字我也不認得。不過，這可真是奇怪了！你知道嗎，這本《御物天書》是我寒山派的聖物，書中留有歷代祖師加持的念力。只有練有我寒山弟子的念力，才能接觸這本書，否則便會被其中念力所傷，而要打開這本書，卻只有它認你爲主才行！」

「認……認我爲主，這，這是什麼意思？」

「意思是說，現在開始，你就是寒山派的弟子，並且成爲寒山派的聖……聖僧，以前的天書傳人都是尼姑，被稱做聖尼，你是男的，出家後該叫僧，所以是聖僧。」

談寶兒愣了一下，隨即將書朝地上一摔，怒道：

「什麼狗屁聖僧，說那麼好聽還不就是和尚？老子才不幹呢！」

秦觀雨笑道：「你不幹也要幹了，這東西擇主之後，除非你死了，不然就會跟你一輩子！」

似乎是爲她的話作注解，天書被談寶兒扔出之後，尚未觸地便飛了回來，停在談寶兒胸前三尺的地方，一動不動。

談寶兒看了看那天書，朝左邊一晃，天書立時也跟著左邊一動，他向右，天書也跟著向右。試了幾次，談寶兒終於相信秦觀雨說的是真的了，眼光望向很有幸災樂禍嫌疑的某人，惡狠狠道：

「你個死丫頭，還是出家人呢，你明明知道這書碰不得，為了自己不做聖尼，剛剛竟然不出言提醒我，讓我幫你背黑鍋！」

秦觀雨嘆了口氣，道：「作為若兒的朋友，我本該提醒你的，不過誰叫你自己幹的好事，沒事在這屋子裏布什麼陣啊，害得人家連眨眼都不能夠，何況說話？等我能說話了，就立時提醒你，但卻已經遲了！這或者就叫因果報應吧！阿彌陀佛！」

「啊！」談寶兒呆了一下，猛地一拍腦門，「果真是報應！」

原來太極禁神大陣威力大小，完全是根據施法者本身法力強弱和受法者的法力強弱而定，此強則彼弱，彼弱則此強。當日在臥龍鎮和崑崙山下，謝輕眉和她的師兄天狼分別為陣所困，雖然不能動彈，但卻都能在陣中說話，秦觀雨連話也不能說，自是因為這月餘時間談寶兒自己功力大有增進，而她本身功力較兩人淺薄許多的關係。此外，陣法的威力隨著真氣的流逝也會慢慢減弱，這也是秦觀雨現在忽然可以說話的原因。

談寶兒看看那懸浮在身前的天書，鬱悶一陣，忽然想起秦觀雨剛才的話，喜道：

「你說你是若兒的朋友？你知道她現在在哪裡不？我要去找她！」

秦觀雨道：「我也不知她去哪裡了。剛才她來找我，急急忙忙的，說是要先離開這裏一段時間，並將她最喜歡的槍和盔甲丟到我房間裏讓我幫她照管，我當時被師父纏著要我學《御物天書》，也沒有細問，就任她去了。哦，對了，她有一封信，說如果你來找她，就交給你！」

「在哪裡？」談寶兒大急，伸手就去秦觀雨身上摸，手伸了一半，才想起不妥，忙按玉壁文字裏關於禁神大陣的破解之法，解去大陣。

秦觀雨從懷裏摸出信封遞了過去，談寶兒接過，急急忙忙打開，上面只寫了一句話：「臭師父，破師父，死師父，我等了半個多月，你卻要娶你的楚家小姐，我明天就嫁別人去，我再也不要看到你！」

紙上墨蹟未乾，除有好幾處墨汙外，整個信紙本身都有水漬，顯然這封信剛寫不久，而寫信時若兒更是淚落如雨，傷心至極。

談寶兒一時只覺身在冰窖，心如死灰。若兒剛才果然在楚府的房頂上，那一聲冷哼果然是她發出，看來她已經認定自己會娶楚遠蘭，這才寫下這麼過激的話。

從葛爾草原到大風城，這幾千里路下來，兩人不自覺間已是情根深種，及至大風城外分別，此後談寶兒處天牢半月，兩地相思，情意更濃，牢中日月幾乎都是在練功和思念若兒之中

度過。等了半月，終於得到若兒消息，卻萬料不到竟是如此絕決的一封信。

秦觀雨看他面色慘澹，問道：「怎麼了？她寫了什麼？」

談寶兒黯然道：「她說她要嫁人了，不過新郎不是我。」

秦觀雨愕然道：「怎麼可能？這些天，她天天在我耳邊念叨你的名字，說是再也不會回家去了，這會兒怎麼忽然想到要服從家裏的安排嫁給別人？再說，南疆那邊濕熱至極，她最是不喜，又怎麼會忽然想去那邊……」

「啊！」談寶兒發出一聲驚天動地的大叫，秦觀雨只覺眼前人影一閃，窗戶已開，而談寶兒已是出了屋子，隨即現身在對面屋子的房頂，那本天書如影隨行一般跟了過去。

秦觀雨呆一下，忙伸手朝地面一招，談寶兒剛剛隨手扔到地面的那束鮮花上的花瓣，紛紛脫離花枝朝她飛了過來。

下一刻，成千上萬的花瓣將她包圍，擁著她破窗而出，朝談寶兒消失的方向飛去——此時若是有術法之人見到必然大吃一驚，以念力御物本是尋常，但若一個人能同時駕馭如此多的花瓣，卻實是非同小可。

秦觀雨身法迅捷至極，但等她飛到對面屋頂時，談寶兒的影子已落在了庵牆之外，而等她到庵牆的時候，前者已然遠在十丈之外。

秦觀雨忙催動念力，加快飛行之速，卻依舊難以追上前面的談寶兒。過得片刻，平臺到了盡頭，前方已是懸崖，但談寶兒到此卻並未駐足，反是義無反顧朝前方縱跳下去。

秦觀雨見前方人影一沉，頓時驚叫道：「不可輕生！」但卻已是遲了，等她飛到崖邊時，談寶兒早已墜得不知去向！

呆了片刻，秦觀雨這才反應過來，她念力不足以支持她御花飛越這百丈山崖，忙尋到山路，疾奔下去。

等她全速追下山來時候，山崖之下，四野蒼茫，月白風輕，卻哪裡有談寶兒的影子？

秦觀雨四處尋找一陣，大是詫異，人從山崖之上墜下，按理該比自己從山路下來迅捷許多才對，爲何這方圓百丈之內卻並無屍體？莫非竟是被崖上斜生的樹枝所鉤住，又或者是剛剛掉下來時正好被虎狼之類野獸叼走？

這少年癡情至此，卻落得個死無全屍，當真是讓人惋惜不已。佛祖若是有靈，爲何不佑善人？秦觀雨素來慈悲，一念至此，不由黯然，眼眶之中濕熱之物便要墜下，忙伸手去擦。

卻在此時，前方忽聽風聲大急，她抬眼望去，迷迷糊糊間，卻見天地相接處，一道青光

疾射而來，再近些時候，卻是一個人。

秦觀雨又驚又喜，幾乎不能相信自己所見，忙揉揉眼睛，那人卻已到了眼前，細看時，眼前少年青衫磊落，身後跟著一本懸空的古舊書冊，不是剛剛跳崖的談容又是誰來？

談寶兒見到秦觀雨，臉露喜色，衝了上前，將臉幾乎貼到了後者臉頰，大聲道：

「秦姑娘，你知道若兒去了南疆哪裡？嫁給誰家為妻嗎？什麼時候出嫁？」

被對方口鼻中熱氣噴到臉上，癢癢的，秦觀雨雙頰發燙，忙不自覺向後退了一步，定定神，這才道：

「聽她說是要嫁到南疆王都怒雪城，出嫁時間是兩月之後吧，嫁給誰她卻沒說，只說是一家豪富……對不起啊談公子，我們姐妹雖然情深，但對她家中瑣事卻少有提及，我也只是從她隻言片語間推斷出時間和地點的。」

秦觀雨微覺歉然。

「謝謝！謝謝！」談寶兒大喜若狂，朝秦觀雨作了個揖，轉身向南，和那本天書一起，絕塵而去。

初見時，這少年意氣風發，頑皮有趣，片刻之後再見時，卻是滿臉風塵，眼中紅絲如血，容顏憔悴，讓人不由自主地心生憐惜，這一切都僅僅是因為他聽到了若兒要出嫁的消息。

他剛剛聽到若兒要嫁到南疆的消息，竟是連細節都來不及問，便不顧生死跳落懸崖前往南疆，呵，不知道的人還以爲他是個大傻瓜呢！

月色下，望著談寶兒漸行漸遠的朦朧身影，心念百轉千迴之中，秦觀雨不由輕輕嘆息一聲，到最後，眼中熱淚無聲無息落下。

正自黯然，忽聽身後風聲疾響，有人叫道：

「觀雨，剛才爲師聽到你房裏有叫聲，到底發生了什麼事？你沒有事吧？」

秦觀雨忙拭去眼淚，掉頭過去，衝著來人笑道：

「謝謝師父關心，我沒事！不過師父，你有事了，以後你可再不能逼我繼續修煉這種法術了，因爲《御物天書》已然找到它當代傳人了，嘻嘻，忘了告訴你，本次可不是聖尼，而是個聖僧！」

「聖僧？」水月庵的住持，寒山派的當代掌門發出了一聲驚呼。

出寒山不遠，月光漸爲烏雲所掩蓋，天地一片墨色，之後雷聲隆隆，電光縱橫，狂風橫掃，大雨再次傾盆而下。

談寶兒踏草向南，一任雷電轟耳，雨箭加身，身影在風暴裏出沒，好似大海浪潮裏一葉

扁舟，沉沉浮浮，彷彿隨時都會傾覆一般。

但對於這一切，談寶兒都是置若罔聞，全不理會，他心中此刻只有一個念頭，那就是快去南疆找若兒，其餘的一切都已不再重要——楚天雄是否還會將楚遠蘭嫁給死去的老大不重要，找飯桶要錢報仇不重要，昊天盟少盟主不重要，九鼎、謝輕眉、驅除魔人、還我河山，這一切統統都是狗屁，全不重要，沒有了若兒，我贏得全世界還不是一無所有？

便這樣，一路狂奔，各種思緒在腦海中沉浮，但最後卻完全被若兒的形象所代替，伊人一顰一笑，好似就在眼前，但等他伸手去捉，幻影煙逝，入手盡是夜雨如冰。

雙足漸漸沒了力氣，丹田空空蕩蕩，腳底終於落地，不時深入地底，泥漿四濺，他卻依舊不肯停下，只是一味向前。

也不知道過了多久，他腳下終於一滑，倒在地上，他掙扎著又站起來，如此反覆，在第九次倒下之後，全身上下終於沒有了一絲力氣，再未站起來，只是頹然軟倒在地，一任眼淚和著雨水放肆流淌。

他又累又乏，身心俱疲，躺在那泥濘之地上，最後竟在雷電交加、風雨如晦裏，以天爲被，以地爲床，沉沉睡了過去。

睡夢之中，好似將若兒輕擁入懷，卻又好似在玉洞裏不斷踏圓，看那古怪天書，上面文字奇蹟般的自己竟好似忽然認得……

眼前忽然出現了張若虛的身影，這老雜毛竟然拉著若兒和他拜堂，而後者更是全無反抗，滿臉的喜色，談寶兒想撲過去，卻發現自己竟被禁神大陣所禁，全身絲毫不能動彈，他使勁叫她的名字，她卻置之不理……

「啊！」談寶兒倏然驚醒。

坐起身，只見大雨已收，天邊一輪紅日噴薄欲出，已到了次日清晨。談寶兒站起身來，抬頭看去，不遠處，一座城池雄偉壯觀，正是大風城。

談寶兒愣了愣，思及昨夜種種，只疑做了一場噩夢，低頭看時，卻發現自己渾身是泥，衣服多有破損，再抬頭，卻發現那本天書依舊懸於頭頂三尺之處，一動不動——看來昨夜經歷並非一場大夢了！

呆了一下，談寶兒這才明白過來。昨夜自己從大風城到寒山，先奔馳了二十多里路，隨後從百丈懸崖走下，真氣便已然消耗過度，是以自己以爲向南疆路上走了許久，其實不過只有二十里，又回到了大風城下。

想明白這一切，談寶兒又想起了若兒。若兒素來英氣逼人，行事果決處並不讓鬚眉，以她的性子，既然傷心下決定要嫁人，定是乘阿紅立即前往南疆，如果自己不騎黑墨去，肯定是追不上的。但黑墨在半月之前，被倚月樓的小二牽去餵養，現在不知道去了哪裡，得趕快回城去看看。

一念至此，談寶兒將那本天書收入懷中，凌波術展開，朝大風城掠去。

到得城門口，並不停留，守城的士兵只見到一道褐色光影閃過，正覺眼花時，已被他穿了進去。

進城之後，直撲倚月樓。

一到樓下，不管門口川流不息的人群，談寶兒徑直向裏闖，其餘人眾見他滿身污穢，都是不自覺地閃讓開，讓他迅速逼近大門。

出來迎接他的，除了有十來個彪形大漢和他們手裏的十來根親熱的木棍外，還有上次見過的那個小二的親切問候：

「哪裡來的叫花子？快滾！快滾！別妨礙我們做生意！」

「都給老子滾吧！」談寶兒發出一聲大喝，雙手中陡然射出十來道真氣，但這十來道真氣卻並非向著木棍，而是射向木棍所在的空隙，在他身周形成一個圓球形狀。

下一刻，十來根木棒陡然變成了通體燃燒的火棍，彪形大漢們大驚失色，忙不迭地鬆手，但即使如此，雙手依然被燒得皮開肉綻。

木棍燃燒之速甚快，落到地上，眨眼間就燒成一堆灰燼。場中諸人都是大驚失色，呆若木雞。

片刻之後，卻有人驚呼道：

「天火！是『天火神將』談大將軍！」

昨日亂雲山求雨臺上，談寶兒以一招蓬萊聚火之陣燒掉了天師張若虛的十三張雷電符，震懾當場。其時目睹者上萬，但那火卻來得無影無蹤，事後傳到民間，被傳爲是談容引自天界的天火，並在私下裏送了他一個「天火神將」的美稱，傳其實力與天師不相伯仲云云。

此時他故技重施，頓時引起人群中很多人的記憶，透過他臉上的泥濘，認出這位天火神將來。這一聲驚呼過後，人群中更多的人認出了談寶兒，一時歡聲雷動，卻一個個滿是敬畏地望著他這副古怪形容，並不敢接近。

那小二聽說眼前這乞丐模樣的人竟是大英雄談容，只嚇得面如土色，慌忙和那十多壯漢一起屈膝跪下，磕頭如搗蒜道：

「小人冒犯大將軍，該死，該死，該死……」

其餘人眾也立時反應過來，自己這還沒有給大將軍行禮呢，一起跪下道：

「草民參見神威大將軍！」

談寶兒呆了一下，他沒有料到如今自己的身分竟然是如此厲害，剛剛還趾高氣揚的傢伙，知道自己的「真實」身分後，立時變得這副德行！哈哈，沒有想到啊，沒有想到老子竟然也有今天，此時此景，如果讓小三和老胡他們看到就好了。

飄飄然一陣，眼見那小二腦門都開始流血了，談寶兒這才反應過來，揮手道：

「夠了！大家都起來吧！」

眾人起身站起，一個個眼神熾熱地望著談寶兒，好似望著一尊能保佑他們生兒育女、長命百歲、金銀滿倉的天神。

談寶兒眼見這些人好似要撲上來將自己吃掉，心裏一陣發毛，忙抹去臉上泥沙，問那小二道：「你還記得上次本將軍來過吧？」

小二仔細看了看，陡然記起此人自己果然見過，忙道：

「記得，記得，您上次是和范公子一起來的嘛！您老英明神武，英俊不凡，小人一見之後，當真是過目不忘，日夜念叨，上香禱告……」

「夠了！」談寶兒又是好氣又是好笑，竟然有人拍馬屁拍到自己身上來了，「我問你，上次本將軍牽了一匹黑色的神馬過來，我走之後，你們將我的馬怎麼處理的？」

「怎麼處理的？」小二滿臉苦色，「我的將軍大人，貴馬果然不愧是神將坐騎，絕對認主的，凡靠近牠七尺，立時會被踹。最要命的是，牠現在根本不喝水，每天只喝最烈的高粱酒，一天不能少於十斤，又沒有人敢買這馬，老闆已經是叫苦連天了……您這是來取馬的嗎？那可太好了，您快跟我來吧！」說完前面帶路，領著談寶兒朝後院馬廄走去。

圍觀眾人一聽馬竟會飲酒，都是好奇不已，跟著兩人到達後院，果見一名小二正拿著酒罈朝一匹黑馬前的馬槽裏倒，黑馬飲得正歡，嘖嘖有聲，一時目瞪口呆，佩服不已。

黑墨喝得正歡暢，看見談寶兒到來，頓時歡聲長嘶，在馬廄裏縱跳起來，那餵馬的小二嚇得大驚失色，慌忙倒退開去，而附近的幾匹馬也是噤若寒蟬，忙不迭遠遠躲開。

「好兄弟，可是想我了？我也想你啊！」談寶兒哈哈大笑，上前將黑墨頭顱抱住，任黑墨舔他手臂，一人一馬，恍如最親密的朋友。

和黑墨親熱一陣，談寶兒決定立即動身前往南疆，低頭卻見滿身泥汙，當即道：

「小二，你給我弄間房和熱水，我洗個澡！」

「好咧！將軍大人您這邊請！」小二前面帶路。

談寶兒拍拍黑墨的頭，道：「你先乖乖待著，一會兒老子來帶你走！」

大將軍要洗澡，眾人自不好再圍觀，各自散去。

只是到了第二日，黑墨日飲百罈美酒的傳說便開始傳遍了整個神州，說是這匹神馬喝得越多神力便越大，甚至有人說，牠喝夠百罈美酒之後，肋下可以生出雙翅會飛起來，當日談容於百萬軍中取敵帥首級，便多靠了這匹神馬飛行如鷹的神奇本領云云。

談寶兒美美洗了個澡，換了身乾淨衣服，便想付了房錢動身上路，一摸身上錢袋，竟是空空如也，呆了一下，這才想起自己萬兩金子被飯桶帶走，而老大留給自己的碎銀又被天牢獄卒搜刮，現在身上是一窮二白了。

正不知是否要洗個霸王澡，忽聽門外有個諂媚至極的聲音響起：

「談大將軍，不知是否已清洗完畢？小人范成大求見！」

飯桶？談寶兒愣了一下，隨即卻是一喜，老子不找你麻煩，你倒自己送上門來！一把推開房門，衝了出來，先是嚇了一大跳，隨即卻不禁哈哈大笑起來：

「哎喲，范大公子，你怎麼搞成這般模樣？」

原來門外來的果然正是范成大，只是此刻大公子一張豬臉變得慘白如殭屍，卻偏偏摸著屁股，眼神中滿是哀怨。

范成大苦笑，白色的粉末從臉上刷刷亂飛：

「將軍大人有所不知，這是聖上的旨意！今天一大早，陛下將小人、張二和何大人叫進宮去，也不說什麼緣由，直接將我和張二打了一百大棒，老何被停職查辦，然後叫我敷了一斤白粉，來找您指點！我剛去尚書府找人，楚大人說你昨夜未歸，我正不知如何是好，幸好聽見你剛剛在這裏大發神威的事，所以趕忙坐著轎子跑了過來……」

「哦……原來是這樣啊！」談寶兒頓時心頭一片雪亮。上次進天牢的事，永仁帝說要給自己一個交代，這個交代雖然差強人意，但總是聊勝於無。

想明一切，談寶兒一本正經地走了過去，指著范成大的臉，煞有介事地點評道：

「看來范兄也很有做小白臉的潛力嘛！第一次搞就敷得如此的均勻。不過從額頭到鼻梁兩邊這一截T形區域下次不妨多搽點，你嘴皮太厚，可以少搽一點，至於脖子這一截呢，就儘量少搽些，畢竟這不是包皮蛋，不必面面俱到……」

范成大唯唯諾諾，點頭不迭，末了從懷裏掏出一疊金銀票，遞到談寶兒面前，道：

「談將軍，本公子上次有眼不識泰山，多多冒犯，這是您的一萬兩金票，還有我本該輸給您的十萬銀子和百兩利息，我說過，只要你能出來，我就都給你，這裏一併完璧歸趙！」

談寶兒又驚又喜，一把接過，細細一點，數目果然正確，頓時不由心情大好，也不去計較范成大本該給他千萬兩白銀的事實，眉開眼笑道：

「好好，既然是這樣，那麼范公子，你回去對張公子和何大人說，本將軍今天就給皇上一個面子，以前之事，咱們畫個紅叉，一筆勾銷，以後誰也不用提了！好了，沒事我走先了！」

范成大大大鬆了口氣，見談寶兒轉身要走，忙道：「談將軍留步，剛才皇上來之前曾經傳旨，讓我見到你後，請你即刻進宮見駕，說是有要事相商！」

皇帝老兒找我能有什麼好事了？談寶兒微微皺眉，他現在急著趕往南疆找若兒，只不過皇帝召見，卻是不能不去，不然被搞成個全國通緝犯的滋味未免有些太過不好受。

想明道理，談寶兒揮揮手，飯桶千恩萬謝，將聖旨朝他懷裏一塞，摸著屁股落荒去了。

談寶兒哈哈大笑，向小二問明道路，牽著黑墨，穿街過道，直奔大夏皇城。

第二章　順水南下

不多時來到皇城，遠遠便看見一片高牆包圍之中，宏偉壯麗的宮殿組群，規模龐大，氣勢磅礴。建築群呈標準的左右對稱，中央的大門上書三個大字「神武門」，門口有百多名金盔金甲的禁軍士兵把守。

走到門前，立時有士兵上前盤問，談寶兒拿出聖旨，衛兵知他是談容，頓時肅然起敬，忙朝裏面通傳。不多時，走出一個叫劉公公的太監，讓他將黑墨放於宮外，領著他朝裏走去。

進了宮門，穿過一連串讓談寶兒眼花繚亂的華麗建築，前方出現一座可容納萬人的大型廣場。廣場的盡頭是一條流著金色泉水的小河，小河上有十八座並排的白玉雕成的小橋，小橋盡頭是約有千級的大理石梯，石梯上方有一巨大宮殿，上書四個碩大金字：

「正大光明」。

從正大光明殿旁左邊的一道小門進去，就進入了後宮，沿途依次穿過天風宮、御花園和舞雪殿三處後宮的主要建築，就來到了閉月宮前。

劉公公領到此處，便不再向前，讓談寶兒一個人進去。

進門，迎面卻是一個圓圓的凹形場地，四周都是層層的階梯，中間是一個圓形的廣場，廣場中央是個巨大的人工湖泊，湖水湛藍，四周並無建築遮攔，想來夜晚的時候，可以清晰地看見圓月入湖，倒影成璧，閉月宮多半因此得名。

湖水之畔，有一張茶几和一張籐椅。籐椅邊上，當今大夏天子永仁帝，右手拿著一條長長的掃帚在掃著地上的繽紛落葉，左手握著一卷書，正一邊掃地一邊津津有味地看著。

「皇上在看什麼書呢？」談寶兒一副很熟的樣子，大咧咧地朝永仁帝迎了上去。

永仁帝笑著將書遞給談寶兒，道：

「朕在看前人陸子遷所著的一本《南疆遊記》，容卿有沒有興趣也看看？」

「不會吧！遊記這種沒有品味的東西，皇上你也感興趣？那你留著自己用吧，我真的沒興趣！」談寶兒擺擺手。

此時旁邊若是有人，聞言必定會全身一陣冷汗，這小子拒絕接受皇帝遞過來的書不說，還當著皇帝的面批評皇帝的品味，莫非不想活了？

永仁帝卻是哈哈大笑道：「容卿果然是性情中人，很好，很好。不過這書，朕想你還是看看的好，因爲過不了多久你就用得著了！」

「為什……皇上，您不是要派我去南疆吧？」談寶兒立時反應過來。

「不錯！」永仁帝讚許地點點頭，「想必你都聽說了，朕的愛女雲蒹公主定於下個月底下嫁給南疆王世子，本來前幾日就該出發，只是苦於沒有得力之人護衛，所以才一直拖到現在。如今你回來，朕這塊心頭石就放下了。」

談寶兒呆了一呆：「皇上是要我護送公主去南疆？」

「對！朕決定封你為禁軍金翎軍的統領，讓你做欽差，帶五千禁軍，護衛公主去南疆怒雪城，不知你覺得可好？」

「讓我做欽差？去怒雪城？」談寶兒又驚又喜。自己正好要去怒雪城，如果能搖身一變成為欽差，帶著大隊軍隊前往，那不管若兒要嫁給誰，老子帶兵搶過來就是，哈哈，就這麼辦！一念至此，他翻身拜倒在地，「好，好好，簡直是非常的好，好得刮刮叫，好得妙妙妙！臣領旨謝恩！」

永仁帝見他如此高興，只道他忠心耿耿，微笑頷首，但隨即臉上卻露出凝重神色：「容卿，朕知道你是在戰場上百戰功成的名將，不過此次南疆之行，可不如你想像般的容易。最近盟匪越發囂張，知道公主南下，多半要在路上阻礙。盟匪頭領楚接魚更是和國師等人一起被尊為四大天人之一，實力極其恐怖。這還在其次，最重要的是，南疆王賀蘭耶樹久有謀反之心，最近朕更是得到了夜騎秘報，他近期蠢蠢欲動，怕是要有所行動！」

「啊！謀反？」」談寶兒大驚失色。

「夜騎」是朝廷最秘密的情報機構，他們的消息一般都不會錯，也就是說南疆王謀反一事那多半不假。

他愣了愣，才道：「既然是這樣，那皇上你為何還依舊要將公主下嫁？」

永仁帝嘆道：「這也是無可奈何之事。這門婚事早已訂下，賀蘭耶樹一日未反，朕就一日不能失信於天下。雲蒹是朕最愛之女，朕也不想讓她身陷火坑，所以朕才決定派一個得力之人護送她前往南疆，途中一旦發生什麼變故，也能將公主救出。容卿，當日在百萬軍中取主將首級如探囊取物，而昨日在祈雨臺上，朕也見識過了你的法術，覺得果然是名不虛傳。所以這個任務，非卿不可！」

談寶兒聽得暗暗叫苦，自己有多少斤兩自己是再清楚不過，一旦打起來，自己是泥菩薩過河自身都難保，又哪裡能夠救公主脫險了？

卻聽永仁帝又道：

「此外，最重要的事，還是朕希望你能去南疆王的府上做一次說客，說服南疆王，讓這場叛亂胎死腹中，免得百姓遭殃，國家內亂，白白讓魔人占了便宜。」

談寶兒點點頭，還未來得及說話，永仁帝已接著道：

「朕聽說你昨天晚上向楚尙書說『魔人未滅，何以爲家』，將你和楚家小姐的婚事退了。這好男兒爲國爲民原是不錯，但無情未必真豪傑，多情如何不丈夫？朕不希望你爲了國家之事，而耽誤了你的終身大事。南疆之行明日起程，不如朕下旨，讓你今日和楚小姐完婚了吧？」

談寶兒嚇了一跳，忙道：

「不用了，不用了皇上！前線兵凶戰危，大丈夫馬革裹屍，爲國捐軀是很尋常的事，但蘭兒卻是青春正茂，臣不想她嫁過來不久就守寡什麼的！」

永仁帝看他語出至誠，微微嘆了口氣，道：

「那好吧，朕不逼你。只希望這場仗能早日打完，你凱旋歸來時，楚家小姐依舊還肯等你。爲了你不用出宮去見到楚尙書尷尬，今晚你就留在宮中吧，順便也好和你的新屬下們好好熟悉一下，明天一早你們就一起起程！」

談寶兒大喜：「皇上您可真是善解人意，賓至如歸啊！」

「你這小鬼，明明讀了很多書，卻就是喜歡亂用成語，老子又不是開客棧的，賓至如歸個什麼？」永仁帝大笑，末了大聲叫道，「來人！」

「奴才在！」守候在宮外的劉公公屁顛屁顛跑了進來。

「你去將唐將軍和關將軍給我叫來！」

「是！」劉公公答應去了。

不久，宮外進來一名頭髮花白的老將軍和一名年紀與談寶兒相若的少年將軍，一起拜倒道：「臣金翎軍副統領唐天齡、隨軍參謀關小輕，參見吾皇萬歲萬歲萬萬歲！」

「平身！」永仁帝抬抬手讓兩人站了起來，指著談寶兒道，「這位就是當日在龍州，孤身深入百萬大軍，取下魔人主帥首級的談容將軍。朕已經封他爲金翎軍的統領，你們互相認識一下吧！」

唐天齡和關小輕自不知眼前之人，就是前天晚上在天牢外邊大發神威，破了國師三百火龍符的昊天盟少盟主，聽見是談容，都是肅然起敬，忙一起行禮道：

「參見統領大人！」

談寶兒笑道：「以後都是自家兄弟，不必客氣。」上前將兩人扶起。兩人見他舉止親切，都是大生好感。

永仁帝道：「談將軍明日要護送公主前往南疆，唐將軍，你回頭幫忙從金翎軍中挑選五千精兵出來。關參謀，你參軍年歲雖少，但唐將軍多次向朕推薦，說你謀略才智皆爲一時之選，只是差了些歷練，那這次你就隨談將軍一起去南疆增加些閱歷，回頭朕就派你去前線。」

「末將遵旨！」唐關兩人齊聲答應。其中關小輕更是臉露喜色，顯然他是早盼著有這麼一天了。

永仁帝又交代了一些事，問談寶兒道：

「今次南下的武力就是這樣了，不過卻還差一個文臣做你副手，談將軍有什麼好的推薦人選嗎？」

談寶兒以前聽老胡說書，知道這種婚姻大事，最好能再有一個禮部的文臣前往，但永仁帝知道自己和楚天雄這個禮部尚書正鬧尷尬，不好派他去，所以才讓自己選人，但可惜的是，自己壓根不認識朝中任何大臣。

想了想，談寶兒腦中靈光一閃，道：

「皇上，臣以爲太師之子范成大世家出身，頗識禮儀，不如就讓他陪臣一同前往如何？」

「他？他無官無職，並非朝中大臣！」永仁帝古怪地看了談寶兒兩眼，隨即恍然，「那好吧，既然是你推薦的，朕就封他個六品的禮部員外郎，隨你一同前往吧！」

談寶兒聞言，哈哈大笑：「皇上，你果然英明神武，那傢伙一身肥膘，胖乎乎的，可不

正像個鄉下的員外嗎？你封他做員外郎可是再好沒有了！」

唐天齡和關小輕對望一眼，都是愕然。兩人想不明白，這一個官職為何值得談寶兒笑得這麼大聲。兩人哪裡知道，談寶兒這半月以來身陷天牢便是這位員外所賜，讓他做自己副手，這一路上正好一點一點地完璧歸趙呢。這叫他如何不放聲大笑？

聽到這囂張的笑聲，永仁帝暗自捏了一把冷汗，這小子不會玩得太過分，給老子惹出不能收拾的麻煩來吧？

時為神州八七五年，四月十八。

金翎營負責守衛皇宮的東面，談寶兒等一干軍中高級將領的住所便在東面的衛天殿，距離皇族宗廟只隔了三座大殿。

唐天齡年紀約莫六十上下，卻老當益壯，身手敏捷不讓少年，早年曾在龍州駐守，算是一名經驗豐富的老將，其資歷便放在十萬禁軍之中，也只輸給三營總統領京城兵馬大元帥布天驕一人。不過此老為人諧趣，又沒架子，容易接近，以談寶兒的本事，在從閉月宮出來向衛天殿行進的路上，就和他混了個爛熟，老唐老唐地叫得歡快。

至於關小輕，平素一貫的活潑，見談寶兒年紀和自己相若，又談吐親切，全無架子，自是更易相熟，也不叫統領，直接改口稱呼他爲偶像了，談寶兒多番糾正無效，也只得由他。

三人到了衛天殿，老唐讓屬下去御膳房搞來酒菜，又找來營中百夫長以上軍官給談寶兒接風。

談寶兒看殿裏黑壓壓地跪倒一大片，直嚇了一跳，問唐天齡道：

「老唐，我大夏軍隊按照伍、什、百、千、萬、營、軍編制的是吧？每一個百夫長手下所管轄百人，怎麼今天來赴宴的百夫長竟有四百多人？我沒有看錯吧！」

唐天齡笑道：

「統領大人你沒看錯，我金翎營的人本來就有四萬，在禁軍三營中是最多的，其餘的金箭和金吾兩軍都只有三萬，此外，我金翎營的弟兄都是以一當十，所以本營也是三軍中最強的，每年軍檢，布元帥也對我軍最多讚譽。」

談寶兒這才明白過來，心道：永仁那老兒倒算仗義，給老子的都是好貨色，果然是童叟無欺，誠信經營，口中卻假裝懷疑道：

「真有那麼厲害嗎？不會是唬我的吧？」

「怎麼不是？」一邊的小關不依了，「偶像，你是不知道，前天晚上，昊天盟的人來劫天牢救同黨，就是被我營兄弟殺了個片甲不留。三百多人幾乎全部都被重新逮了回去！」

啊！幾乎全逮了回去？談寶兒愣了一下，月娘不會也被關進牢裏去了吧？

這時候，卻聽唐天齡斥道：

「小關，你還好意思說？有國師的三百火龍符幫忙，我們那麼多人，除開跑了昊天盟的一個護法外，還讓三名少年男女溜進宮裏宗廟去了。幸好那裏有布元帥親自設計的天傭之陣守候，才沒有出什麼大的亂子，不然你有一百顆腦袋也不夠砍的！」

「那三人法力太高，聽說那少年還是昊天盟的少盟主呢，我又有什麼……」小關嘟囔著，但最後看見老唐臉色不善，終於還是沒有再說下去。

談寶兒卻已經聽了個明白，前天晚上大戰的最後結果，是所有劫牢的人大都被逮住了，但月娘和那龍護法卻逃了。此外，永仁帝或者是怕引起驚惶，根本沒有將九鼎丟失的事外洩，看來尋訪謝輕眉和向昊天盟追回九鼎的事會由夜騎秘密進行了。

想明白這些，談寶兒便不敢再說這個話題，免得惹禍上身，當即笑道：

「好了，不說這些掃興的事，喝酒喝酒！」

能不在丟臉的事上糾纏，唐關兩人自是求之不得，當下也岔開話題喝酒。一時間，四百多人在這衛天殿裏喝開了，濟濟一堂，頗爲壯觀。

談寶兒性喜熱鬧，他出身市井，一喝開酒，頓時妙語連珠，又兼一身好酒量，來者不拒，很快就和這些軍官打得火熱。大家都覺得新任統領身負抗魔大英雄的名頭，卻全無一點架子，無不歡喜。

這一場好酒喝得談寶兒爛醉如泥，最後是被小關背著回了房間。

次日一早，天尚濛濛亮，談寶兒就被小關給拉了起來，並喚來勤務兵幫他更換衣甲。換甲之後，小關和勤務兵都是喝了一聲彩。原來談容本來生得英俊，一穿上金盔金甲，竟是說不出的英氣勃勃，威風凜凜。

梳洗完畢，用過早餐，跟著小關出了衛天殿。

殿前早有唐天齡率領五千多名盔明甲亮的士兵排成一個方陣，一個個神采奕奕，殺氣騰騰。見到談寶兒出來，一起抽出腰間佩刀，朝天一舉，隨即跪下，鐵甲帶起一片整齊的鳴響，同時大聲道：

「參見統領！」

談寶兒幾曾見過這種陣勢，頓時嚇得腳下一軟，幾乎沒有當場跪下，旁邊的小關忙一把將他扶住：「偶像你沒事吧？」

談寶兒定定神，笑罵道：

「沒事才怪！媽的，都是你們這幫渾球昨天讓老子喝那麼多酒，這會兒腳還有些軟呢！」

場中眾士兵自不會認爲身在百萬軍中取過敵帥首級的談容會怯場，聽他罵人，都是哈哈大笑，覺得這位統領大人言語親切，對他都是好感大生。

當下，唐天齡將這五千人的情況粗略介紹了一下，然後用一種很是古怪的神情看了談寶兒一眼，說了句莫名其妙的話：「統領，您可真是好福氣啊！」說完告辭離去。

一頭霧水的談寶兒在小關的協助下，率領五千人的大軍朝宮外走去。

來到神武門前時，太陽已經升了起來，公主和永仁帝自然還沒有到，但一干文武大臣卻早已恭候在此。

眾大臣昨天就已得到談寶兒出任禁軍統領並負責此次公主下嫁事宜的消息，見他到來，都是忙不迭上前賀他高升，說些一路順風之類的廢話。

談寶兒一面笑咪咪地應付，一面暗自罵娘，心說：你們這些王八蛋，別人孩子滿月還送點紅雞蛋呢，老子又升官又出差的，你們就好意思兩手空空的來攀交情？

滿朝文武，除開剛剛被停職調查的何時了外，沒有向前和談寶兒攀交情的只有三人，太師范正、國師張若虛和禮部尚書楚天雄。

太師的理由很明顯，張若虛則是保持著一貫的高人氣度，見到談寶兒望向自己，只是淡淡點了點頭。唯有楚天雄的表情則有些奇怪，被談寶兒退婚，見到後者卻是一臉微笑，並不見任何怒色。

范成大和張浪分別站在自己老子身邊，見到談寶兒目光望向自己，兩人都是乾笑回應，但剛一笑笑容就僵住，伸手去摸屁股，顯然昨天永仁帝那一百大棒果然是打實了。

談寶兒接過小關牽來的黑墨，摸了摸牠的頭，正自開心，忽聽有太監尖聲叫道：

「皇上駕到！」

眾人忙一齊跪下，齊聲道：

「吾皇萬歲萬歲萬萬歲！」

談寶兒也隨著眾人跪下，高呼口號，心中卻是一陣奇怪：「不是說公主出嫁的嗎？皇上嫁到個什麼？難道他老人家良心發現，不忍女兒身陷水深火熱，打算親自出馬，以大無畏的精神嫁給南疆王的皇太后去，或者他成了南疆王的老子，後者就不反了？」

永仁帝擺手讓眾人平身，談寶兒起身站起，卻發現在皇帝的御輦旁邊多了一駕華麗馬車，馬車四周圍著八個妙齡宮女，顯然車裏該是公主了，這樣看來，老皇帝的思想覺悟其實並沒有高到要代替女兒的境界。

見到此行目標出現，談寶兒不待永仁帝吩咐，命令金翎軍士兵圍了上去。永仁帝眼中讚

賞神色一閃而逝，下旨出城。

從神武門出發，走上大街。街道上早已站滿了手持明晃晃刀槍的士兵，而四周的房梁胡同也早已布滿崗哨。一行人無驚無險地出了京城。

出城之後，大隊人馬卻並未走上向南的官道，而是朝西。

談寶兒不解，低聲問身旁的小關：「我們這次是要去南疆吧？怎麼不向南？」

小關奇道：「偶像你不知道嗎？從京城到南疆，最快的路徑並非騎馬走官道，而是順蒼瀾江乘舟而下。前者要兩個月，後者只需月餘便到。」

「呀！我怎麼把這給忘了！」談寶兒呼了口氣。

神州共有兩條大水，一河一江。這河自是指天河，此河自東海發源，由東向西，最後流入至西的崑崙山的滔天谷，之後鑽入地下水脈，神秘失蹤不見。這江則是指蒼瀾江，此江發源於南疆的神女峰，縱橫南北，最後流入北溟。

京師大風城正是這一江一河交會之處，水道之便利天下無雙。而魔人正是由千船渡北溟而來，如非九鼎鎮壓，早已借助江河之利直插大風城了，是以禁軍三營中，每營中都有三分之一的水軍，平日裏操練無數，大軍去南疆的話，自是水路快於陸路了。

談寶兒擁有良馬，之前慣性思維地以爲若兒也定是乘馬南去，卻沒有想到她父母也很有可能會買舟南下，自己若當真騎著黑墨前往，等到時怕是米已成炊，遺恨終身了。

大隊人馬向西行了里許，便聽見水聲滔滔，卻是到了蒼瀾江邊。

只見眼前這條大江，由南向北，浩浩湯湯，橫無際涯，寬度少說有百丈之遙，一眼望去，全是白茫茫的一片。但最讓談寶兒震驚的卻是在江邊停著的一艘巨船。

這艘巨船長約四十丈，寬十八丈，桅桿卻有九根，大帆十二。船上下共分了兩層，雕梁畫棟，頂層的屋頂更是鋪上了琉璃瓦。如果不看甲板，以及船上插遍全船、寫著「青龍」兩字船名的大旗，整艘船像極了一座兩層的高樓，極是雄偉壯觀。

不同於談寶兒這土包子，金翎軍士兵卻已見慣大船，到了渡頭，在小關輕車熟路地指揮下，士兵們熟練地從江岸到船身相對排開，鋪出一條守衛森嚴的通道。

身著鳳服的雲蕪公主在八個婢女的攙扶下，下了馬車，走上了船。但讓談寶兒和廣大男性粉絲失望的是，公主頭上有珍珠垂簾的鳳冠不說，臉上還帶著一方絲巾，根本無法一睹其廬山真面目。

公主上船之後，小關分出三百多名士兵去大船的駕駛艙調試。這個時候，永仁帝命劉太監宣布此次南行事宜，眾人紛紛跪倒。

大家早已知道談寶兒便是此次南行的主要負責人，但聽到他竟然推薦太師的兒子范成大做他副手的時候，永仁帝還答應了，場中人人瞠目結舌，半晌做聲不得。

要知道太師和楚天雄是對頭，京中人人知道，而楚天雄的未來女婿竟然推薦太師的兒子做自己的副手，這事情本身已夠古怪。此外，范成大是什麼貨色，這些官員人人清楚，皇上竟然會答應，這更是奇之又奇。

太師臉色大變，上前奏道：

「皇上，犬子年輕識淺，難堪重用，臣請皇上另擇賢能，以免貽誤國家大事。」

永仁帝笑道：

「太師，你常跟朕說令郎聰明伶俐，博學多才，要給他在朝中謀個差使，如今事到臨頭你怎麼退縮了？他既然年輕識淺，正該多出去見識一下才是。好了，你不必多說，朕意已決！范成大，你這就謝恩上船，和談將軍一起南下吧！」

可憐的范成大，楚楚可憐地看了看自己的老子，見後者無奈地點點頭，只能哭喪著臉謝了恩，一步一步走上了大船。

深知談寶兒纏著范成大一起南下必無好事，張浪不禁湧起兔死狐悲之感，忙將求助的眼光望向了國師張若虛，後者苦笑著搖搖頭，但架不住兒子哀求，最終還是幾步走到談寶兒身邊，低聲道：

「談將軍能否借一步說話？」

談寶兒知道他是要爲范成大求情，但大庭廣眾的，老雜毛也不能把自己怎樣，也樂得賣個交情，點頭答應。

兩人來到一處人少的地方，張若虛伸手從袋子裏摸出一把紅色符紙來，遞給談寶兒道：

「談將軍，你南行乃是爲國出力，此去凶險重重，貧道無以爲助，這些符紙便送與你了，希望能對你此次南行有所幫助。使用時候，用真氣點燃符紙，同時念動咒語『阿不掛拉』，扔出一符，便可引來地火傷敵！」

祈雨臺一戰，談寶兒見識過老道符紙的威力，自不會客氣，笑嘻嘻地一把接了過來，塞進酒囊飯袋，用力拍拍張若虛的肩膀：

「老張啊，看你這麼豪爽，那個小范呢，我會幫你好好照顧的，絕不讓他少一根毫毛就是！」

張若虛見他如此上路，也是放下心來，朝張浪和太師遞了個搞定的眼神，他卻哪裡知道談寶兒這會兒心裏正在笑得無恥：「老子說不讓他少一根毫毛，但少了一萬根總是可以的，又或者是少胳膊少腿什麼的，你總不能說老子言而無信吧？」

當下，談寶兒朝永仁帝行了一禮，最後看了楚天雄一眼，似乎想問什麼，最後卻終於沒有再問，幾步走上了甲板。

他上船之後，其餘金翎軍的士兵也次第上船。小關一聲令下，大船張開十二張大帆。

同一時間，江岸之上，永仁帝目光看向張若虛，後者點點頭，獨自一人走到了江邊，立定之後，隨即從背上拔出一把桃木劍，同時從隨身口袋裏摸出一把黃色符紙，嘴裏念念有詞，隨即舞動木劍，將符紙朝江中一撒。

下一刻，平靜的江面上竟是頓時刮起了陣陣北風。隨行士兵和百姓見此都是歡聲雷動。

談寶兒卻是大吃一驚，背上全是冷汗。他早知道老張法力非凡，但萬萬料不到竟達到了如此輕易就能呼來大風的境界，難道他求雨要用神獸根本就是個幌子？一念至此，對張若虛畏懼大增，不得不重新估量他剛才送符紙的深意了。

北風初時甚小，不久轉急，風力遒勁，船借風勢，破開萬頃碧波，在藍天白雲之下，緩緩加速，離岸向南而行。江上岸上，各自揮手依依作別，漸漸再看不到彼此人影。

青龍號雖然是逆水而行，但張若虛所召來的卻是順風，是以船速增加得依舊很快。談寶兒以前並未坐過船，待船速加快之後，竟頭暈目眩，胸口陣陣噁心，卻是出現了暈船跡象。小關忙將他帶到臥房休息。

臥房之中布置舒適，談寶兒不時便進入夢鄉，但剛睡了沒有一炷香的時光，卻又被小關給搖醒了：

「偶像，公主殿下要見您！」

這麼急見老子做什麼？難道沒有見到老公，找我先代替嗎？被吵醒的談寶兒恨恨不已，心頭討著便宜，卻也無可奈何，只能強打精神前往公主所在的房間。

雲蒹公主依舊是鳳冠霞帔，絲巾遮面，不見廬山真面目，談寶兒進來的時候，她正喝著茶，見後者給自己行禮，忙揮手讓他起來，笑道：

「談將軍，本宮雖然久在深宮，卻早聽說過你的名頭了，知道你百萬軍中取敵帥首級，亂雲山上與國師戰成平手，之後不借任何法器神獸竟能呼風喚雨，法力高強，乃是當世第一的少年英雄！」

她語音輕柔，又句句是讚譽的話，直聽得談寶兒骨頭酥麻，飄飄然不知身在何處，口中卻陪笑道：

「公主謬讚了，虛名於微臣如浮雲，而法力高強什麼的更是場面話，做不得準的！」

「呵呵，談將軍客氣了，所以今天專程找你來，就是想讓你給本宮表演一下你的法術，看看是否名副其實！談將軍，不必客氣，你隨手表演一個你最拿手的吧！」

「表演？」談寶兒呆了一下，隨即道：「好吧，既然公主要看，那微臣就表演一個最膚淺的好了！」

他四處看看，陡見窗外飛過一隻水鳥，當即聚集真氣，一氣化千雷使出，一道金色閃電擊出，那隻水鳥頓時被擊落。

談寶兒射出閃電之後，才發現那水鳥竟在五丈之外，正自叫糟，卻沒有料到竟然一擊中的，不知不覺中，自己的法力竟然達到了如此境界，正自揚揚得意，卻聽見雲蒹公主怒聲道：

「可惡！大膽談容，你身爲領兵大將，竟一點慈愛之心也無，那麼可愛的一隻水鳥你也忍心射殺，若是面對手無寸鐵的百姓，你豈不是要草菅人命了？」

「草菅人命？」談寶兒愣了一下，「公主，你是說將人放鍋裏用燒草煎熟嗎？不會的，不會的！煎炸東西時候，我們一般都不用草柴，用木柴比較好，因爲草柴雖然火大，但比較費，炒回鍋肉這樣需要大火的菜時候才用，木柴就不同了，除了耐久之外，還能添些木香味！」

這些是談寶兒在客棧廚房得來的經驗之談，雲蒹公主哪裡聽得懂，聞言將茶杯朝地上一扔，怒道：

「胡言亂語，不知所云！犯了錯不思悔過，還想蒙混過關！來人，給我將談容打三十大板！」

話音落時，旁邊八名侍女頓時衝了上來，在談寶兒尚未反應過來時，已七手八腳地將他按倒在地，也不知從哪裡弄來的兩根大木棍，朝著談寶兒屁股上重重落了下來。

談寶兒本想反抗，卻想起打自己的人可是公主，若是出手，那就是以下犯上之罪，頓時絕了抵抗的念頭，咬牙頂住。

三十大板打完，侍女們齊齊動手，將談寶兒扔到屋外走廊，關上房門。

談寶兒屁股著地，直痛得齜牙咧嘴，幾名負責守衛的金翎軍士兵忍著笑，忙七手八腳地將他攙扶起來。門裏卻傳來雲蕪公主的聲音：

「談容，你回去好好反省，明日再來見本宮！還有，你們誰也不准扶他，讓他自己走回去！」

「啊！」士兵們齊齊放手，談寶兒頓時再次屁股著地，發出殺豬似的慘叫。心裏直接將由古至今所有皇室都問候了一遍。

談寶兒踉踉蹌蹌地回到自己的房間。躺到床上不久，聽到消息的小關便帶著隨船的御醫趕了過來。

御醫檢查一遍，替談寶兒上了藥，笑道：

「將軍不必擔心，公主殿下所用的木棍是經過特殊處理的，打在身上雖痛，但卻並不傷及皮肉，明日便好！」說完告辭離去。

小關將事情始末問了一遍，問道：「偶像，你是不是什麼時候得罪過公主了？」

談寶兒鬱悶道：「我以前從未見過她，怎麼會得罪她？」

小關奇道：「這就怪了！宮中人人皆知，雲蒹公主自小仰慕英雄人物，特別是對抵抗魔人的英雄最是崇拜，按說不會因爲那麼一點小事打你的啊？」

談寶兒沒好氣道：「誰知道呢，她就是喜歡拿老子出氣吧！」說著輕嘆了一口氣，「這沒有你的事了，你也回去休息吧！」

「末將遵命！」小關答應出去了。

屋子裏又只剩下了談寶兒一人。他躺在床上，將剛才的事細想一遍，並不覺得自己有什麼做錯，估計雲蒹公主小題大做，多半是因爲要遠嫁他鄉，所以心情煩躁，又或者是看自己又帥又法力高強，而她未來夫君卻是個手無縛雞之力的文弱書生，因此妒恨交加，才對自己下了毒手。這樣一想，頓時心下釋然，覺得最近還是少去惹那惡婆娘爲妙。

過得不久，卻已到了午飯時間，有屬下送飯進來，談寶兒吃了幾口，心中依舊意氣難平，這口惡氣怎麼也咽不下去，想了想，忽然心中一動，向那士兵道：

「你去廚房給我舀一桶飯來，要用裝飲水的那種大桶！另外，再叫人將范員外給我叫來！」

士兵莫名其妙，卻不敢多問，答應去了。

范成大自聽到自己被授命爲欽差，擔任談寶兒的副使後，便知道談寶兒舊恨未忘，來者不善，一上船後，便小心做人，金翎軍士兵不知他和談寶兒的恩怨，只道他是談寶兒朋友，又是太師公子，倒也禮敬有加。這會兒聽到談寶兒吃飯的時候叫自己，知道多半沒有好事，卻不敢怠慢，嘴上飯粒也顧不得擦，屁顛屁顛跑來了。

范成大一進門就看見談寶兒坐在桌子上吃飯，最奇特的卻是他對面凳子邊放了個巨大的飯桶，桌子上還放了一個盛滿飯的大碗公，暗自好奇不已，卻不敢問，只是恭敬行禮：

「屬下參見將軍大人！不知大人召見屬下，有何要事？」

談寶兒笑嘻嘻道：

「啊哈員外郎，來了啊？請坐，請坐！那個，是這樣的，上次在倚月樓，員外你跟我說，你三歲會罵粗口，五歲能吃七碗乾飯，人稱『京師第一神童』，想必這吃飯之能，定是當世第一。這不正巧廚房今天做的飯有點多，公主說『誰知盤中餐，粒粒皆辛苦』，所以想請員外辛苦一下，幫忙解決一些，不知你意下如何？」

范成大不知這小子葫蘆裏賣什麼藥，但聽說是公主的意思，也不敢多問，道：「屬下願盡綿力！」說完端起那碗飯，就著桌上菜肴，海吃起來。

不時吃完三碗，談寶兒鼓掌：「員外果然海量！來來來，再吃一碗！」叫人替他滿上。范成大也不推辭，歡天喜地，又吃一碗。

那碗卻比尋常飯碗大了三倍不止，這四碗下去，卻等於有了十二碗飯，以范成大的食量，也已是飽了。

談寶兒見他吃完，便叫人又添了一碗。范成大忙推辭，談寶兒笑道：

「員外這是什麼意思？你五歲就能吃七碗，現在十多年過去了，飯量該是大增才是，這才吃了四碗就不吃了，是嫌棄我金翎軍的飯不好吃，還是之前根本欺騙本將軍？嫌棄金翎軍的飯菜也就罷了，不過是四萬人痛扁你，但你知道本將軍是欽差，你欺騙本將軍就是欺騙皇上，欺君之罪，滿門抄斬的啊！飯員外，你不是真的吃不下了吧？」

談寶兒說得溫和，甚至是語重心長，范成大卻是嚇得汗毛倒豎，忙勉強又吃一碗，這次肚子都撐成個圓球了。

談寶兒笑咪咪地親自上前給他添飯，范成大忙一把將碗捂住，道：

「將軍不要再添了，我確實不……不能再吃了！」

談寶兒臉色陡變，重重一拍桌子：

「員外這是什麼意思？莫非是瞧我不起，不給我談某人面子嗎？你不給我面子沒有關係，但公主殿下最恨人浪費，你是不是也要不給她面子？來人啊，范成大冒犯公主天威，拉下去打他三十大板！」

金翎軍軍規最嚴，門外士兵聽到統領發令，當即進來，也不敢問青紅皂白，將范成大拖到門口，找來木棍，劈哩啪啦打了起來。

范成大自小嬌生慣養，幾曾受過這樣的痛打，一時只痛得哇哇亂叫，剛才的飯竟也給吐了些出來。

屋裏的談寶兒看得胸懷大暢，只覺得剛才受公主的悶氣在一瞬間消失得無影無蹤，但表面卻裝出一副痛心疾首的樣子，呼道：

「哎呀，員外郎，你怎麼這麼浪費？都跟你說了粒粒皆辛苦，就算如你所說，我金翎軍的飯菜不可口，但你也不用把剛剛吃過的飯立時就給吐出來啊！」

負責毆打的士兵一聽這話，只道這富家子弟實在挑揀太多，對自己軍中伙食不滿，心中不由有氣，下手時便暗自加重，只痛得范成大哇哇亂叫，叫苦不迭。

杖打完畢，士兵們將范成大拖下去，自去找御醫治療。談寶兒哈哈大笑，屁股竟也不那

麼疼了，一時終於相信了一句神州流行甚廣的名言：

「將快樂和人分享，一份快樂就變成了兩份；將痛苦和人分享，痛苦就只剩下了一半。」

可惜談寶兒的得意卻並未持續多久，午飯剛過不久，便有侍女來傳他再去見公主。談寶兒知道剛剛殺豬聲太響，公主多半聽見，忙先想好一套說辭，隨即叫人找來擔架抬著自己，裝成一副重傷未癒的樣子，以博取同情。

但雲蕪公主對飯桶的事卻是隻字未提，見他進來，指著桌子上一副圍棋笑道：

「談將軍，這旅途無聊，不如咱們來對弈幾盤如何？」

談寶兒粗鄙無文，又哪裡會什麼狗屁的圍棋了，見此忙將頭搖得撥浪鼓似的：

「回公主的話，微臣不會下棋，怕壞了公主的雅興，公主還是請找別人吧！」

雲蕪公主立時大怒：「談容，本宮聽說你出生書香世家，未參軍前在京中即已是小有名氣的才子，人稱『琴畫雙絕』，又怎麼會不會下棋？分明是嫌棄本宮主沒有楚家小姐漂亮，不肯賞臉！來人，給我行手刑！」

手刑卻是用纖細的竹棍打手，談寶兒不能說自己不是談容，一時欲辯無言，只得認罰，一雙手被打得豬蹄似也，雲蕪才放他回去。

回去之後，談寶兒鬱悶難平，當即讓士兵再次將飯桶叫來，讓他和自己下棋對弈。果如他所料，范成大吃喝玩樂都會，圍棋這等高雅之事向來是敬而遠之，堅稱不會。

「你堂堂太師公子，怎麼可能不會下棋？分明是嫌棄本將軍出身寒微，不肯賞臉了！」談寶兒找到藉口，讓士兵也給他上了手刑。看到飯桶手也和自己一樣粗如豬蹄，談寶兒這惡棍才心下稍平，覺得天藍水碧，世界如此美好！

但事情並未就這麼完了，次日一大早，雲蒹公主又將他叫了過去。這一次卻是探討詩詞。談寶兒文墨疏通，只得告罪，當即又引得雲蒹公主以爲他對自己不屑一顧，更加怒氣勃發，命令侍女賞了他一頓竹筍炒肉絲。談寶兒有苦無處說，當即回頭對著范成大如法炮製。

青龍號一路向南。雲蒹公主每日都要找個理由修理談寶兒一頓。這些理由開始幾天是詩詞歌賦和琴棋書畫這樣的風雅，琴畫雙絕的談大將軍對這些自然是樣樣精通，但卻一貫地對公主不屑，堅持冷酷到底，任由後者處罰。

談寶兒在公主這裏受了委屈，敢怒不敢言，只能回頭找范成大出氣發洩。後者也知道談寶兒是有心整他，但卻也無可奈何。第一，是因爲談寶兒是市井中混大的，對巧言無賴之事最是擅長，沒有理由也能找一籮筐的理由出來，更何況每次都有雲蒹公主這個珠玉在前提點。第二卻是官大一級壓死人，談寶兒的官職比他大了不是兩級三級的問題，非但本人法力高強，而

且手握重兵，他老爹不在身邊，是以並不敢和談寶兒爭。

日子就這樣一天一天過去。談寶兒受的罰雖然越來越重，但他功力深厚，恢復也快，而他一旦受罰，轉手就對范成大加倍處置，竟也從中找到樂趣。

船上一切雜物都由小關負責，談寶兒甚是悠閒，卻因爲怕被公主教訓，不敢聚眾賭博酗酒，每日裏除去罰與被罰的時間，唯一的消遣就是躲在自己的房裏練習神筆法術、演練屠龍子所傳的陣法以及看那本《御物天書》。

神筆法術依舊只有凌波術、禁神大陣和一氣化千雷，而蓬萊陣法卻多有領悟，除開對五種基本陣法運用更加純熟外，那幾種奇陣中的「萬星照月」大陣竟是有了一定的認識，但獨獨於《御物天書》上面沒有絲毫進展。

神州法術，不外乎符咒、陣法和精神術這三種，就連神筆法術也脫不出這個窠臼。但事實上，這三種法術的根源卻並不一樣，符咒和陣法其實是異曲同工，都是用特殊的方法引導出天地間蘊藏的能量爲己所用，而這兩者的引子都是施法者自身的真氣。

精神術卻完全不同，這種法術是鍛煉人本身的意志力，以強大的意志力來駕馭天地萬物爲己所用，以達到傷人殺敵之效，所以這種法術又叫御物之術，而意志力又被稱爲念力，和真氣一樣，都可以通過鍛煉得到成長。

談寶兒在京城外那夜一覺醒來，忽然發現自己能看懂天書上的字了，照著天書上面所說的去修煉，但辛苦修煉的結果是，他甚至無法用念力讓一根羽毛動一動，修煉了幾天，便徹底放棄，將那破書收入酒囊飯袋之中，再不理會。

第三章　河圖洛書

日行夜泊，青龍號走了十五天之後，出了京城所在的風州，又過了雲州和航州，行程已然過半，張若虛借來的北風也終於消失了個乾淨，但因爲底艙的三百士兵用力，船行速度並未降下來，依舊是在江面上飛行如箭。

一路行來，所有瑣事自有小關處理，完全不需要自己操心，除了要應付雲蘼這惡婆娘的無理取鬧外，談寶兒覺得自己的日子是美妙無比的，但這兩日起，他卻不知爲何竟有了一種奇怪的感覺。他坐在房間裏的時候，總覺得有人在外面偷偷注視自己的一舉一動，但每次他出門去看，屋外卻只有執勤的士兵，並無他人。次數多了，他以爲是自己被雲蘼搞得神經質，也未在意。

到第十六天的夜晚，青龍號降下長帆，停泊在了一處水流平靜的江面上過夜。此處江面一片空闊，江岸四野俱是平原，月色下望去大見蒼茫，除開靜靜水流聲，便只能聽見群鴉亂舞。此時暮色深沉，岸上卻僅稀稀落落地散落著幾點燈火，一派的寧和景象。

對此優美夜景，雲蒹公主雅興大發，當即叫人備了酒菜，並傳談寶兒。談大將軍正在一邊餵小三吃牛肉，一邊看永仁帝賜下的《南疆遊記》。

他文字粗淺，而這本書作者陸子遷卻是一位了不得的才子，所寫的書自是才華橫溢，之乎者也就不說了，還滿篇的引經據典，搞得他連矇帶猜也只看懂了兩成，正是氣惱的時候，一聽又是公主殿下召見，暗自罵了聲娘，將小三收進酒囊飯袋，堆著笑臉跟那侍女進了公主的房。

房間的窗戶是打開的，雲蒹公主臨窗而坐，正好可以看見窗外水波淼淼、月影泛江的美麗夜景。

談寶兒受命坐下後，雲蒹公主難得地展示了一下她的笑聲，道：

「統領大人，今夜對此月明星稀，江楓漁火，本宮心情甚好，得了一句對聯，想請大人對上一對，希望大人不要掃了本宮的雅興才好！這上聯就是『移舟泊蒼瀾，明月江楓載漁火』。大人請！」

談寶兒字都認不全，又懂什麼狗屁的對聯了，心裏罵娘，嘴裏正要習慣性地說不會，耳邊忽鑽進一個聲音道：

「你對：『橫劍斷北溟，雲騎金甲截秋水』。」

他不及細想，當即將這話重複一遍。

雲蕠公主愣了一愣，隨即重重一拍桌子，撫掌道：

「妙！對得妙啊！如此豪情，才該是名震天下的談容啊！」

原來魔人所在的大陸距離神州有萬里之遙，中間所隔著的就是神州至北的大海北溟，魔人兩次攻伐神州，都是從魔人大陸出發，乘坐一千巨船渡過北溟而來。

秋水是魔人大陸最重要的一條河，地位和神州的天河相若。談寶兒說劍斷北溟，馬截秋水，言下之意自是一腔橫掃魔人大陸的豪情。

讓雲蕠公主高興的卻並不僅僅是對聯本身，更重要的是，這半月以來，談寶兒一直是要冷酷，根本不屑和她詩詞對答，現在終於肯開口，算是自己大大的勝利。她一高興，當即命人賜了談寶兒一杯酒。

這之後，雲蕠公主詩情大發，又出了幾個對聯詩句，談寶兒總在那聲音指點下順利過關，雲蕠公主喜不自禁，連連賜酒。

一直鬧了近一個時辰，公主殿下才算是盡興，讓談寶兒告退，最後破天荒地沒有處罰，且賞了他一個白玉酒杯。

談寶兒滿腔的好奇，出得公主房來，四處張望一下，卻發現拐角處有一個值班的士兵在朝自己眨眼，忙快步走了過去。

待他走近時，談寶兒才發現那士兵並不是這幾日在這裏值班的，但眉宇之間卻依稀有些眼熟，似乎在哪裡見過。

那士兵單手放於胸前，做了個佛禮，嘻嘻笑道：

「談大將軍，多日不見，近來可有在房頂跑步健身？」

「你……啊，原來是小師父你啊！」談寶兒猛然想了起來。在楚府拒婚的當夜，自己從街上房頂上躍下來的時候，曾經見過一個小和尚，開口就識破了自己的身分。正是眼前這個人。只是不知爲何竟然穿上了金翎軍的軍服，在這裏値班了。

正發愣，小和尚卻一把將他拉到一個僻靜角落，四處看看，這才鬆了口氣，將頭頂金盔摘下，一邊扇風一邊道：「還好沒有被老禿驢發現，不然死得就很難看了！」

說完話，小和尚回頭看見談寶兒一臉詫異，忙笑著解釋道：

「是這樣的，佛爺我這次是偷偷溜出禪林寺的，走的時候呢，還順手拿了那麼一件師門的寶貝，他老人家自然不捨就追了過來！從禪林追到京城，又從京城追到這裏。剛才我看這裏有條官船，就偷偷溜上船來，嘿嘿，順手弄睡了一個你的手下，穿上他的衣服，正好看到你被那娘們爲難，你也知道我們出家人慈悲爲懷，就忍不住出口幫了你那麼一下！怎麼樣？有沒有

打算請我吃牛肉，感謝佛爺我一下？」

談寶兒聽得暗自冷汗直流，這一船官兵五千多人，竟然誰也沒有發現這小和尚是怎麼溜上船來的，如果是敵人的話，後果不堪設想。

他心頭轉著念頭，表面卻熱情地把住小和尚的肩膀，笑道：

「當然當然，應該的！走！去本將軍的房間，你想吃多少牛肉就有多少！」

小三一天十幾斤牛肉的吃，所以這船上裝得最多的肉類就是牛肉了。

「哈哈！佛爺我一看你這人就是爽快，和你做朋友那是再好沒有了！」小和尚大喜，跟著談寶兒就要向他房間走去，但剛走了兩步，臉色忽然大變，向談寶兒道：「談將軍，佛爺我有事在身，先行一步，咱們改日再聊！」

說完話，隨手一指，面前立時浮起一根斷柄的木魚棒，他飛身踏上木棒，一人一棒如離弦之箭，朝江心落去，隨後貼著水面，好似一尾箭魚，朝前躥去。

同一時間，對面江岸上一個蒼老的聲音喝道：「劣徒哪裡走？」隨即一顆雪白的流星從岸上射出，朝小和尚追了過去。

「御物之術！」談寶兒一聲低呼，展開凌波術，腳踏水面，追了上去。

這些日子他眼力大進，是以看得清楚那流星其實是一老僧，只不過他身著白色僧衣，腳下更是踏著一襲雪白的袈裟，凌空飛行，速度又快，才像極了流星。

原來精神御物之術練到極處，可以憑藉念力指揮天地萬物爲己所用，小和尚驅動木魚棒載自己飛行，老和尙驅動袈裟，都是御物之術的高級表現了。談寶兒最近修煉《御物天書》毫無進展，陡然見到高人，哪裡肯放過，這才情不自禁地追了過去。

滿船的官兵聽到動靜，聞聲趕了過來，只見月色之下，三道光華在江面上飛騰，其中一道全身雪白，凌空不落，另外兩道爲金色，一道緊貼水面，如箭離弦，另外一道卻在水面和空中起伏，一如星丸跳擲，說不出的神奇。

三道光華，不過眨眼之間，便消失在夜色之中，只留下淡淡流光，令人遐想。

那道如星丸跳擲的自是身穿金甲的談寶兒，他凌波術一展開，一步跨出便是兩丈，在江面之上只如閒庭信步一般，眨眼之間便追上了白衣老僧。老僧見此咦了一聲，卻也沒有禮貌性地招呼一下，只是全力催動念力，追趕前面的小和尚。

三人一前兩後，在大江上風馳電掣，帶起三道光華，一時蔚爲奇觀，夾岸漁民見了，都是大呼神仙，紛紛跪倒叩拜。

飛了一陣，前面的小和尚速度卻慢了下來，被老僧和談寶兒漸漸追上。

小和尚聽到風聲，很是滑溜地一踏江面，木魚棒凌空飛起，載著他朝著江岸上飛了過去。

江岸之上乃是一片連綿山脈，若是任他進入，追蹤難度便大大增加，老僧見此喝道：「無法！你要再不停下，爲師可要下重手了！」

「阿彌陀佛！老子又不是白癡，傻了才會停。枯月老禿驢，有什麼本事你就儘管使出來，看你能不能傷得了佛祖欽點做繼承人的佛爺我！」無法小和尚哈哈大笑。

「冥頑不靈！起！」白眉老僧枯月僧袍向上一揮，平靜的江面之上，陡然升起一道白色水牆，正好擋在了無法身前。

「下去！」無法一聲冷哼，雙手合十，念力過處，那憑空升起的水牆便硬生生被壓落下去。

兩個人分別以念力控制江水比拼一招，看情形竟是平分秋色，但這只是表面現象，就在水牆落下的剎那，無法慘叫道：「哎喲！老禿驢你竟然耍賴，偷襲不說竟然還用武功！」叫聲落時，正好飛到江岸，當即重重落下，砸在一棵大樹的樹梢，壓斷幾根細枝，墜到地上，動彈不得。

枯月飛到無法身邊，按落袈裟，隨手一抄，合十道：「罪過，罪過！」隨即虔誠走到水邊，攤開雙手，一條小魚游出，沒入水中不見。

緊隨其後飛到岸上的談寶兒直看得大驚失色。原來枯月剛才那道水牆其實是虛招，真正的殺招竟是水牆之中用武功中的彈指之法射出的小魚。

無法一時不察，雖然將水牆用念力壓落，卻被這條水浪中的小魚給擊中穴道，再也動彈不得——這老和尚飛行之時，竟然能察覺水底游魚的動向！

但這還在其次，談寶兒真正吃驚的，卻還是這老僧竟然會武功這種古老的玩意！

武功在遠古的時候，曾經和法術有著同等的地位，雖然武功和法術一樣也是使用真氣，但因爲武功遠不及法術修煉來得容易，並且威力也很難達到千人斬萬人敵的境界，便慢慢衰落，到得當今之世，人魔大戰爆發，武功更是衰落到了一個高手不會問津的地步。直到近年，楚接魚以一身武功躋身四大天人之列，並命令昊天盟弟子修煉，神州武林才有了復興跡象。禪林一貫地以精神術享譽天下，卻沒有料到竟然也有一個老僧會用武功。

談寶兒一臉震驚，枯月卻只是微笑著看了他一眼，也不言語，徑直走到無法身邊，拾起那根斷了半截的木魚棒，嘆道：

「無法！爲師當日給你取法號『無法』，是要你記住法無定相，唯我禪心才是根本。可並不是要你無法無天！」

無法笑嘻嘻道：「什麼叫無法無天？佛爺我不過是喜歡下山超度些野狗，並順便吃牠們的肉，超度牠們的靈魂。當然，這吃肉時是需要一點點美酒的了。」

「你……你，你小小年紀就連犯葷戒、酒戒，屢教不改不說，這次掌門師兄剛說要罰你去後山面壁三年，你居然趁機偷了本門秘寶之一的菩提棒出走，又犯偷戒。現在還敢在這裏胡言亂語，又犯了妄戒！你啊你，爲師不知該怎麼說你……」枯月情緒激動起來。

無法笑道：「師父，別那麼激動，小心犯了嗔戒！」

「阿彌陀佛！多謝指教。」枯月宣了聲佛號，果然平靜下來。

無法眼珠一轉，道：「師父，你看我指教了你的修行，你是不是該報答我？放弟子離開？有恩不報，小心因果循環，報應不爽哦！」

「這個……」枯月搔搔頭，臉上露出爲難神色。

無法又道：「師父啊，我可告訴你，你真要是固執地抓我回方丈山，就算掌門不殺我，弟子也沒臉見人了，絕對會立刻自殺。那樣一來，你可也犯了殺戒，難成正果哦！」

「別別別，你不能自殺，那樣你也犯了殺戒！」枯月連忙擺手，似乎真的怕無法自殺，一時大是躊躇。只是無法雖然用言語成功誆住了枯月，但一時卻也想不出辦法來脫身。

談寶兒見此暗自好笑，上前朝老和尙行了一禮道：

「大師，晚輩談容有禮了！」

「原來是談施主，難怪有如此修行！」老和尚忙合十回禮，一臉的敬重。

要知道談容今時今日名滿天下，枯月雖然少問世事，但沿途行來卻也知道有這麼一位抗魔英雄的存在。

談寶兒指點著地上的無法，很是嚴肅道：

「大師可是對如何處置令徒覺得為難？晚輩有個提議，大師不妨將他交與晚輩。無法師父屢犯清規，正是因為對紅塵不太瞭解，你讓他在紅塵間走一遭，自然可以看破紅塵，得成正果，而有晚輩幫你看管，他想來也不能做出什麼有損禪林清譽的事！」

「對對對，師父你不如將我交給談將軍吧，他愛國愛民的胸懷和我佛的大慈悲精神一脈相承！跟著他，弟子一定能洗心革面，重新做人！」

「好啊好啊！」枯月良善近迂，正不知該如何處置無法，聽到談容肯主動幫忙監管，哪裡有不同意的道理，當即隨手一揮，解了無法的穴道，「那貧僧就將無法交給談施主了。無法，你自己好自為之，莫要辜負談施主一番好意！至於這根菩提棒……」

「師父，你千萬不要將菩提棒帶走，這些日子，弟子和它相依為命，已經情同父子，不能割捨啊！」無法大叫。

談寶兒聽得好笑，心說這小子也太能胡扯了。

但枯月聽了，臉上卻露出滿意微笑：「阿彌陀佛！眾生皆有靈性，短短月餘時光，無法你能和菩提棒有如此深厚感情，爲師很是高興，但菩提棒是本門至寶，爲師始終要帶回禪林寺向住持交差的。咱們就此別過吧！」說完朝談寶兒再行一禮，身形一閃，駕著袈裟帶起一抹白光，消失在蒼茫夜色之中。

「帶走就帶走，一根破木棒，佛爺希罕嗎？」無法撇撇嘴，隨即得意的聲音轉低，「反正菩提棒裏的菩提明鏡心經，佛爺我已經全部記熟了！」

「有你小子的！」談寶兒這才明白這小子剛才是在虛張聲勢，不由罵了一句，定睛一看卻嚇了一跳——無法望著他的雙眼裏似乎充滿了熊熊烈火，同時誇張叫道：

「英雄啊大俠！你幾句話就在當今禪林四大長老之一的枯月禪師手下將人救走，我真是太崇拜你了！我叫你做老大好不好？」

「少來！」談寶兒一眼就看穿這小子的陰謀，「收了你做小弟，老子就得罩著你，禪林的人來了，老子就成了你的替死鬼？」

「老大你真是太英明了！連身爲佛祖繼承人的我，小算盤都逃不過你的法眼！沒說的，從今天起，小弟就跟你混了！」無法邊說邊朝談寶兒磕起了響頭。

「真要跟著我，以後就少亂拍馬屁！要知道你老大我可是這方面的鼻祖！」談寶兒無可奈何地搖搖頭，算是答應了下來。反正他也需要利用無法幫他修煉《御物天書》，而且無法個性和自己相近，收這樣一個小弟也該是件很有趣的事吧。

當下兩人又說了陣沒有營養的廢話，內容無非是對方的生辰八字有無婚配隔壁鄰居有沒有養狗之類的八卦，卻是越聊越投機，兩個惡棍簡直是一見鍾情、相見恨晚、義憤塡膺。

最後，無法拍著胸口道：「老大你放心，有我佛祖繼承人無法大師在此，你那媳婦就算是被天魔搶去了，我也能叫他乖乖給你送回來！」

「你就給我吹牛吧，連你師父都搞不定，你還說對付天魔，不就是欺負人家早被羿神打得躲到某個烏龜洞裏去了嗎？」談寶兒顯然對某人的說法不屑一顧，「好了，別廢話了，我得先回船上去了，不然雲蒹那惡婆娘看不到我，逮不準就會又治老子個擅離職守什麼的大罪。對了，你的寶貝棒子被你師父搞走了，還能飛不？要不要我幫忙？」

無法撇嘴道：「善御者，御萬物！何必一定要菩提棒？昔年般若禪師一葦渡江，佛爺我難道就不行嗎？」說著話，他朝地上一招手，剛剛被他壓斷的一根樹枝應手飛起，懸於空中，飛身踏足而上，落到水面，和先前一樣貼水箭行。

談寶兒見此暗暗羨慕不已，展開凌波術追了上去。

兩人原路返回，飛了一陣，江面上卻迎面飛駛來十餘條小船。談寶兒看得清楚，每條小船上都掛著一盞燈籠，船上布滿了手持弓箭刀槍的金翎軍士兵，一個個神情嚴肅。士兵們很快發現了剛剛消失的這兩道金光，一起大聲呼喝，張弓就是兩蓬金色箭雨射來。

談寶兒見此嚇了一跳，正要招呼，卻聽無法大笑道：「哈哈，阿彌陀佛，這麼多金子，佛爺我要化多久才能化到，別浪費了！」說時定住身形，伸手一甩，一個鏽跡斑斑的銅缽被扔到空中。

兩蓬金色箭雨，如針見磁，頓時失去了原來的目標，紛紛朝銅缽射來。一陣金鐵交鳴聲之後，幾十支箭全數聽話地落在了銅缽之中，擠得滿滿的。無法哈哈大笑道：「斷！」伸掌虛虛一劈，長箭紛紛齊頭而斷，箭桿掉了一地。

船上士兵盡皆失色，便要再次射箭，談寶兒忙大聲道：

「不要射了，是自己人！」

「都住手！是統領！」小關充滿喜悅的聲音響起。眾士兵愣了愣，隨即都是歡聲雷動，紛紛撤箭下弦，划船過來。

談寶兒帶著無法，朝小關所在的小船飛去。剛一落地，人群中卻有一人撲了上來，談寶兒躲閃不及，頓時被那人緊緊抱住，一股幽香隨即撲鼻而來，耳邊響起一個女聲道：

「容哥哥，你沒事太好了！」

談寶兒腦袋一聲轟鳴，忙一把推開懷中人，定睛一看，頓時失聲道：

「楚楚……蘭兒，你怎麼來了？」

眼前這人眉如煙黛，目若春水，雖是身著戎裝，但卻依舊難掩其淡雅模樣，卻不是楚遠蘭又是誰來？

小關笑著代答道：

「統領是這樣的，離開京城前的那天晚上，楚尚書找到皇上，說了你和楚小姐的情況。皇上特旨讓楚小姐這次陪你同去南疆，想給你個驚喜，便依了唐將軍的提議讓楚小姐女扮男裝，混在軍中，打算到了南疆才和你見面。剛才江面發生異狀，你又失蹤不見，楚小姐擔心你的安危，硬是要跟著出來找你，我是攔也攔不住。」

談寶兒這才恍然大悟。難怪在離開京城的時候，老唐很莫名其妙地說自己好福氣，原來這沒義氣的老傢伙早已知道楚遠蘭混在了軍中，也不告訴老子一聲！這幾天自己總覺得有人在門外偷窺自己，想來就是這冤魂不散的楚遠蘭了！

楚遠蘭上前親熱地挽住談寶兒的手道：

「容哥哥，告訴你個好消息！我離開京城前，皇上說回去後就給我們賜婚，還說到時候

特旨允許我跟你去前線，你高興不高興？」

「我高興，我高興得簡直要瘋了！」談寶兒只能乾笑了。當日他以「魔人未滅，何以爲家」拒婚，永仁帝這樣的安排，那自己的藉口便算是不攻自破了。

「是嗎？那老大你皺眉做什麼？」一邊的無法很是不識趣地插嘴。

「我有嗎？哈哈，爲什麼皺眉？皺眉是因爲爲難，那我爲什麼爲難呢？哈哈哈……因爲我一下子見到我日思夜想的寶貝蘭兒，一時實在是想不出怎麼做才能表達我內心的激動感動以及衝動，所以才爲難啊！」

「哦？」眾人將信將疑。

談寶兒忙轉移話題道：「那個對了，給你們介紹一下，這位是我新結識的兄弟無法，禪林寺出來的假和尙，你們叫他法哥就可以了，這是小關，這是……好了，咱們先回去吧，免得公主擔心。」

一聽公主的名頭，眾人果然不敢怠慢，小關忙令軍士舉起號燈，十來艘小船一起返航。一路上，談寶兒將剛才的事重新改編了一下，將無法和枯月說成是一起路過，自己尾隨兩人，終於和無法結成了朋友，眾人也並未生疑。

回到青龍號的時候，船上燈火通明，上下兩層都是張弓搭箭的士兵，戒備森嚴。而出乎談寶兒意料的是，一身很是顯眼猩紅披風的雲蕪公主竟然也站在了船頭，焦急地張望著什麼。

有眼尖的士兵看到談寶兒佇立船頭，頓時歡聲雷動，眾士兵這才放下了弓箭。雲蕪公主也是鬆了口氣，大步走上了甲板。

小船靠到青龍號之後，談寶兒率領眾人一起上岸，見到公主，紛紛下跪請安：

「參見公主殿下！」

「不用多禮，都起來吧！」雲蕪公主揮揮手，移步到了談寶兒身邊，「談將軍，你沒事……」說到這裏，她忽然發現楚遠蘭竟然挽著談寶兒的手，怔了怔，眼光落到楚遠蘭臉上，身軀顫了顫，大喝道：「談容你好大的膽子！從哪裡弄來個年輕女人？擅離職守，強搶民女，該當何罪？來人啊，將他給本宮拿下！」

「且慢！」小關忙站了出來，「公主殿下，您誤會了，是這樣的……」當即細細將前因後果講述了一遍。

雲蕪公主默默聽完，不見喜怒，目光細細打量楚遠蘭一陣，淡淡道：「原來這位就是楚小姐啊，看來果然是本宮誤會了。但是……」聲音至此陡然一高，目光冷冷掃向談寶兒，「如果剛才來的不是禪林高僧，而是刺客的調虎離山之計怎麼辦？談容，你行事太過草率，險些釀成大錯！來人，將他給我重打五十大板，以儆效尤！」

「啊！這就五十大板？」楚遠蘭失聲叫了起來。這些日子她不是沒有聽過關於談寶兒、公主和范成大之間的事，但最近談寶兒和公主的關係已經大是緩和，怎麼一下子又回復到冰點了？

「不夠嗎？那就一百好了！」雲蒹公主冷笑，眼光最後掃了楚遠蘭一眼，拂袖轉身而去。

兩名士兵苦著臉走了上來，拱手道：「得罪了，統領！」伸手將不敢反抗的談寶兒按倒在地，兩根臂粗的木棍在談寶兒屁股上玩起了打擊樂。

感受到屁股上的劇痛，名震天下的談大英雄望望冷酷轉頭的雲蒹公主，又看看正一臉無辜的楚遠蘭，心中發出一聲長嘆：

「真是紅顏禍水啊！京城四大美人，一個老子已經吃不消，這下子變成兩個！羿神大哥，你是不是真的要玩死老子你才開心？」

好在打擊樂雖然雷聲大，但雨點小，打的時候固然是痛徹心扉，事後卻不會留下任何的傷痕，休息一夜之後，談大將軍便又生龍活虎了。

楚遠蘭自公開身分之後，便光明正大地來纏談寶兒，非但每日來爲他打掃房間，還親自下廚爲他熬湯做飯，還一點也不客氣地將談寶兒的髒衣服收來清洗，溫柔體貼之處，直看得無法這個假和尚恨不得立刻還俗。

談寶兒對此卻是叫苦連天。對著一個絕世美女，任何一個正常的男人都不可能無動於衷，但偏偏要緊的是，這是談寶兒最崇拜的談容的未婚妻，楚遠蘭也以爲他是談容，而自己也已經有了若兒，無論從道義還是情義來說，自己都不可能接受她的。所以每一次對著楚遠蘭，他都是天人交戰，好不苦悶。

另一方面，雲蒹公主的表現，更讓談寶兒深信「一座山裏不能有兩隻母老虎」這個真理。自從楚遠蘭出現在談寶兒的身邊之後，這惡婆娘是醋勁大發，更加變本加厲，一天最少要找三次談寶兒去商談國家要事，但幾乎每次的最後，這些要事都結束在了談大將軍的屁股上。

談寶兒心中暗自將這女人千刀萬剮了百萬次，卻敢怒不敢言，到得後來索性每次都裝病，壓根不讓傳話的侍女進來，能躲一次是一次，心中只恨不得早日到達南疆，將這包袱扔給南疆王世子算了，至於永仁帝說南疆王可能謀反的事，自被他拋之腦後了。

兩大美女搞得談寶兒焦頭爛額，他唯一發洩的途徑，就是很無恥地將痛苦轉嫁給范成大。其餘時間，他大都是和無法待在一起，喝喝酒吃吃肉，順便請教御物之術。

當無法第一次聽到談寶兒說他是本代寒山天書傳人時，嘴巴半天合不上來：

「老大你可真行，寒山派的《御物天書》向來都只傳給掌門聖尼，嘖嘖，這下你風光了，我看過不了多久，就可以看到你老人家率領八百尼姑縱橫神州的空前盛況了！」

對於這樣的話，談寶兒覺得很悶，但接下來的情況卻讓他更悶。無法本身念力雖然可稱高手，但他的念力是自小稀里糊塗就有的，對於如何才能讓談寶兒擁有第一道念力這個問題，竟是名副其實的無法。

日子便這樣在滿地雞毛的熱鬧裏和著滔滔江水悄然流逝，托羿神他老人家的洪福，眨眼間，青龍號出發已過了二十多天，終於出了九州，駛進了南疆地界。

一路行來，雖不順風順水，但終究算得上是順利，途中非但沒有遇到昊天盟的人，甚至連水寇蟊賊也沒有遇到一個，算是不幸中的大幸。

此時本已是盛夏，進了南疆之後，天氣更加濕熱，雲蒹公主的心情便越加煩躁，找談寶兒商談國事的次數便越多。

與之形成鮮明對比的是小三，進南疆前幾天便食欲日漸遞減，進疆後更是完全不思飲食，談寶兒想起若兒的臨別囑託，愁眉不展，無法卻是喜笑顏開——少了一個食量超大的傢伙和他搶牛肉，他又可以多吃些了。

奇怪的是，小三雖然開始飲食不沾，但活力依舊如故，每次談寶兒將牠一放出來，就是滿屋子的亂跳，如果不是談寶兒將門窗關嚴，大概這傢伙早已跳進江裏去了。

就這樣又過了三天。

這天晚上，談寶兒正一邊逗著小三，一邊雲裏霧裏地聽無法講天上八大行星的運行軌跡和彼此作用力的牽引，小關忽然敲門進來道：

「偶像，明天一大早，我們就會到達南疆最大的港口天姥港，南疆王世子將率人在那裏迎接我們。公主殿下請您過去一趟，說有要事相商！」

談寶兒聽到前面半截本是心情大好，但聽到後面一句卻頓時臉色難看：

「你去告訴她，我忽然得了大病，去不了！」

小關苦著臉：「偶像，這個你不是爲難我嗎?肚子疼、頭痛、腸炎、小兒痲痹……腎上腺素分泌超標，你全都用過一遍了，這次又用什麼藉口?」

「這個，你就隨便選一個吧！」談寶兒隨口答道，低頭去看小三。話一出口卻半天沒有動靜，抬起頭才發現門口不知何時已站著雲蒹公主冷冷的身影。

談寶兒這才嚇了一大跳，忙將小三握在手心，起身跪下道：

「微臣參見公主！」

「談將軍既然有病在身，那就不必多禮，起來吧！」雲蒹公主淡淡一笑，手指點點小關和無法，「你們兩個，都先出去！」

小關和無法以一種愛莫能助的眼神望望談寶兒，走出門去，並順手帶上了門。

「將軍愣著做什麼，坐啊！」雲蒹公主擺擺手，自己率先在桌子邊坐了下來。

「啊！謝公主！」談寶兒局促地坐了下來，隨手拿起一個新的茶杯倒了杯茶，恭敬遞過去，「公主請喝茶！」

雲蒹公主撩起面紗，喝了一口茶，破天荒地嘆了口氣，道：

「談將軍，明天早上我們就到天姥港了，即將看到前來迎接的禮儀官。按照規矩，明日開始我就要坐上他們南疆獨有的十八抬大轎，再不能和船上所有的人說一句話了。」

是哪位偉大的南疆聖人發明了這個規矩？談寶兒只差沒有高興得當場跪下給這位高人上炷香了，但臉上卻努力裝出一副不捨表情：

「公主……你看這個真是，微臣也不知道怎麼說了！只有祝你和世子百年好合，早生貴子，兒孫滿堂，福如東海，壽比南山！」

「百年好合，早生貴子……」雲蒹公主將這兩句話反覆說了幾次，最後聲音裏卻帶出了一絲苦澀，「你這兩句話說得可真好！對了，本宮今天來是想問你一句，你和楚姑娘當真有婚約在身嗎？」

談寶兒不明白她話裏的意思，只得老老實實地點了點頭。

「那也祝你們百年好合早生貴子了！」雲蕿公主又嘆了口氣，伸手從懷裏摸出一個香囊來，遞給談寶兒，「這一路行來，你保護本宮，沒有功勞也有苦勞，這袋子裏的東西本宮就賜給你了，算是給你和楚姑娘的賀禮吧！」

「謝公主賞賜！」談寶兒畢恭畢敬地接了過來，順手放在了桌上。

「就這樣吧！」雲蕿公主起身站了起來，最後用一種很奇怪的眼神看了談寶兒一眼，推門出去。

談寶兒剛要起身相送，一放鬆，右手裏一直握著的小三「噌」地一下躥了出來，便要朝雲蕿公主的背影跳去，談寶兒嚇了一大跳，忙伸左手將牠再次抓住，心裏暗罵：「你個色烏龜，真有你的，隔著面紗你也知道是美女了？」

將公主送到門口，談寶兒轉身要回房，剛一坐下，一直守在外面的無法便衝了過來，關上門就嚷道：「老大，公主送了你什麼，給我看看！」

談寶兒忙一把將那香囊收起，扔進酒囊飯袋之中，笑嘻嘻道：

「這是公主給我的定情信物，兒童不宜的！」

「切，佛爺才不稀罕呢！」無法撇撇嘴，伸手去抓桌子上剛才沒有吃完的牛肉，但他的手剛一伸出去就定住了，眼珠再也不轉一下，急聲道：

「老大，老大你快看，快看小三！」

「什麼事大驚小……怪的！」談寶兒本不以爲意，但等他眼睛落到小三身上時候，卻也目瞪口呆，再也說不出話來。

小三瞇縫著眼，身體也和剛才並無不同，但奇特的卻是正從肛門處流出了一種金黃色的液體，那散發著熱氣的液體流到桌面上時，輕輕燒灼了一下桌面，頓時凝結成了金黃色的固體，金光燦燦的。

「這……這是金子！」談寶兒以多年客棧生涯的經驗，在一瞬間作出了最準確的判斷。

但在他還沒有完全意識到將發生什麼事的時候，小三忽然眨了眨眼睛，兩顆清亮的水珠從牠眼睛裏滴了出來，落到桌面上時卻發出了一聲輕響，並變成一顆晶瑩透明的小球，立刻彈了起來。

緊隨其後，一連串的晶瑩小球從小三的眼睛裏滾了出來，落到桌面上，發出一陣陣悅耳的輕響。

「媽呀！這不是珍珠嗎？」談寶兒愣了一愣之後，終於反應過來，伸手將那些要掉下桌子的小球給接住。

無法則是完全看傻了眼。

小三的眼睛裏不斷滾出珍珠，屁股上卻不斷地拉出黃金，但美好的時光總是短暫的，當談寶兒搜集到十八顆珍珠的時候，小三再次閉上了眼，屁股上也不再拉出黃金。

談寶兒看看那些拇指大小的珍珠，又伸手掂了掂凝結成了一塊重達一斤多的黃金，和無法一樣，只疑身在夢中。

過了好半晌，還是無法最先反應過來，一把抱住談寶兒的腳，淚流滿面道：

「老大，你這隻神龜是哪條河裏捉的？快告訴我！」

哪條河裏捉的？談寶兒這才回過神來，羿神筆是他和談容共同的秘密，雖然是無法，卻也不能隨便告訴，想了想道：

「在天河裏捉的！」

「天河！」無法一聽失望至極，這裏是蒼瀾江，距離天河那是有十萬八千里，但緊隨其後，他眼珠一轉，笑咪咪道：

「老大，你這隻小烏龜真是可愛，能不能借我玩幾天？」

「少來！」談寶兒忙伸手去抓小三，但他手剛一碰到龜背，立時似觸電一樣給縮了回來。無法咦了一聲，也立即被小三的變化所吸引。

小三自從被屠龍子那道百年功力的氤氳紫氣打中之後，身體曾有短暫地由黑色變成了紫色，但之後便恢復了正常，現在卻全身又變成了紫色，並且龜背上開始出現一道道粗細不等的紫色線條。

這些紫色的線條盤根錯節，彼此交錯，密集處更似一團纏在一起的絲線，但卻隱然有脈絡可尋。上面的線條共分深色和淺色兩種。其中深色裏最粗的兩條線，分別是由南而北，和自西向東，貫穿了整個龜背，其餘的深色線條都較這兩條細，並且竟都是從這兩條線上枝蔓開去的。而淺色的線條則是粗細各異，更加的雜亂無章。

「這……這莫非就是傳說中的《河圖洛書》！」無法失聲驚叫，隨即哈哈大笑，「阿彌陀佛，這次發了！老大，你快找張紙將這些線條按比例畫下來！」

「什麼是《河圖洛書》？」談寶兒愕然不解，但還是從附近書桌上拿起筆墨紙張，照著龜背上的圖紋飛快臨摹起來。

「就是上古時候禹神治水時留下的《河圖洛書》。你不知道嗎？這張圖記載了神州所有明流暗河的位置，像極了一副脈絡圖，所以被稱爲《河圖洛書》。這張圖和羿神的老婆廣寒仙子那幅記載了所有天上星座位置的《星河璀璨譜》共稱爲天文地理界的至寶！只是後來這兩張圖在禹神治水成功後，都和九鼎一起失傳。有傳說說，禹神最後將《河圖洛書》刻在了一隻神龜的背上後，將其放之天河，沒想到傳說竟是真的，這隻烏龜還如此幸運地被你捉到了！」

有這樣的事嗎？談寶兒更加錯愕，他自然知道這隻神龜不過是自己畫出來的，又怎麼成了禹神記載《河圖洛書》並放到天河裏的那一隻了？

不明白歸不明白，「至寶」這兩個字卻對談寶兒有著莫大的魔力，他運筆如飛，依靠小時候畫烏龜練出的功底，很快將《河圖洛書》錄完。而他剛一錄完，小三背上的圖紋便如有靈性似的自動消失不見，小三自己也恢復了黑色，仰著脖子張大嘴，看著談寶兒。

談寶兒再熟悉不過這個姿勢了，忙開門出去，叫人送來牛肉。小三果然是又餓了，一口氣吃掉了百多斤牛肉，才算是滿足，眯縫著眼開始睡覺。

無法看得目瞪口呆，指著這傢伙的小肚子道：

「老大，這傢伙也太能吃了吧！」

談寶兒卻一點也不心疼，眉開眼笑道：

「牠吃得越多就越好，反正牠吃進去的是肉，拉出來的可是黃金，流出來的更是珍珠！哎呀，不說牠了，你跟我說說這《河圖洛書》究竟有什麼用處，怎麼就成瑰寶了？」

「這你都不明白嗎？掌握了天下的水脈位置，就等於掌握了所有的水元素啊！試想你手裏有一張天師教的水龍符，和別人動手的時候，跑到一個有地下暗河的地方再放出符咒，威力豈不是十倍百倍地增加？當然，最能發揮這張圖威力的還是陣法，掌握了天下水脈，布陣的時

候就能最大限度地利用水的威力，用在行軍打仗更是能發揮無窮的威力……」當下無法將這張圖的好處細細說了出來。

談寶兒直聽得點頭不迭。蓬萊基礎陣法中就有封水之陣，向上還有許多和水有關的陣法，掌握了這張圖，自然更能將水系陣法的威力全數發揮出來。既然明白其中好處，當下認真地聽無法講解這張圖的實際地理位置。

無法雖然是在禪林寺長大，但和談寶兒這個草包完全不同，他十五歲之前，每日都要在藏經閣裏看五個時辰的書，使得他除開精通禪林許多法術外，還精通許多雜學，特別對於天文地理一道更是有著頂級學者一樣的研究，解說起《河圖洛書》來，竟讓談寶兒入了迷。

這一夜，兩人都是一夜未睡。到天明的時候，談寶兒腦中不再是黃金珍珠，而全是那些河脈水絡，他現在閉著眼睛都能畫出每條河，而他深信自己之後每行走到一個地方，都能清楚地知道這裏有沒有河流經過，其源頭、水量和流向這些資料也一定會分毫不錯。

天明之後不久，便有手下人送來早點，兩人剛剛用完，便感覺到船停了下來，接著便聽見陣陣歡呼聲，有人大聲道：「終於到了！」推開窗戶，抬眼看去，卻見青龍號所停泊的地方是一個大大的港口，但港灣裏一艘船也沒有，碼頭上人山人海，排列最先的是約莫兩千多人的騎兵。

這些士兵的頭盔上固然繡著大夏軍隊象徵的白雲徽記，但軍甲卻既不是白色也不是金色，而是一律的紫色，和進入南疆時一路所見的南疆王的軍隊一般無二。

向港口後望去，卻是一座連綿起伏的高山，此時正值盛夏，但山上隱然竟有大片的白雪！山腳之下，兩峰交錯險要之處，卻扼守著一座大城，想來就該是天姥港和天姥城了。經過一個多月的長途航行，青龍號終於駛達南疆最大的港口天姥港。

談寶兒推門出來，這時候楚遠蘭正好走過來，見他現身，忙親熱地上前挽住他的手，拉著他向甲板走去，邊走邊道：

「容哥哥，我們終於到天姥港了！據說最多今天晚上，就可以到達南疆的王都怒雪城，到時候你交了差，我們就可以返回京城了！你高興不？」

「高興，真是太高興了！」談寶兒口頭敷衍，心中卻在轉著念頭。到了怒雪城怎樣才能利用南疆王的勢力幫自己找若兒呢。南疆王啊南疆王，就算你老人家要謀反，也等我走了再反好不好？

走到甲板的時候，士兵們正在忙碌地搭著舷梯，雲蒹公主、小關和范成大卻都已先到了。

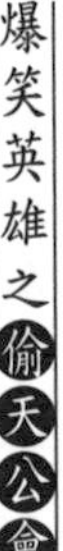

眾人分別行了禮，雲蕪公主問談寶兒道：

「談將軍，本宮送你的東西，你可仔細看過了？」

談寶兒暗叫糟糕，昨夜他一直和無法在研究《河圖洛書》，根本還沒有來得及看，但若是實話實說，那可是怠慢之罪，於是硬著頭皮道：「看過了！」

雲蕪公主又道：「那你覺得如何？」

談寶兒張口便是瞎話：「啊，很好啊，微臣非常喜歡，謝公主殿下的賞賜！」

雲蕪公主哦了一聲，便再無下文。

這個時候，碼頭上忽然傳來陣陣鼓樂之聲，隨著樂聲，騎兵和他們身後的百姓們一起靠路邊站成兩隊，形成夾道歡迎之勢，一頂巨大的鑲金嵌玉的十八人抬的大轎從中間閃了出來。

青龍號這邊，小關帶著一隊金翎軍士兵最先下了船，然後是八名侍女簇擁著雲蕪公主慢慢順著舷梯走了下去。

等談寶兒諸人也下了船，一個身穿紫色繡龍錦袍的年輕人騎馬從轎子後緩緩迎了上來。到得雲蕪公主身前五丈，這人勒繩下馬，恭敬上前三步，翻身拜倒在地。同一時間，他這人生得斯斯文文，白白淨淨，和身後一個個彪悍的士卒形成了鮮明的對比。

身後的紫甲騎兵也紛紛下馬，和周圍百姓一起，都跪倒在地。

年輕人朗聲道：「南疆王世子賀蘭英，恭迎雲蒹公主殿下和兩位欽差大人！」

談寶兒聞言大驚，這人就是范成大說的那堆好牛糞！怎麼不躲在牛圈裏，竟然代替禮儀官親自跑這麼遠來迎親？

雲蒹公主也是怔了怔，才抬手道：「世子不必多禮，大家都起來吧！」

賀蘭英鞠了一躬，恭敬道：「公主、兩位大人，大家一路辛苦，請公主上轎子，大家先到天姥城中稍事休息，洗洗路上的風塵，咱們下午再上路吧！」

「謝公主千歲千歲千千歲！」眾人齊聲答應，一起站了起來。

「好！」雲蒹公主點點頭，上了轎子，婀娜的身形頓時沒入金黃色的轎簾之後。

這個時候，金翎軍士兵的坐騎也同時下了船，談寶兒和范成大兩人作爲欽差，各自上馬，與賀蘭英一起，跟到了轎子旁邊。紫甲騎士和金翎軍士兵也都紛紛上了馬，一前一後，簇擁著轎子向前。

早有事先安排的童男童女將花瓣撒滿前面的道路，眾百姓夾道鼓掌，喜氣洋洋。

賀蘭英得了閒暇，當即衝著談寶兒笑道：

「想必這位就是單槍匹馬在百萬軍中取過魔人主帥首級，亂雲山上空手招來風雨的談大將軍了吧？小王雖然久處邊陲，卻也久仰將軍大名。今日一見，果然是英雄蓋世，名不虛傳

啊！」

談寶兒心道：「老子又沒有將你揍得滿地找牙，你這牛糞從哪點看出老子英雄蓋世名不虛傳了？」口中卻笑道：「牛……哈，這個，小王爺過獎了，你也果然是……那個名不虛傳！」

「欽差大人這話大是奇怪，小王又怎麼名不虛傳了？」賀蘭英不解。

談寶兒正等他問這句，聞言假裝不經意道：

「哦！是這樣的，范員外曾說你既不會鬥蛐蛐，也不會賭骰子牌九，快二十歲的人了，一天就只知道吟幾首酸詩，作幾個小曲，手無縛雞之力，簡直是廢物中的廢物……呵呵，前面的幾條，本欽差是不知道啦，不過今日一見公子玉樹淋了點風的樣子，看來後面這個手無縛雞之力總是不差的！」

談寶兒這話說得頗為大聲，就近的人都聽得清清楚楚，頓時引來一片或隱約或明顯的笑聲，其中笑得最明顯的竟是轎子裏的雲蒹公主。

「嘿，談將軍說話真是有趣！」賀蘭英臉脹得似豬肝，乾笑兩聲，側臉望向臉色同樣難看的范成大道，「三年不見，范欽差還是如令尊太遠公一樣直言不諱，風骨如舊，小王真是佩服得緊！」

范成大一下船後，精神就明顯好了許多，特別是剛剛聽到賀蘭英打招呼的時候，眼前更是一亮。十年之前，賀蘭英作爲南疆王世子，按照慣例進京爲質子，那時候賀蘭英與他和張浪的關係很不錯，算是頗有交情，三年前賀蘭英期滿回歸南疆，三人更是灑淚作別。

這一路行來，范成大被談寶兒多番摧殘都一直不動聲色，就是希望到達南疆之後，能借助自己和賀蘭英的良好關係，好好修理一下談寶兒，甚至將他殺死給自己報仇，但他哪裡想到談寶兒開口第一句話就將自己陷入萬劫不復之地，幾乎沒有當場哭出來，只能陪笑道：

「那個，小英子你千萬別介意，那都是酒後說的笑話，當不得真的！」

小英子？所有人的眼光全數望向了賀蘭英，後者只差沒有找個洞鑽進去，裝著沒有聽見，乾咳一聲，衝著談寶兒道：「談將軍，這個今天天氣果然是不錯的，您好好休息，小王去看看公主有什麼需要沒有！」說完看也不看范成大一眼，打馬到了大轎旁邊。

身後眾人都是一陣偷笑，唯有范成大則是一臉苦色。在京城的時候，他得罪了談寶兒，剛一到南疆又將賀蘭英搞得難堪，這未來的日子已經是可以預見的悲慘。

無法和小關則是對談寶兒崇拜更增，他們兩人都已算是會說話的人了，但見識過談寶兒幾句話就將范成大搞到這般境地的本事之後，都是自嘆不如。

一行人浩浩蕩蕩，離開碼頭之後，一路向南。

第四章　南疆遇伏

從天姥港到天姥城有兩里路，但一路行去，卻只見房屋鱗次櫛比，人煙稠密，倒好似這裏不是城外，而是已經進了天姥城一樣。

談寶兒見此不禁讚道：

「天姥港如此繁華，不愧爲神州四大港口之一！」

一邊的賀蘭英笑道：

「欽差大人客氣了，天姥港雖然是南疆物資流通之所，但怎麼也比不上京城的大風港啊！那裏才算是神州第一大港，京城繁華，半數由它而來啊！」

神州四大港口，依次是京城的大風港，北方前線的武神港，南疆的天姥港以及東海的青龍港。四大港口之中，大風港自然是名列第一，而負責對其餘大陸貿易的武神港本是排名第二，但因爲這些年，魔人的艦隊封鎖了北溟，使得這裏僅僅成爲了一個由內地運戰爭物資前往的中轉站，天姥港便當仁不讓地躍居其上。

聽到賀蘭英將天姥港和大風港作比，談寶兒聽出了他話裏的羨慕之意，暗自一凜，但表面卻只是笑了笑，沒有作答。

眾人走了約莫盞茶工夫，終於來到了天姥城下。

在遠處的時候，看著天姥山掩蓋下的天姥城還不覺得如何，但當談寶兒諸人到達城下的時候，才發現這座南疆王城的屏障之城實在是非同小可。事實上，這座城非但遠遠比不上大風城的宏偉，反而是小得可憐，但是這座城所建築的位置正好是兩山峽谷之間，緊緊扼住了那一夫當關萬夫莫開的位置不說，大半的城池還被山體巧妙地遮掩住了。如果有人想正面硬衝，必將付出慘重的代價。談寶兒記起老胡曾經說過，昔年聖帝統一南疆時，曾以百萬之兵圍攻這座小城，歷時三月方下，而據事後調查，當時在城中的南疆軍隊不過區區五萬人而已。

不同於別處的是，天姥城的城門是兩扇合在一起的巨大石門。賀蘭英一聲令下之後，城裏人發動機關，兩扇石門快速向左右散開，最後徹底隱沒不見。

談寶兒看那兩扇石門乃是由堅固至極的天罡石製成，加起來少說有上萬斤，不由詫異問道：

「小王爺，這門裏究竟有什麼機關，竟然能輕鬆帶起如此重的石門？」

賀蘭英笑而不答：「欽差大人進城之後就明白了！」

進了天姥城後，談寶兒果然立刻就明白了，但同時也驚得說不出話來。原來在城門的兩側分別有兩根成人手臂粗的巨大鐵鏈，鐵鏈的一端沒入城牆裏，另外一端卻是分別被拽在了兩名鐵塔似的力士手裏。待所有的人都進城之後，兩名力士同時一鬆手，兩段鐵鏈各自沒入城牆一截，而兩扇石門也應聲合上。

賀蘭英見眾人都是一臉駭然神色，不由得意地問談寶兒道：

「聽說欽差大人出身京城，又在北方前線待過，不知大人以為我南疆壯士比之內地和北方如何？」

談寶兒正在想這門裏多半有強力彈簧一類物事，聞言嘿然一笑，道：

「自然是貴地的壯士更為強壯些，至少依我所見，我們那邊的人是沒有力氣一天吃飽了撐的去拉門的。不過我是在想了，要是哪天小王爺從門下過的時候，兩個壯士中有人看美女去了，一不小心那麼一鬆手，石門便自動合上了……也不知道小王爺是否有練習金鐘罩鐵布衫什麼的，或者不會被擠成人肉乾，哈，哈哈哈……」

說到後來，談寶兒放聲大笑，眾人盡都愕然，唯有賀蘭英面色尷尬，乾笑道：

「大人說話真是有趣……大家一路辛苦，咱們這就先去總督府休息一下，下午再行上路吧！」

當下眾人來到總督府，眾人落座之後，休息片刻，豐盛的酒席便開始。賀蘭英領教過談寶兒的辭鋒，席間再不敢出言挑釁，而談寶兒也樂得輕閒，並不主動惹事，多次受到教訓的范成大自也變成了個乖寶寶，再不敢去觸大將軍的楣頭。

便這樣，一席酒吃下來，竟是賓主盡歡。

唯一讓談寶兒暗恨得牙癢的是雲蕪公主。這惡婆娘一見到自己未來老公，竟然學著裝淑女了，吃得少不說，整個席間沒有說幾句話也就罷了，甚至還裝羞澀，連頭都捨不得多抬幾下。

酒盡席散，眾人稍事休息之後，便離開天姥城，朝此行最終目標，南疆之都——怒雪城進發。

從天姥城出來，就進入了天姥山脈，而氣溫也驟然降低。

在剛進南疆的時候，天氣是漸漸濕熱的，但剛才抵達天姥港後，談寶兒卻感受到了陣陣涼意，及至進了天姥城，涼意更盛，這個盛夏籠罩著的小城竟似如在秋月。但在離開天姥城之後，那涼意竟變成了寒意，只因爲沿途行去，四周山巔全是皚皚白雪！

早在臥龍鎮的時候，談寶兒就聽說過南疆被稱做「眾山之國」，號稱有十萬大山，而這

些大山大多海拔甚高，山巔盡是積雪，王都怒雪城所在的怒雪盆地，身處眾山包圍之中，暖風難至，因此終年白雪。他當時以爲只是誇張的傳說，卻萬萬料不到這竟是真的。

好在永仁帝對此卻是瞭解異常。青龍號的底艙有三個貨艙，裏面除了有雲蒹公主的嫁妝外，還有就是禦寒物品。一到怒雪城，小關就從隨行的輜重車裏找出了棉衣，讓士兵們穿上，並親自拿著兩件貂絨披風過來，一件給了談寶兒，一件卻給了楚遠蘭。

披風上身，談寶兒頓時覺得一股暖意直透心底，心情大爲舒暢，抬頭看楚遠蘭，這丫頭本已是美得不像話，此時一披上雪白的披風，臉頰平添了幾分嬌媚，更顯得傾國傾城，心中不由暗自一蕩。他搖搖頭使自己清醒過來，拍了拍小關的肩膀道：

「不錯嘛小子，知道有好東西就孝敬本將軍。還有沒有？給你自己和無法也弄一件來！」

眼見無法眼中滿是期待，小關神色古怪道：

「偶像，你以爲貂絨披風是羊皮大衣啊？這披風陛下一共就賜了兩件，一件給你，一件是給公主的，剛才我送去她卻不要，並吩咐我送給楚姑娘，說你們佳偶天成，穿起來很配。」

楚遠蘭聞言，臉頰更添紅暈，談寶兒卻是呆了一呆，望向前方的大轎，心中大是詫異：這惡婆娘什麼時候轉性了？

穿上棉衣之後，大軍繼續前行。

越向南，氣溫便越低，走了一陣，天空更是降下了鵝毛大雪。沿途依舊全是蒼茫大山，被積雪一蓋，人在其下，仿似在萬重玉山之間穿梭一般。好在天姥城已算是南疆腹心重地，這裏距離怒雪城已是很近，所以地上的道路都是經過特別修整的，並且鋪就了炭渣等融雪之物，並不算難走。

就這樣，在山道間走了約莫三個時辰，已是人困馬乏，眼看天已黃昏，談寶兒暗自罵了聲娘，拍了拍黑墨，走到賀蘭英身邊，皺眉道：

「小王爺，這鳥路忒地難走，不知此去怒雪城究竟還有多遠？」

賀蘭英笑道：「欽差大人勿急，你看見前邊沒有？前方這個長長的峽谷叫葫蘆谷，過了葫蘆口之後，就正式進入了怒雪盆地，盆地裏乃是一覽無遺的平原，上了平原後，馬就能跑起來了，最多再有半個時辰，便可以到達怒雪城了！」

「還要半個時辰啊？」談寶兒微微皺眉，卻是無可奈何，快快不樂地返回繼續去和無法等人聊天。

走了一陣，大隊人馬終於來到了葫蘆谷。

葫蘆谷是兩座險峰形成的夾谷，從上向下看，像極了一個葫蘆的剖面，因此得名。但葫

蘆谷面積並不算小，一大一小兩個圓形的山谷加起來，少說也能容納萬人之多。

出了葫蘆口之後，眼前果然豁然開朗，眼前一馬平川，遙無際涯。

上了怒雪平原，前面的紫甲軍頓時打馬狂奔起來，而最神奇的卻是那十八名轎夫，也赤足飛跑起來，速度竟然一點也不比前面的紫甲軍慢。

談寶兒一面率領金翎軍跟了上去，一面奇道：

「這些轎夫怎麼跑這麼快，難道會傳說中的絕食輕功嗎？」

出乎談寶兒意料，回答他的不是無法而是楚遠蘭：

「哪裡是什麼輕功？容哥哥，你沒有看見他們腿上都綁著一張符紙嗎？如果我沒有猜錯的話，應該是天師教的神行符！聽說國師的師弟凌步虛就在怒雪城擔任王子少師，這應該是出自他的手筆吧！」

「神行符？」談寶兒定睛看去，果然在這些轎夫的腳上發現了一張黃黃的符紙。他忽然記起當天在祈雨臺上，張若虛也曾向自己的腿上貼了一張符紙，之後便身法如電，自己將凌波術展至極限也無法躲過他的追蹤，想來就該是這種符紙了。

有了神行符的幫助，轎夫們的速度立時加速，整個隊伍便也變得快如疾風。

談寶兒騎著黑墨，縱馬奔馳在怒雪平原上，四周銀妝素裹，白皚皚的天地一片的蒼茫，感覺到大地在腳下飛退，勁風撲面而來，耳畔銀鈴般笑聲入耳，覺得此情此景似曾相識，一時神情恍惚，彷彿身下不是雪地而是葛爾草原，身畔的美女不是楚遠蘭而是李若兒。

若兒啊，你現在是否已在怒雪城中了呢？你可要等著我，千萬不要嫁給別人，逼得老公我帶兵搶人！望著前方的路，談寶兒默默祝道。

縱馬奔馳了約莫半個時辰，就在山巔最後一絲光亮將要熄滅的時候，眼前陡然露出一縷月白色的光亮，再向前一陣，眼前如在白晝，前方人聲鼎沸裏，只見一片雪白的城牆，城牆上除了掛著許多大紅燈籠外，還掛滿了名貴的水晶風燈，仿似月光的光亮照在城門頂上「怒雪城」三個刀削斧刻似的大字。

這座風雪包裹著的大城，在夜色裏看來說不出的氣勢恢弘。

出發一月之後，眾人終於到達了怒雪城。

緩緩來到怒雪城前，所有人的臉上都露出了喜悅，隊伍也自動停了下來。

此時城門早已洞開，城門口上站滿了夾道歡迎的南疆百姓和維持秩序的南疆士兵，一個個頭頂衣服上滿是積雪，顯然已在這裏站了很久。百姓們看到雲蓁公主的車駕，紛紛揮舞著手裏的冰棒，高聲尖叫歡呼。

一直在前面引路的紫甲軍這個時候自動站到了道路兩邊，和先前就在這裏的南疆士兵們一起維持秩序，將道路讓給了談寶兒一行人。

談寶兒望著怒雪城，彷似看到了若兒，心中正一陣激蕩，忽見賀蘭英拍馬從前面過來，衝著自己和范成大道：

「兩位欽差大人，這裏就是怒雪城了。馬上我們就要進城，進城之前，我得將我們南疆的風俗講一下，免得一會兒鬧出亂子。」

「什麼風俗？還會出亂子？」范成大問道。

賀蘭英解釋道：

「新娘子在進門前，婆家的房門前會燃起一個火盆，新娘子必須要自己跨過這個代表火坑的火盆，才能進門見丈夫和公婆，據說這樣很吉祥。父王向來以南疆爲家，視怒雪城爲房，所以就將這個火盆設在了城門口。待會兒需要公主殿下率先跨過火盆，然後你們再進城。這個……還麻煩談將軍向公主解釋一下。」

「哦！我知道了！」談寶兒點點頭，回頭對小關吩咐了一下，又自沉浸在進城後見到若兒的幻想之中。

賀蘭英向眾人告了罪，自己徑直打馬先進了城，在城門裏邊守候著。果然，過了一會兒，裏面出來兩個人，城門口擺出了一個木炭火盆。

「請新娘過火坑！」城牆上有人高聲叫道，頓時城上城下，城裏城外，所有的人都安靜了下來。

雲蕐公主顯然先前也得到了賀蘭英的提點，被侍女攙扶著下了轎子，然後獨自向著火盆走了過去。

百姓們頓時又沸騰起來，一起大叫道：

「過火坑，過火坑，過了火坑無病無災過一生；過火坑，過火坑，過了火坑快快樂樂過一生，過火坑……」

氣氛一時說不出的熱烈。

談寶兒看著雲蕐公主一步步走向火盆，臉上露出了笑容，心中默想，要是現在門裏站的是我，頭戴鳳冠的是若兒，那該有多好！想到若兒，他默念咒語，手伸進了酒囊飯袋，取出了一個香囊。

打開香囊，香囊裏躺著一顆顆金黃色的豆子，卻是當日若兒在葛爾草原送他的仙豆。望著那些豆子，談寶兒心情又是一陣激動，只恨不得立時能衝進城去，找到若兒。

「咦！」忽然之間，談寶兒的眼神落到香囊表面時，陡然停住。這個香囊……這個香囊

似乎有些不對勁。

酒囊飯袋類似於一個酒瓶，從裏邊取東西，是採用後進先出的方式，比如要取前天放進去的東西，就必須要先取出昨天放進去的物品，所以平常的時候，談寶兒都是將最常用的東西如落日弓等每天都檢查一遍再放進去，以備不時之需。若兒的仙豆已經許久未用，該在袋子最下面才對啊？

他隱然想到什麼，忙再次念咒，拿出落日弓和雕翎箭，拿出小三，取出那疊包紮好的燎原符紙，屠龍子的絲巾……最後終於又從袋子裏摸出一個稍舊的香囊，打開一看，裏面果然齊整整地躺著幾十顆仙豆！

「這個香囊，似乎是雲蒹公主昨天晚上送我的……」談寶兒怔怔望了望手裏的兩個裝滿仙豆的香囊，霎時間所有的一切豁然通透。

爲何雲蒹公主總是喜歡找自己去聊天？爲何她總是變著法子地痛打自己卻又並不讓自己受傷？爲何自己會枯月的那夜，她會在船上焦急張望？爲何她一提起一見到楚遠蘭便似有深仇大恨，最後卻又將貂絨披風送給楚遠蘭？

一切的一切，只因爲……

愣了約莫一剎那，談寶兒重重打了自己一記耳光，將弓箭背到背上，將懷裏東西一股腦兒朝酒囊飯袋裏一扔，一邊打馬朝雲蒹公主衝了過去，一邊叫道：

「若兒你等一下！」

風雪裏，雲蒹公主的身影驀然頓住，然後，慢慢轉過身來。

輕紗，在一瞬間被風雪輕輕撩開，飛入風雪，化作蝴蝶。

時光，在這一刻悠然頓住。

是什麼在輕輕地敲打少年的心？多少次午夜夢回，多少次柔腸百轉，又是多少次黯然神傷長夜狂奔？夢裏尋她千百度，驀然回首，那人卻在燈火闌珊處。

萬里追尋伊人蹤跡，卻怎料那人日夜便在身畔，只是相逢不識，卻又怪得誰來？

「簌、簌！」馬蹄踏在雪地的聲音，讓人驚起長夢。談寶兒的馬眨眼間到了雲蒹公主五丈之外，朗聲大喝道：

「若兒，你不准進城！」

「那可由不得你了！」城門之內，賀蘭英身旁忽然冒出一個道裝老者，朝著雲蒹公主，哦不，現在應該稱呼她爲若兒，朝著若兒的背影舉起右手，五指大開，使人可以清晰看見他手心貼著的一張綠色符紙。

下一刻，符紙身上閃過一道綠光，從若兒的身周到道裝老者掌心的空間裏，憑空生出一

股強力的旋風，若兒發出一聲驚呼，不由自主地朝城門裏邊飛去，城門在這個時候迅疾合攏。

「可惡！」談寶兒發出一聲大喊，同時以肉眼難辨的高速，伸手從背上取下落日弓，開弓搭箭，雕翎箭發出一聲呼嘯，朝著城門裏的道裝老者疾撲而去。

但這一箭去勢雖快，等箭身到達城門的時候，城門已在這個時候轟然關閉。在這一瞬間，談寶兒幾乎陷入了絕望，但下一刻，事情卻發生了一些驚喜的變化。

怒雪城的城門，非但沒有一個王都應有的堅固，反而連尋常的州城大門都不如，因爲它竟然不是鐵的而是木製的，據說這是南疆王賀蘭耶樹的意思。

當時很多人不解，賀蘭耶樹曾經對此解釋過，敵人如果能衝進天姥城，那麼即便怒雪城整個都是一座鐵城也很快會被攻下。有人提醒他說：「但如果是有內部的叛亂呢？」賀蘭耶樹當場就將那個人斬殺了，並對其餘人道：「本王相信所有的南疆子民都會忠於本王，所以對內部，本王是不設防的！」

這一招果然贏得了民心，賀蘭耶樹繼承王位三十多年以來，隔不了幾年就要亂一次的南疆就再也沒有出現過一起暴亂事件。

賀蘭耶樹沒有料到自己三十年前的這個決定，今日成就了談寶兒的盛名。

當是時，雕翎箭攜帶著落日弓的神力，呼嘯著撞到了城門之上，所有人都發出一聲惋惜嘆息的時候，忽聽一聲巨響，城門口木屑飛濺，跟著一片大亮，然後，所有城外的人都看見城門裏的道裝老者右臂上插著談寶兒的雕翎箭，並兀自搖晃，發出嗚嗚的響聲。至於雲蕣公主，則躺在他腳下兩丈之外。一旁的賀蘭英目光呆滯，目瞪口呆。

談容竟然一箭震碎了怒雪城的大門，並不差分毫地射中了門內的人。

這是怎麼的一箭啊！

便在所有人都震驚莫名的時候，黑墨已如閃電一般穿過了城門，朝著城裏衝了過來。卻在這個時候，陡然聽見城牆之上有個蒼老但充滿力量的聲音喝道：

「放箭！禁止談容靠近公主和世子！」

「啊！是！」城上士兵如夢初醒，頓時弓弦之聲大作，鋪天蓋地的紫色利箭朝著談寶兒落下，天上好似下了一場華麗的紫色流星雨。

「啊！」談寶兒發出了一聲驚呼。他萬萬沒有料到城樓上竟然埋伏了如此多的弓箭手，驟然感受到成千上萬道勁風襲體而來，饒是他素有急智，在這一瞬間竟也是張惶失措。

但這個時候，事情卻發生了奇怪的變化。感受到箭風如萬千巨石從四面八方壓來，全無任何空隙，談寶兒忽然發覺身體裏有一種巨大的力量向外迸射而出，箭風越靠近身體，那根本不受自己控制的力量向外的反彈越大。

等到箭風靠近黑墨七尺之外時候，談寶兒身上的力量終於漲到了極致，在這一瞬間驀然悉數反震而出。

下一刻，所有的人只看見談寶兒和疾衝著的黑墨變成了一個巨大的金色光球，然後那萬千的箭風一射到他身上，頓時如冰見火，瞬息之間箭頭化作鐵水，箭桿燃燒起來。

金球之中，談寶兒全身巨震，真氣逆流，但電光火石間，他猛然記起當日在天河邊的時候，自己被若兒推下水去，真氣自然在身周形成了一個金色光罩保護自己不被水淹，而今的情形和當日相似，只是隨著自己功力的增長，金球的威力大了許多罷了。這不知是神筆裏記載的什麼法術，回頭得好好去玉壁上看看。

金球一閃而逝，黑墨卻已躥到了若兒身旁。人馬交錯而過的剎那，談寶兒用腳鉤住馬背，腳上頭下，雙臂用力，將若兒一把抱上馬來，隨即一帶韁繩，黑墨一個虛踢，人立而起，凌空陡然一折，轉身朝城門口奔去。

從道裝老者張手發動符咒，到談寶兒拉若兒上馬，這一連串的動作都是迅疾如閃電，流暢如行雲流水，彷彿事前演練過千萬次一樣，除開中間那蒼老聲音的一聲暴喝和那一陣箭雨，所有的人都是目瞪口呆。

眼見黑墨已衝到城門口兩丈，城牆城下，才有人如夢初醒，城上那蒼老聲音再次怒喝道：「不能讓他們出去，快放箭！」

這一次，談寶兒再不容得他們出手，心念電光一閃間，雙手十指大張，上百道真氣分成十組，同一時間分別射向了城門上方兩側的城牆上。

城牆上的士兵們剛剛取下箭，尚未來得及張弓，便覺得城牆一陣搖晃，腳下虛浮，不由自主地一屁股坐在了地上。

談寶兒見此不由暗叫一聲可惜。原來方才一擊，他耗盡全身功力，向城牆的十處地方布下了裂土之陣，本是想將城牆震裂，萬萬料不到這城牆實在太過厚重，他的陣法只是隔靴搔癢，僅僅讓城牆顫了幾顫而已。

不過這時間已經足夠，城牆上眾人倒地的刹那，黑墨縱身一躍，憑空躍過兩丈距離，落到了城門之外，再向前飛奔片刻，終於回到了金翎軍大部隊裏邊。

談寶兒長長出了一口氣，轉身過去，卻見若兒正微笑著望著自己，明眸之中淚光隱隱。一時間，他心中滿是甜蜜，只覺得心中前所未有的喜樂平和。兩個人相視而笑，彷佛是曾分開了千萬年而隔世相逢，曾經的激烈反而化作了溫柔的和諧。

卻在這個時候，談寶兒的耳裏忽多了一陣馬蹄碎雪之聲，緊隨其後，他發現這馬蹄聲竟是鋪天蓋地，從東、西和北三面同時衝來。他大吃一驚，慌忙大聲道：

「所有金翎軍士兵聽令，準備戰鬥！」

「是！」金翎軍見剛才談寶兒的表現，已然知道大事不好，聽統領一聲令下，無不服從，一個個刀劍出鞘，開弓搭箭，嚴陣以待。

下一刻，士兵們也聽到了馬蹄聲，張望過去，果然看見三面都是碎雪所帶起的陣陣水煙，白皚皚的一片，顯然三方面來的人馬都是極多。抬頭望去，城門口，紫盔紫甲的南疆軍士兵潮水似的擁了出來，城牆之上，各處士兵也是重新弓箭上弦，殺氣森森。

眾人雖然還沒搞清楚究竟發生了什麼事，但都有了不好的預感。

談寶兒心頭一動，朝著城頭朗聲大喝道：

「南疆王，你這是什麼意思？莫非想要謀反嗎？」

城樓之上，先前那蒼老聲音哈哈大笑道：

「不錯，本王就是要反！談容，你不愧是天下少有的少年英雄，竟然能憑著蛛絲馬跡看穿本王的埋伏！不錯，本王最初的計畫就是要先引公主進城，然後將其生擒，以要脅永仁那個昏君，同時將你們全殲！現在看來嘛，這著棋是行不通了，不過沒有關係，沒有雲蕪公主，本王一樣可以直搗大風城，只是時間要晚那麼幾天而已！」

這廝反得可真是好時候！談寶兒看看四周越來越多的南疆兵馬，心中頓時一片雪亮。南疆王本來早就想反，之所以讓自己等人走到怒雪城下，根本就是要先殲滅自己和這五千禁軍立威，同時設下跳火坑這個局，好生擒永仁帝最鍾愛的雲蒹公主，以求達到讓永仁帝投鼠忌器，或者換回些贖金的目的。只是誰也沒有料到自己會在剛才發現雲蒹公主就是若兒，跟著衝了進城，破壞了他的好計。

眾金翎軍士兵事前完全沒有得到任何消息說南疆王會叛亂，聽到南疆王的話，頓時都是一片慌亂，但很快卻安靜了下來，因為身為京城禁軍中最精銳部隊的他們，深深的知道慌亂只有死得更快，現在唯一的活路就是依靠談容了！

談寶兒掃了一眼三面越來越多的士兵，雖然他從來沒有打過仗，但卻也知道若再猶豫定然是死路一條，當即朗聲大笑道：

「南疆王你打的好算盤，但你可聽說過天下有可以封死我談容的軍隊嗎？魔人百萬大軍，老子尚且出入自如，你這區區的烏合之眾又能奈我何？兒郎們，跟著老子衝，天下沒有人擋得了你們！」

說完話，他一把從背上箭壺裏取出一根雕翎箭，將落日弓拉滿，一箭朝著正北方暴射而出。

自得了落日弓以來，談寶兒還從來沒有將落日弓完全拉滿過，這一次情急之下，潛力發

揮，竟然拉了個滿。但聽得一聲驚天動地的弦響，雕翎箭離弦射出不過一丈，立刻便被空氣摩擦得變成了一團火。

這團火仿似一顆火流星，離弦之後，攜帶著恐怖的破風之聲，朝著北面的南疆軍士兵撞了過去。

只聽得陣陣慘叫驚呼聲不絕，而強大的氣流作用，使得地上的積雪被飛捲起來，去填補被火流星帶走的空氣空隙，形成了一陣恐怖的颶風。但凡被颶風掃中的南疆軍士兵紛紛被拋飛上天，而直接撞到颶風風頭的則是立刻被撕裂成了肉屑。

談寶兒也被自己的傑作所驚呆，正茫然不知所措，忽聽身後傳來久違的若兒的笑聲：

「嘻嘻，笨蛋師父，人都被你射翻了，還愣著幹什麼?走了!」

「哦!」談寶兒這才反應過來，忙一馬當先，順著颶風所過的方向衝了過去，後面的金翎軍士兵如夢初醒，忙跟了上去。

南疆王暴怒，大聲道：「你們這些渾蛋還不快追?」南疆軍這才誠惶誠恐地追了上去。

但這些人越向前走，越是恐懼，因爲剛才談寶兒那一箭所過之處，地面的積雪被掃得空空蕩蕩，露出下面被磨出一個半圓形凹槽來，而南疆軍士兵的屍體只躺在了石地的兩邊，一個個不是四肢不全就是面目全非，一時間只覺得又是噁心又是恐懼，如非南疆王御下極嚴，軍紀森然，早已打馬回撤了。

事實上，這一箭的威力甚至遠遠超出了談寶兒自己的想像。南疆軍士兵的包圍圈本來是嚴密無比，層層疊疊，一眼望去少說有十丈之遙，但這一箭卻硬生生從中間破出了一條大道。

金翎軍一路打馬奔去，沿途竟是無人阻攔——不是不願意，而是不能，箭風過處的左右五丈之內的敵人，全數被這一箭之威震得倒在地上，而直面其鋒的士兵早已血肉橫飛。

南疆王苦心設計的全殲之計，竟然被這一箭射了個煙消雲散！

金翎軍乃是禁軍精銳中的精銳，是以他們所乘的正是大夏最快的駿馬雲騎。出了南疆軍的包圍圈之後，雲騎的速度頓時被發揮出來，在雪地上奔跑，竟也如風馳電掣一般。身後的南疆軍所乘的雖然也是南疆百裏挑一的駿馬，但卻慢慢被甩在了後面，雖然距離不大，但也已經超出了箭程之外。

眼見身後敵軍漸遠，談寶兒重重地舒了一口氣，正想轉頭對身後的若兒說點什麼，卻忽然發現全身綿軟，幾乎當場摔下馬去，若兒忙一把將他抱住：

「師父你沒事吧？」

一旁的楚遠蘭、小關和無法也是大吃一驚，慌忙打馬靠了上來。

談寶兒一臉痛苦神色，皺著眉道：

「沒事，就是心啊肝啊什麼五臟六腑，全受了嚴重得不能再嚴重的內傷，大概是活不過明天了，都是想我老婆想的！」

眾人聽他前面幾句話，都是緊張至極，聽到最後一句，都不禁為之噴飯，眼光紛紛望向楚遠蘭，後者卻是心頭大痛，徑直將臉轉到一邊。

若兒臉頰一紅，假裝冷著臉道：「挨了這麼多天打，還沒有被打夠嗎？又在……呵呵，又在胡言亂語了！」說到後來，她自己也忍俊不禁笑出聲來。

小關和無法這才明白過來，卻都是大吃一驚。原來談寶兒說的老婆竟是公主嗎？這……這究竟是怎麼回事？楚遠蘭更是臉色慘白，默然無語。

小關回頭看了一眼後面追兵，問談寶兒道：「偶像，現在我們向哪裡去？」

這是目前最關鍵的問題，所有人的注意力都被吸引過來。

談寶兒從來沒有領過兵打仗，又哪裡有什麼主意了，他眼珠一轉，反問道：

「小關你認為呢？」

小關沉吟道：「現在是後有追兵，前面又是天姥城擋道，末將以為我們應該棄馬上山，從山路離開盆地，之後化整為零，採用滲透之法退出南疆，向陛下報告！」

談寶兒想了想，搖頭道：

「目前脫離盆地，不讓他們甕中捉王八自是首要，但兩側的險峰長年冰封，艱難險阻自不在話下，能否真的上去再下來都難說得很，即便真的能下來，敵人只需要在山下等著我們，我們下來一個他們像切西瓜一樣，一刀一個。如今唯一的生路就是置之死地而後生，我們一路向前，先以馬快的優勢出了怒雪盆地，然後趁天姥城尚未反應過來，奇襲天姥城，硬闖出去！」

「老大不愧是老大，哈哈，這個辦法刺激！」無法這假和尙唯恐天下無事，談寶兒這個決定簡直是大對他胃口。

若兒和楚遠蘭自不會反駁，而小關雖覺得這法子有些冒險，但剛剛見識過談寶兒那驚天一箭之後，對他崇拜又加深了，當即也點了點頭。范成大嘛，這裏根本沒有他發言的份，只有唯命是從而已。於是大軍繼續向北。

談寶兒剛剛那一箭其實已經耗盡全身真氣和力氣，當即放任黑墨自由馳騁，自己好似沒有骨頭一樣軟倒在了若兒懷裏恢復真氣。

金翎軍眾士兵見了，一個個目瞪口呆，他們還很清晰地記得這一月來統領大人和公主的恩怨，怎麼眨眼之間兩個人就好到了這種程度？最要緊的是，楚小姐好像才是統領的未婚妻

啊，這究竟算怎麼回事？

不解歸不解，但金翎軍軍紀森嚴，也沒有人有膽子去問談寶兒躺在美女懷裏是否舒服，能否讓小弟也躺躺之類的找死問題。楚遠蘭這會兒則是臉帶微笑，誰也不知她怎麼想的。

大雪漸重，夜色漸濃。大軍一路向北，風馳電掣，漸漸將南疆軍甩得不見蹤跡。說到行動之迅速，天下果然無出雲騎之右。

大雪裏又奔了一陣，夜色徹底黯淡下來，四周黑漆漆的一片。好在軍中水晶風燈帶得不少，一一點燃，被積雪一反映，路面還算清楚。

約莫過了半個時辰，大軍進入葫蘆谷，前方士兵回來請示道：「統領，出了葫蘆谷後，前面的山路開始崎嶇了，我們的行軍速度是否慢下來？」

談寶兒正要作答，忽見前面燈火大亮，緊接著弓弦聲大作，馬嘶聲和慘叫聲此起彼伏。

小關大驚失色道：

「不好，我們遭埋伏了！」

「前面有敵人嗎？佛爺我正手癢呢，老大你先休息下，看我怎麼給你擺平！」無法歡喜大叫，說完不待談寶兒回答，伸手一按馬背，飛身掠出三丈，隨後雙足在空中的雪花上一陣連踩，整個人裹著一蓬風雪，朝前方而去！

「這小子也會凌波術？」談寶兒見此大吃一驚，但隨即他卻搖了搖頭，「不是！」當日在崑崙山下，談寶兒曾見過談容施展凌波術，在一堆落花的花瓣上連點，花落人不落，現在無法的情形看起來很相似，但實際的情形是他經過之前，所有被他腳踏的雪花都已是懸浮不動，顯然是被他以強大的念力鎖定了，腳步踏上去時人才不會落下。

談寶兒吃驚的時候，無法已到達了葫蘆谷的出口。他人尚未落下，便見前方飛雪隱隱裏，箭風颯颯，暗流激蕩，金翎軍正和來犯的南疆軍互射。

「都退下，看佛爺我的！」無法朝著金翎軍士兵發出一聲大叫，眾士兵知道他是禪林來的高手，和統領又是好兄弟，只道他來是統領的意思，忙各自後撤。

風雪太急，南疆軍沒有聽清楚無法的叫聲，只道是敵軍敗退，當即潮水般地朝谷口湧來，但前面的百多人剛一闖進谷內，忽然發現眼前白茫茫一片，緊隨其後便是身上劇痛，跟著便一命嗚呼了。

後面的人看得清楚，只見前方空中的風雪忽然都似發了瘋，速度比剛才快了千倍萬倍不止，凝聚在了一起，化成了一把把白色的刀刃，將前方的兄弟殺了個乾淨，一時大驚失色，驚呼著慌不迭地飛退。

但更後面的部隊完全不瞭解情況，頓時兩者相撞，一時人仰馬翻。無法見此哈哈大笑，念力再次發出，控制著風雪，沒有絲毫慈悲心地殺了過去，頓時又是上百人倒地。

在付出了將近三百人的慘痛代價下，南疆軍士兵這才退出了谷口。無法得勢不饒人，大笑著挾帶著風雪再次捲了上去，但這次迎接他的卻是密密麻麻的箭雨。

「控制這種高速飛行的物體，可要消耗相當多的念力呢，佛爺才不會傻得和你們玩！讓老大來收拾你們好了！」無法撇撇嘴，隨手一揮，臨身的百來枝箭頓時失去了前進的動力，被密密麻麻地排列在了一起，成了一面盾牌的模樣，後面的箭支射到上面頓時發出了嘟嘟的聲響，而他自己則借勢飛退了回去。

金翎軍士兵訓練有素，看無法一退，當即便又補上了位，一通金色箭雨，頓時將借勢要衝上來的敵軍逼出了谷口。

谷口狹窄，當真是一夫當關，萬夫莫開，南疆軍一退之後，便再也衝不進來。兩幫人再次陷入了僵持。

無法氣喘吁吁地跑到了談寶兒身邊，擺擺手道：

「不行了不行了！我算是明白爲何寺裏那些老禿驢從不下山爲國出力了！同一個人打和成百上千的人打，完全不是一個概念的嘛！老大，我看還是只能靠你了，再發一箭，將那些傢伙都射離谷口吧！」

談寶兒苦笑道：「你以爲老子不想，但剛才連續射了兩箭，已經耗費了我許多功力，現在都還沒有完全恢復，哪裡還能再射一箭？」

一旁的小關聞言眉頭大皺，道：

「我看了一下，前面的部隊少說有上萬人之多，谷口又那麼狹窄，如果不借助偶像你的神箭是根本衝不出去的。其實就算衝出去了，也是生死未卜。這批敵軍正是從天姥城來的，既然他們出現在葫蘆口阻擋我們的去路，那我們奇襲天姥城的構想已然在南疆王的算計之中了，應該無法成功的！現在我們唯一的辦法，還是先退出葫蘆谷，統領我們上山吧！」

眾人雖覺不甘，但知他所說乃是唯一路徑，都是紛紛點頭。

唯有范成大立時反對道：

「上山多危險，一個不慎摔下來就死翹翹了！依下官之見，不如我們投降吧？南疆王不就是想立威嗎？我們投降了，他的威就立得更大了。我和小英子有些交情，公主又是他老婆，他一定會好好款待我們！改日王師攻破南疆，他自然會放了我們求和的！」

談寶兒正自鬱悶，聽到「公主又是他老婆」一句，更是火大，伸手一個巴掌將這混蛋從馬上打了下來，自己飛身下馬，又在另外一邊扇了一耳光，怒道：

「我大夏只有殉國的士兵，沒有投降的孬種！要投降你自己去，老子沒空陪你！要不要老子現在就將你扔過去？」

談寶兒這幾句本是醋話，但聽到眾士兵耳裏卻是義正詞嚴，一個個熱血沸騰，士氣大漲，都是拿很不友善的眼神看著范成大，起鬨道：

「扔過去！扔過去！」

「不要！不要！下官就只是個提議，說出來大家研究研究而已，英雄你千萬別往心裏去！」被打得嘴角吐血的范成大忙搖尾乞憐。開玩笑，現在被扔過去，不變成刺蝟才是怪事！

談寶兒看他狼狽模樣，胸懷略暢，正要吩咐眾人撤退然後棄馬上山，後方的軍隊卻又已是一陣騷亂。緊隨其後，在他聽到馬蹄聲的剎那，一名滿臉血污的士兵拍馬從後面跑了上來：

「報告統領，怒雪城的部隊已經到了我們身後！」

啊！所有人大驚失色——怎麼來得這麼快？談寶兒卻是心頭霎時一片雪亮，好個南疆王，自己的每一步竟然全在他算計之內！他根本就是故意裝出和金翎軍拉下很遠，其實暗地裏只是一路尾隨，就等自己的部隊進入葫蘆谷，然後好前後夾擊，將自己逼入絕路，讓自己不得不不戰而降，以求用最少的消耗取得最大的戰果！老狐狸就是老狐狸啊！

雖然明知是個陷阱，談寶兒還是不得不選擇向裏跳，當即高聲道：

「全軍退入葫蘆谷，守住兩邊谷口！」

軍令一下，無人敢抗，五千金翎軍士兵全數退入了葫蘆谷。

眾人剛一進入谷口，便聽得山呼海嘯似的巨響從身後響起，緊接著，風雪裏出現了一大批紫色的騎兵，好似湧動的紫色浪潮，鋪天蓋地，眨眼間將谷口團團圍住。

「放箭，放箭！」談寶兒大叫。頓時弓弦之聲大作，金雨狂瀉，紫潮的湧動被暫時制止在了谷口的位置。

無法一眼望去，只見前方後方密密麻麻的，全是南疆軍隊，金翎軍好似紫色大海中的一座金色小島，不禁大驚失色道：

「阿彌陀佛，我看少說也有十萬人吧！」

「錯了，前面是三萬，後面九萬，一共是十二萬！」小關在一瞬間洞悉了形勢，皺眉接過話頭，「公主、統領，我看我們這五千人是插翅也難飛了！」

「天啊！這麼多人！不如我們投……哎喲！」范成大話沒有說完，就被談寶兒一腳踢飛，重重摔在一側山壁上，頓時暈了過去。

卻在這個時候，前方一騎飛奔過來，馬上士兵報道：「統領，弟兄們帶的箭快用完了！現在該怎麼辦？」

談寶兒正自一凜，後方卻又有一人急匆匆過來道：「啓稟統領，敵人勢眾，箭勢太猛，兄弟們死傷過多，怕是快堅持不住了！請統領定奪！」

談寶兒鬢角冒出一陣冷汗，正不知如何是好，山谷兩頭的箭雨卻在此時忽然停了，風雪裏傳來南疆王的聲音道：

「談容！永仁任用范正張若虛這種奸臣，腐朽墮落，抗魔十三年不勝。你乃當世英雄，何不投降於我，大家一起推翻朝廷，驅除魔人，成就萬世英名？」

「你胡說！」若兒立時大聲回罵，「魔人犯邊十三年來，父皇無日不在爲抗魔憂心，太師國師無一不是當時豪傑，他們無能，你這個以下犯上陷天下百姓於水火的反賊除開趁火打劫之外，又有什麼能耐了？我師父才不會聽你的！師父你說對不對？」最後一句話卻是問談寶兒。

然後，所有人的眼光和若兒一樣，在一瞬間全數集中到了談寶兒臉上，但一律的惶急中卻帶著希望——雖然目前的局勢已經糟得不能再糟，但畢竟談容之名轟傳天下，並且他剛才所展現出來的一箭更是石破天驚，或許他真有回天之力也未可知。

談寶兒卻沒有立刻回答，此刻各種念頭紛至遝來，在他腦中一一閃過。他並不是一個寧死不降的頑固之人，留著青山在不怕沒柴燒的道理他比誰都懂，但現在他代表的不是自己，而是大夏活著的傳奇英雄談容。更重要的是，如果自己現在投降，那若兒絕對會從此看不起自己，甚至自殺，自己即便活著出去了，人生又還有什麼趣味？

谷外的南疆王聽談容不做聲，當即又道：

「談容，只要你肯投降，你所有部屬好友，本王一人不殺，雲蒹公主也可賜你爲妻！本王爲示誠意，給你考慮一下，我現在開始從一數到十，十聲之後本王揮軍入谷。是降是死，大丈夫當斷則斷，何必婆媽？……」

第五章　天火燎原

葫蘆谷內。

小關屈膝跪倒在談寶兒面前，拱手肅然道：

「統領，金翎軍絕沒有降敵之理！不過公主和您都是萬金之軀，未來蕩平內亂，驅除魔人，都要靠你們，你們沒有必要白白在此犧牲！屬下的意思是，末將和兄弟們在此擋住，你和無法大師，帶著公主和楚姑娘施展神通從山壁離開，來日領大軍來此，爲我等報仇雪恨就是！」

葫蘆谷兩側的石壁固然是陡峭平滑，但以談寶兒和無法兩人的強橫實力，僅僅帶著若兒和楚遠蘭離開並非難事。幾乎在同一瞬間，所有的金翎軍士兵都想到了這一點。剛剛談寶兒說「我大夏只有殉國的士兵，沒有投降的孬種」將他們感動得一塌糊塗，這會兒聽到小關的建議，附近士兵忙也紛紛跪下，齊聲道：

「請統領和公主離開，來日爲我等報仇雪恨！」

談寶兒看著眼前黑壓壓的一片人，一張張誠摯的臉，一雙雙熾熱的眼，沒來由的眼眶一陣濕潤，恍惚之間，他猛然記起當日在如歸樓的後院，面對謝輕眉，談容抱著自己足不沾地地在千山浮波陣裏飛掠，寧可自己增加生命的危險，也不肯放棄自己一個路人甲，生死相依，不離不棄。

在這一瞬間，一股熱血湧上談寶兒的腦門，他斷然揮手道：

「你們要我拋棄兄弟獨自逃生，將我談容看作什麼人了？大夥要生就一起生，要死就死一塊吧！」

眾士兵聞言都是鼻子一酸，眼眶泛淚，一個個對談寶兒是又敬又佩，但卻都是沒來由地生出一種英雄末路的悲壯來。

小關眼中露出失望之色，無可奈何地搖了搖頭。

無法哈哈大笑，拍著談寶兒肩膀道：

「哈哈，這才對嘛，這才不愧是天下第一英雄談容，不愧是佛爺我的好老大！」

若兒歡呼一聲，一把抓住談寶兒的胳膊，在後者臉頰上親了一下，道：

「同生共死，這才是大英雄作爲，有師父你帶領，我相信我們一定可以回家的！」

「對！跟著統領，我們一定可以回家的！」士兵們也紛紛叫嚷起來。

回家？回老家就差不多了！談寶兒苦笑搖頭，望向楚遠蘭道：

「蘭兒，對不起，是我連累你了！」

楚遠蘭看看若兒，不甘示弱地上前挽住談寶兒另外一隻手，笑道：

「容哥哥傻了啊，我自小就被許配給你了，夫唱婦隨，同生共死那是再天經地義不過，何必向我道歉？倒是連累公主，你該向她道歉才是！」

這一路行來，若兒對談寶兒多番折磨，特別是看到楚遠蘭和他稍有親密動作，更是變本加厲，但至此生死關頭，卻忽然想明白許多道理，見楚遠蘭挽住談寶兒另一隻手，竟也不惱，反是微笑道：

「要說連累，是我連累了大家才對，該是我向大家道歉的！」

說著話，她竟然放開談寶兒的手，真的向所有士兵鞠了一躬，道：「對不起！」

士兵們慌了手腳，連忙道不敢當，紛紛閃開。

卻在此時，谷外的南疆王終於數到了尾聲：

「……九、十！進攻！」

下一刻，風聲緊急，勁箭破空，隨即蹄聲如雷，兩端谷口，南疆王的軍隊同時發動了攻擊。

巨大的響聲在山谷裏回蕩不絕，只如山崩地裂一般。士兵們不待談寶兒吩咐，忙各自奔赴兩頭，與敵軍展開最後的決鬥。

小關看談寶兒神情堅毅，搖搖頭，親自跑到前線去了。

若兒伸手從懷裏摸出一把仙豆，遞給談寶兒道：「師父，這是我僅剩的仙豆了，加上之前給你的，大約有兩百顆，相信可以將怒雪城方向的敵軍阻擋一陣。我們向前殺出去，未必沒有一線生機！」

「好！」談寶兒點點頭，接過仙豆，伸手去摸酒囊飯袋裏的香囊，但第一把摸出來的卻是一把紅色的符紙。

「師父，你怎麼會有國師的燎原符？」若兒一眼認出那些符紙的來歷，發出陣陣驚呼：「天啊！怎麼有百張之多！」

談寶兒看她吃驚神情，詫異道：「這些符紙威力很大嗎？」

若兒道：「你不知道嗎？天師教符咒等級，由低到高依次是黃、藍、綠、紅、紫。紫色的符紙我從來沒有見過，這把紅色的符紙我卻知道，這是火屬性的燎原符，能夠召喚地火，乃是一等一的利器。一張燎原符，即便沒有可燃之物，也能在一丈方圓內燃燒一刻鐘，這百多張的燎原符，只怕能夠將一座怒雪城都化為灰燼了！」

「這麼厲害！」談寶兒大驚，隨即靈光一閃，「哈哈，我有辦法了！這次我們非但不用死，我還要讓南疆王死無葬身之地！」

「容哥哥，你要用火攻？」一邊的楚遠蘭迅疾反應過來，但隨即卻搖了搖頭，「這大雪天的，火勢可是難以及遠！」

「嘿嘿，你們不要管那麼多了！山人自有妙計！」談寶兒神秘一笑，「沒有時間解釋了，你們三個，叫幾個士兵幫忙，將這些符紙給我埋滿整個山谷，嗯，外圍多些，裏面少些，不要讓敵軍發現了！」

若兒三人不明所以，但見談寶兒自信滿滿的樣子，都是忙取了一把符紙，各自找到士兵幫忙，去埋符紙。談寶兒自己則是下了馬，很悠閒地在山谷之中轉了起來，但他所經過的雪地上，卻莫名奇妙地多了些深入地底的腳印。

過了片刻，等談寶兒將整個山谷都轉了一遍的時候，無法等人也已將符紙全數埋了下去，再次聚集到了他身前，卻發現他滿頭大汗，氣喘吁吁，好似勞累不堪的樣子。

無法看看地面，若有所思，而若兒和楚遠蘭卻是一臉關切，撲上來道：「師父（容哥哥），你怎麼了？」

談寶兒正要說話，這個時候，金翎軍士兵卻也已開始潰敗。剛才一通猛射，他們的箭支已經消耗乾淨，這下被兩邊敵軍排山倒海似的壓力一擠，頓時朝山谷中心靠了過來，卻堅定地圍成一團，將談寶兒諸人圍在中間，希望以最後的力量保護著自己心中敬愛的英雄。

滿臉血污的小關又從前面跑了回來，望著談寶兒，咬牙切齒道：

「偶像，你們還是帶公主和楚姑娘走吧！現在還來得及！君子報仇，十年不晚，沒有必要白白犧牲！」

談寶兒聞言，哈哈大笑：

「十年不碗？爲了報仇，十年不洗碗嗎？真是太不講衛生了！哎呀，你這笑話太好笑，我差點將正事給忘了，你快叫兄弟們儘量向中央靠！我剛剛發現一條秘道，咱們都可以逃出去了！」

「真的嗎？」小關大喜，當即也顧不得查證，運足功力大聲叫道：「兄弟們，統領發現了谷中秘道，大家快到中間來！」

金翎軍士兵本已抱定必死之心，聽到有秘道都是喜出望外，一股腦兒全朝中間湧了過來，後面的南疆軍士兵聞此卻都是大急，加快馬蹄衝了過來。

小關見此嚇了一跳：「怎麼人都過來了，快去些人先抵擋一陣啊！」

談寶兒忙道：「不用了，我有辦法！」說時雙手分別向山谷兩邊一拋，兩蓬金光閃過，

在金翎軍和南疆軍之間頓時出現了一隊手持長槍的金甲士兵。

山谷兩端的南疆軍士兵看這些長槍甲兵出現得突兀，都是嚇了一跳，但隨即發現這些人根本沒有騎馬，怯意盡去，各自打馬撲了上來。

但是他們萬萬沒有想到，這些步兵的戰力實在是非同小可，手下完全無一合之將，明明只有一百人，卻死死地卡住了山谷的入口，任騎兵如何猛衝過來，卻沒有一人能越過這百人的防線一步。

眨眼之間，兩端的山谷谷口便堆積了成千上萬的南疆軍士兵屍首，而那兩百名長槍甲兵竟是毫髮無傷。頓時所有的南疆軍士兵都是心膽俱寒——這些人莫非不是凡人，而是羿神手下的天兵神將嗎？

一時間，十萬之眾的南疆軍，竟無一人敢上前。神奇的是，那兩百長槍金甲兵竟也沒有一人上前，只是持槍一動不動地堵住了谷口。

南疆王賀蘭耶樹也是駭然，他這一輩子還從來沒有遇到過如此怪異的事情。就在這個時候，他忽然詫異地發現山谷的中央，金翎軍士兵人數正在慢慢減少。

葫蘆谷形如葫蘆，從中央被一道山壁分成了兩個圓形的山谷，而金翎軍士兵消失的方向正是這道山壁處。難道剛剛談容說谷中有秘道竟是真的嗎?若是自己用十萬之眾包圍五千人，還被這些人從秘道逃走，那豈不是自己的奇恥大辱，還談什麼興兵奪取九州江山?

他正自焦慮，忽聽身邊的賀蘭英喜道：

「父王，我師父來了！」

賀蘭英的師父正是王子少師凌步虛。凌步虛是張若虛的師弟，和張若虛意見不和，後來離開天師教，闖蕩到南疆時，被南疆王收留，留在王府中倚爲臂助，但剛才在怒雪城門口，一個大意，被談寶兒驚天動地的一箭直接命中了肩膀，受了重傷，這會兒才算恢復過來，追趕了上來。

賀蘭耶樹聽說他來了，頓時大喜，回過頭去，果然看到包紮好傷口的凌步虛騎馬走了過來，忙拍馬迎了上去，上前道：「凌道長你沒事吧?」

「我畫了幾張符喝了，暫時沒有大礙了！」凌步虛陰著臉，顯然很不爽，抬頭看見前方，露出詫異神色：「怎麼回事?怎麼這麼久還沒有將談容等人全部剿滅?」

一旁的賀蘭英忙將情形說了一遍。凌步虛聽得一驚：「有這種事?」當即拍馬上前，看到那百多名一動不動的長槍金甲兵，臉色劇變：「這莫非就是傳說中葛爾草原神使的撒豆成兵之術嗎?」

「撒豆成兵？」賀蘭耶樹父子同時叫了起來。

「不錯！就是撒豆成兵！」凌步虛肯定地點了點頭，一臉的貪婪，「這些金甲神兵乃是以仙豆召喚大地靈氣幻化而成，並非真的士兵，但威力比真的士兵還要大許多倍。如果不懂破解之法的人，十萬之眾也抵擋不住區區一人！此法失傳已數百年，怎麼如今重現神州了？」

賀蘭耶樹忙道：「那道長你會破解嗎？」

「好在這些只是初級神兵，人數也不多，貧道還應付得了！不過可惜了這些仙豆！」凌步虛搖搖頭，伸手從懷裏摸出一個竹筒來，然後揭開竹筒口一個畫了八卦符咒的木塞，嘴裏念念有詞，隨即輕輕一拍筒身，喝道：「去吧！」

話音一落，但見竹筒裏飛出一道烏光，閃電般射向了葫蘆谷口。烏光迎風便長，霎時間變得長約兩丈，變成一條猙獰恐怖的超大蜈蚣。

蜈蚣飛臨金甲神兵上方，隨即大嘴一張，噴出一口烏黑的血霧。金甲神兵受到攻擊，當即一起飛了起來，朝著蜈蚣擊了上去，但他們剛飛了一半，身上烏光閃了一閃，頓時幻影盡去，變回仙豆形狀，落到地面時候，身上金光盡去，變得一身烏黑。

蜈蚣一擊見功，凌步虛臉上終於有了冷酷的笑意，再一揮手，蜈蚣飛過葫蘆谷，落到另一端谷口，如法炮製，消滅了另外百名仙豆神兵。

「回來！」凌步虛伸手一招，蜈蚣飛回，化成烏光重新飛回了竹筒之內。他蓋上木塞，對賀蘭耶樹道：「王爺，爲了對付這兩百名神兵，我這九陰神蜈可是耗費了十年功力噴出本命神元，回頭你可得給我好好補回來！」

「哈哈！好好，沒有問題！」賀蘭耶樹心情大好，大手一揮下令道：「障礙已除，士兵們給我上，誰殺了談容，官升五級，賜金萬兩！」

聽到賞賜，南疆軍士兵頓時又如潮水般湧了上去。山谷對面的領兵將領顯然也下了同樣的命令，對面的軍隊也跟著衝了上去。

兩邊的大部隊如潮水般湧進了山谷，前赴後繼，眨眼間，小小的山谷裏便擠滿了上萬人。但山谷裏除開屍體，再沒有了一名金翎軍的士兵，最要緊的是，眾人四下裏找了一遍，卻根本沒有發現任何的秘道。那五千人好似憑空消失了一般！

「沒有秘道？這怎麼可能！」聽到手下回報的賀蘭耶樹大吃一驚，當即打馬朝山谷裏奔了過來。

凌步虛和賀蘭英忙拍馬跟了上去，兩人都想不通，剛才大家都看到金翎軍士兵走入山谷中央的石壁後面就消失不見，怎麼那條秘道忽然不見了？

三人進入葫蘆谷的中央，到了那道山壁前，果然也沒有發現任何的門戶，正自百思不解，忽有一名士兵捧著一張火紅的符紙走了上來稟道：「大王，我們搜遍四周，除開屍體，只在雪地裏發現了這個東西！」

「燎原符！不好！」凌步虛神色大變，「大家快離開山谷！」

眾人尚未反應過來，地下忽然冒出一個笑聲道：「現在想走，未免有些遲了！」下一刻，山谷的地面上憑空冒出熊熊大火。

十丈高的火牆，瞬間籠罩了整個葫蘆谷，霎時間這個山谷變成了一個巨大的壁爐，而慘呼不絕的南疆軍士兵則變成了壁爐裏的火雞，不及反應下便被燒成了焦炭。

天地之威，實非人力所能抗。

凌步虛在說完話的剎那，迅快伸手從符袋裏摸出兩張符貼到雙足上，然後分別抓住賀蘭父子的腰帶，似提小雞一樣將兩人抓了起來，朝著身側的山牆上飛騰上去，腳步在山壁上好似平地一樣一陣疾跑，在間不容髮之際躲過了烈火焚身之禍。

落回谷外時，凌步虛一點不敢停留，帶著兩人朝著怒雪城方向狂奔而去，邊跑邊狂罵不止：

「這是哪個敗家子做的好事？這場大火少說要燒掉百張燎原符！一百張啊，沒有五十年的時間哪裡做得出來？兩代祖師的積蓄就這麼被一把火給燒掉了！」

他罵歸罵，但卻不得不抓緊時間狂跑，身後的烈火卻如有靈性一般追了上來。好在剛才他朝自己腿上貼了兩張比神行符還要厲害十倍不止的登雲符，才沒有被烈火燒中。

但山谷兩頭的十萬南疆士兵就沒有這麼好的運氣了，山谷之中烈火蔓延之快之廣簡直是駭人聽聞，谷中火頭一起，便迅速蔓延出谷，眨眼之間，就以燎原之勢吞沒了葫蘆谷四周方圓十里的範圍。

天空一片赤紅，十萬士兵無一倖免！

這場沒有人性的大火來得快，卻也去得快。一刻鐘之後，大火就如同來時一樣憑空消失不見。又過了一會兒，葫蘆谷中的地面卻憑空裂開一道道巨大的口子，五千名金翎軍士兵完好無損地從地底冒了出來。

望著谷裏谷外被燒得面目全非的南疆軍士兵和那些正冒著肉香的戰馬，金翎軍士兵一個個目瞪口呆，做聲不得，好半晌才將敬畏、佩服、崇拜、愛慕等複雜的眼光投向了談寶兒。

這場大火的始作俑者自己在同樣目瞪口呆一陣之後，心中隱然發現一個新的天地在向自己悄然展開。在以聚火之陣引動一百燎原符，並以裂土之陣保全了手下士兵性命之後，從來沒有一刻，這個冒牌的大英雄對自己如此的有信心。

「也許我終於有一天會超越老大的成就，變成和他一樣偉大的大英雄？」望著又開始落著鵝毛大雪的天空，未來的英雄怔怔地想。

這一日，正是神州八七五年，五月二十三，第二次人魔大戰爆發正好十三周年。

地火隱去，大雪復又紛紛落下，不時遮掩住了地上的屍體和血腥。天地又變得銀妝素裹，一片的純潔，如果不是地面那些隱隱凸出的屍堆，誰也不會將剛才的地獄式的火海和眼前景象聯繫在一起。

談寶兒發愣的時候，若兒和楚遠蘭卻不分先後地撲了上來，趴在他懷裏放聲痛哭。劫後重生，兩女竟都失去了少女的矜持。其餘的金翎軍士兵卻也好不了多少，一個個都是眼眶紅潤。雖然這支隊伍不乏征戰的經驗，但能在這樣的絕境下突圍而出，實可說是僥天之幸！

所有人裏，唯有小關依舊是冷靜異常，這時候，他正指揮手下軍官們清點人數。不時結果出來，這位年輕的參謀只驚得目瞪口呆，好半晌才回過神來，走到談寶兒身前道：

「啓稟公主殿下、統領大人，本次戰役，共滅敵軍精銳十二萬三千人，我軍傷一百三十二人，死亡爲零。」

「啊！恭喜你了師父，你不死一人就殺了敵軍十二萬，即便是昔年的戰神白笑天也做不到啊！」若兒看談寶兒的眼神裏滿是火熱的驕傲。

「哈哈，白笑天是個鳥啊？你也不看看這是誰？這可是我無法的老大！會想出用陣法引動符咒這樣的法子，真是個一等一的絕世天才！」無法大笑。

自古以來，陣法和符咒就完全是兩回事，並無相通之處。剛才談寶兒靈機一動，在谷裏按照聚火陣的方位埋下了燎原符，在將士兵們都用裂土之陣封起來之後，在地底念動咒語，同時釋放出真氣讓聚火陣成形，這樣一來就引動了滿地的燎原符。

這種陣法和符咒結合使用，絕對是劃時代的！也就是從這裏，談寶兒發現了一個新的天地，一個讓無法這樣的絕頂高手也狂讚不已的新天地。

「些許雕蟲小技，不足掛齒！」心裏爽翻天的談寶兒學著老胡說書裏的俠客，輕描淡寫地應付了眾人的稱讚，隨後望望已經黑如墨炭的天色，輕輕推開兩女，沉吟道：

「不要再說廢話了，趁著天姥城那邊還沒有反應過來，咱們得趕快殺出天姥城去。這是目前唯一的機會！」

楚遠蘭擦去淚水，笑道：「容哥哥，這一把大火，實在是太驚人了！只怕會燒寒了南疆王的膽，他不會再造反了吧？」

這個問題代談寶兒回答的是小關：

「不可能！南疆有百萬之兵，雖然損折了十餘萬，卻並未傷及筋骨。更重要的是，南疆王這人極好面子，統領一把火就燒了他十萬大軍，他絕對不會讓這個消息傳出去，只怕他現在心裏正在想怎樣讓我們五千人一個都逃不出南疆呢！」

「對啊！小關說得對！有賭未爲輸，南疆王絕對不會甘休的！」談寶兒點點頭，他自己是市井出身，對這樣近乎無賴的心態那是再瞭解不過，「好了，大家不要再多說，我們趕快殺奔天姥城，在他們沒有反應過來之前出關去！」最後一句話卻是大聲對眾士兵說的。

「遵令！」眾人齊聲答應。當下，眾人各自上馬，舉起水晶風燈，打馬出了葫蘆谷，大軍趁著夜色，沿著山路，朝天姥城進發。

重新出發之後，若兒依舊坐在他懷裏，兩個人都有無數的問題想問對方，但一時卻不知從何說起。

最後，談寶兒嘆了口氣，道：「若兒，我是不是很笨，這兩個多月以來，你明明就在我身邊，我竟然一絲也沒有覺察到！」

若兒笑道：「這也不能怪你。其實別說是你，即便是我，只怕也不會將那個蠻不講理、兇神惡煞的公主和溫柔可愛的若兒聯繫在一起啊，再說，以前我嘴裏都還放著這個呢！你聽到的聲音和我本人可是完全不一樣的。」說話時，她隨手從隨身香囊裏取出一顆綠色的小豆子來。

談寶兒接過來看了看，頓時記起在葛爾草原的時候，若兒曾經給自己看過，知道這叫變聲豆，只要將豆子朝嘴裏一放，所發出來的聲音，就可以和原來的完全不一樣，但聽上去卻絕對沒有絲毫破綻，絕對的原聲效果。

正想著，若兒卻又撲在了他懷裏，幽幽道：

「師父，我也想不到我會變成那樣。只是我在寒山等了你半月都沒有你的消息，正煩躁呢，那天下午，楚小姐就來水月庵上香，她之前進過宮，我也戴著面紗，是以我認得她，她卻認不得我。她和婢女提起你的婚事，被我無意中聽到。我當時不信，便下了山冒險進城溜進楚尙書府裏找你，找了好久終於找到你了，卻被我聽到你說你要娶她，我當時心都碎了，那個時候我才發現，我心裏已經全是你了。」

談寶兒這才明白爲何那晚若兒會出現在楚府的房頂，一時憐意大生，緊緊將她抱住。

若兒也向他肩膀靠了靠，才又道：

「然後我就回了寒山，見你沒有追來。越想越恨，一怒之下，我就寫了信，下了山，回到皇宮跟父皇說我要嫁給南疆王世子。父皇正因爲我離宮出走的事情大傷腦筋，派了夜騎四處找我，見我回來，自是喜出望外，怕我又反悔，便連夜替我準備，讓我次日便起程。我想到我

一走了，你一定會和楚小姐成婚，憤憤不平，就對父皇說讓你替我護駕。他本來是要你去龍州前線，南疆事務本是要交給布元帥的，聽我這麼一說，卻難得地因私廢公一次，讓你做了金翎軍的統領。」

談寶兒恍然，難怪當初永仁帝讓自己去南疆的決定來得那麼的突然，事前一點徵兆都沒有，原來都是因爲若兒。

若兒頓了一陣，又道：

「上船之後，婢女和士兵們每日都在提你和楚小姐的婚事，我每次聽到都沒來由的很生氣，便叫你過來，每次都找藉口狠狠打你一頓，心裏才稍微舒服些。那個時候你肯定在埋怨我不講理，對不對？呵呵，其實我自己都覺得自己很野蠻，活似野蠻女友呢。還有，你每次在我這挨完打就去找范成大這個替死鬼出氣，反正那傢伙也不是什麼好東西，我才懶得管他呢！」

聽到這裏，談寶兒也不由莞爾，說起來，這些日子最可憐的不是自己，而是那每次都被不明不白地打了的范成大。

卻聽若兒又道：

「之後呢，楚小姐竟然是隨軍而來的，我很生氣。她明明很漂亮，又溫柔，但我一見到她，不知爲何總是覺得很不舒服，又不好意思打她，就對你變本加厲了。後來我卻想通了，你和她始終是自小就訂了婚的，你們要在一起，我又怎麼能阻止呢？所以最後，我將特意叫父皇給我們準備的貂絨披風也送給她了！但這時候我卻還是不死心，就又送了你一些仙豆，看看你是不是真的不記得我了！哪知道你……」

談寶兒忙道：「對不起，若兒！那天晚上我和無法在研究一些東西，根本沒有看到你給的禮物，才讓你那麼傷心！其實你不知道，我這次之所以肯到南疆，也全都是為了你呢……」

當下，他將自己和若兒分別後的種種事端細細解說了一次。

若兒直聽得心曠神怡，末了眼中滿是柔情，歉聲道：「對不起啊，我不知道你這些日子經歷了這麼多事，其實是那麼擔心我，還以為你……真是對不起！」

談寶兒什麼也沒有說，只是將身上的披風解下，蓋在了她的身上，溫柔地拍了拍她的頭。

夜色裏，千軍萬馬之中，兩個人共騎而行，心中滿是甜蜜，身外心外再也容不下別人，似乎這蒼茫天地，舉天白雪裏，就只剩下了這兩個人，直到天荒地老。

不遠處，另外一匹馬上的楚遠蘭靜靜望著這一切，臉上甚至帶著微笑，但有種又酸又澀的東西在喉間蔓延，最後透入心扉，痛徹全身，讓她艱於呼吸。她張了張嘴，想說什麼，但最後終於什麼也沒有說，只是落寞地打馬避到了兩人視線之外，同時，心中有一個聲音聲嘶力竭

地呼喊著：

「容哥哥，當日青桑樹下的承諾，你全忘記了嗎？」

曾幾何時，曾經的青梅竹馬已是明日黃花。這一念轉過，伊人已是珠淚成行。

大雪越發的大了。

一直前行，大隊人馬在玉山萬重裏穿梭，雖然是晚上，又大雪滿山路，但雲騎不愧是大夏最神駿的駿馬，加上因爲少了那頂十八人抬的大轎的關係，眾人的速度非但不減，反而是比來時快了許多，不過走了三個多時辰，終於走出了連綿不絕的天姥山，上了一段平坦的大路。

小關一直在前面指揮先鋒開路，這會兒終於打馬走到了談寶兒身前，稟道：

「統領，還有三里左右，我們就要到達天姥城了。要不讓弟兄們都休息一下，準備攻城吧！」

「好！」談寶兒點頭答應。

「全軍停下休息！」小關一聲令下，部隊停了下來。

士兵們情緒都很高，剛剛取得輝煌的勝利，現在大家對談寶兒的信心達到了盲目的地步。雖然所有人都知道自己全軍只有五千，而天姥城的守軍剛才也被大火燒了三萬，但少說還有五萬，只是所有的人現在對談寶兒已經是徹底地心悅誠服，覺得只要有這個神一般的人存在，己方別說是五千人，即便只有五人，也一定能殺出天姥城，回到京城，又或者就不回京城，直接用這五千人蕩平整個南疆，也全看統領大人的心情而已。

但小關卻沒有這麼樂觀，在安定下士兵們，他走到談寶兒身邊後，憂心忡忡道：

「偶像，這次是再次用神箭破開城門，然後我們一起殺進城去嗎？你功力恢復了吧？」

談寶兒一路上除開和若兒纏綿，都在思索這個問題，聞言搖頭道：

「我功力是恢復了，但建造天姥城城門的天罡石是神州最堅硬的玉石之一，我的箭未必能夠洞穿，反而打草驚蛇。奶奶的，還是剛才那把大火燒得太猛了，不然要是將那些南疆軍的衣甲扒下來穿上，咱們就可以蒙混進去了。現在看來，只有我和無法借著夜色掩護，以迅雷不及掩耳之勢飛進城去，強行打開城門，然後大夥一塊衝進來！」

「不行！」除開無法外，談寶兒身邊眾人立時同聲否決。

若兒道：「這樣太危險了！天姥城中守軍眾多，並且其中不乏高手，據說凌步虛的好幾個弟子都在軍中擔任要職。如果你們不能成功，陷入敵軍包圍，就是有去無回。」

「阿彌陀佛，怕他個鳥啊！凌步虛本人都是個菜鳥，他徒弟又能做什麼？公主但可放心，老大在百萬軍中尚能出入自如，再加上我，這區區一個天姥城算得了什麼？」無法大咧咧道。

「話不是這樣說！」小關搖搖頭，「昔年聖帝百萬大軍破天姥尚且花了三月時光，可以想見的是，城中除了軍隊外，必然另有埋伏！按我估計，多半是城門口，或者整座城池的城牆本身就是某種很厲害的陣法！不可輕率！」

「陣法！那可就麻煩了！難道只有用箭試試了嗎？但如果不成功……」談寶兒皺起了眉頭。

如不成功，自然是只剩下硬闖一途，以五千之眾去抗十倍堅守之敵，再加上一個完全不知虛實的陣法，實無異於自取滅亡。眾人聞言都是一陣沉默。

沉寂裏，忽聽一人道：「我有辦法破城！」

眾人聞言大喜，忙向說話那人看去，卻都是齊齊一驚。

第六章　絕代風華

如玉屑一般，紛紛揚揚地灑了一天一地的大雪，不知何時竟越發的大了。毛茸茸的圓月在這個時候悄然露出了身形，潔白的月光落在天地之間，爲這蕭蕭夜色，平添了幾分清冷。

天姥山下，談寶兒眾人回頭望去，卻只見千軍萬馬之前，說話的那人長身玉立，雖然身著貂裘披風，但身姿依舊是說不出的嫋嫋婷婷，婀娜多姿。

她靜靜站在那裏，仿似靜夜裏的一朵蘭花，悠然綻放，卻又好像一團潔白的火焰，在白雪中，在月光裏，輕輕跳躍著，溫暖著所有人的眼睛。

眼前成千上萬道目光刹時落在自己身上，楚遠蘭的臉頰微微有些發紅，更添嫵媚，但她卻依舊挺著胸膛，迎著談寶兒的目光，吐氣如蘭道：

「我有辦法打破天姥城，能不能讓我試試，容哥哥？」

「啊！這個啊……當然可以，當然可以！」談寶兒好半晌才回過神來答道：「不過蘭妹，你一個小姑娘又有什麼辦法能破城呢？」

「容我賣個關子，先不告訴你！」楚遠蘭嫣然一笑，「一會兒到了天姥城下，你們先遠遠地待著，我自會叫你們進城去！」

一笑之後，她掉轉頭，蓮步輕移，徑直向著遠方只能看見一個模糊輪廓的天姥城走去。

士兵們爲她風華所懾，見她過來，都是自動讓開了一條道，卻並無一人敢看她的臉——也不知怎麼，此刻的楚遠蘭全身竟似散發著一種聖潔的氣息，讓人不敢直視。

楚遠蘭單人孤影，一直出了五千金翎軍陣營，頂著明月清輝，踏著皚皚白雪，徑直向前。

談寶兒亦爲她風華所驚，竟忘記了問詢，直發現她倩影在視線裏模糊起來，才驀然驚覺她已走出老遠，忙躍出隊伍，率領士兵們一路在其身後慢慢尾隨。

走了一陣，不時天姥城已隱然在望，談寶兒命令小關帶士兵們就地休息待命，自己帶著若兒和無法諸人繼續跟著楚遠蘭不緊不慢地向前。

談寶兒雖然這些日子和楚遠蘭朝夕相處，但卻因爲他心裏一直掛著若兒，對這位大美人實在說不上有什麼瞭解，只是憑藉觀察，發現她似乎並不會什麼法術，此時自告奮勇，單槍匹馬地去破天下有數的堅城天姥，也不知所依恃的是什麼。

他正自狐疑間，前方的楚遠蘭卻不知怎麼已經到了天姥城下！

談寶兒停住腳步，眼見城頭城下相距不過是一箭之距，若是城牆上有人發現她，一支箭下來就能叫她香消玉殞，正吃了一驚，卻在這個時候，城頭上的人似也已發現楚遠蘭的身影，一時之間，城樓上燈火大作。

談寶兒心頓時懸在了嗓子眼上，當即便要大聲叫她回來，卻被身前的若兒一把掩住他的嘴：「別叫！我看楚姑娘似乎胸有成竹，不用擔心！」

胸有橙竹？肚子裏還能生出竹子來嗎？難道美女的肚子和別人都不一樣，不過那竹子的顏色爲什麼是橙色的？談寶兒被這四個字搞得一頭霧水，但好在後面一句卻是聽得明白，且眼見若兒和無法都是一臉從容，便果然放棄了呼叫，拉下若兒的手，一瞪眼：

「誰說我要叫了？我只是覺得有些睏了，想打個哈欠而已！」

若兒撇撇嘴，卻也懶得和他爭。

這個時候，天姥城城樓之上已是燈火通明，喧嘩呼喝之聲不絕。月光燈火下，南疆軍士兵也看不清楚楚遠蘭的容貌，只依稀見是一個身材妙絕的白衣女子靜靜佇立在城下，既不叫開城門，也不答話，一時都是莫名其妙，全不知該如何應對。

同樣的，遠遠觀看著的金翎軍諸人卻也是一頭霧水，而談寶兒更是心如懸空，雖然張開了落日弓掩護，依舊是忐忑不已。

就在城樓上的南疆軍士兵的耐心快到極限，打算放箭的時候，楚遠蘭終於有了動靜。只見她玉手上揚，然後一抖，輕輕解開了貂皮披風，然後優雅地將手摸向了腰間。

眾人正奇怪的時候，耳邊卻忽然傳來一陣悅耳動聽的笛聲。

那笛聲是如此的悅耳！談寶兒一生之中還從來沒有聽過這麼好聽的笛聲，但真要找個合適的形容詞來形容這種笛聲，卻又不能夠。他只是覺得那笛聲如兩縷溫柔的絲線，從雙耳裏鑽了進去，隨即化作千絲萬縷，在全身每一個毛孔中鑽進鑽出，無孔不入。

隨著那千萬縷柔絲在身體裏遊動，全身每一個角落都說不出的酥麻，酥麻之中卻又帶著一種說不出的癢癢的感覺，直接撩撥得身上每一塊肌肉都在舒服的溫泉裏蕩漾著。

在這一刻，所有的煩惱都被拋之腦後，什麼功名富貴，什麼家國天下，全都成了狗屁。談寶兒的心裏再也沒有了一絲的雜念，只覺得如果自己能在此刻的歡娛中死去，那將是多麼幸福的一件事！

他循著笛聲望去，卻見天姥城下，一名女子手持一支三尺長的短笛，正優雅地吹著，伊人白衣勝雪，仿似一朵過夜綻放的雪白幽蘭，卻不是楚遠蘭又是誰來？

城樓之上本是喧囂一片，這個時候，卻是寧靜一片。一時間，談寶兒的耳中除開那悠揚的笛聲，便只有淡淡的雪花墜地聲。

風已經停了，雪卻越發的大了，但沒有人察覺。天姥城中一靜如雪，四野都是一片的空靈，在這一刻，所有的人都忘記了自己的存在，耳中心中全只有那笛聲，只有那縈繞心中揮之不去的讓自己心境寧靜的笛聲。

笛聲的調子卻在不知不覺中變了。談寶兒沒來由的心中慢慢湧起了一種酸楚，而眼前的天姥城卻在一瞬間變成了遠在崑崙山下的臥龍小鎮，天上的圓月變做了一輪西墜的夕陽，滿天的大雪也變成了縷縷的炊煙，一群鳥雀嘰嘰喳喳地從如歸樓的招牌前飛過，而兩隻老黃犬嘶啞地吼了幾聲，開始爭奪一塊從樓上扔下來的大肉骨頭……

談寶兒正看得好笑，忽見如歸樓的二樓冒出一顆胖乎乎的腦袋朝自己罵道：

「小兔崽子，你待在那裏等著挨刀啊？還不快上來給老子招呼客人！」

「老闆大人！」談寶兒認出那人正是自己的老闆兼義父談松，心中頓時一暖，「我……我這就上來！」當即下意識地一夾馬肚，黑墨如箭一般向著如歸樓的二樓飛奔過去。

黑墨奔出三步之後，談寶兒的丹田之中忽然冒出一道熱氣，霎時間走遍全身每一處血脈，然後他猛地一個激靈，眼前景物已是大變！再看時，眼前卻依舊是身處風雪之中，前方天姥城巍峨雄壯，一如巨獸盤踞。

談寶兒嚇了一大跳，慌忙勒住了馬。

細看時，他卻忽然發現，天姥城頭的士兵們這個時候竟紛紛走下了城牆，個個歡呼雀躍，好像遇到什麼大喜事一樣。

這些傢伙好端端地下城樓做什麼？談寶兒正莫名其妙，忽然聽見腦後傳來一陣細碎的馬蹄聲，回頭看去，卻是小關帶著金翎軍已然快馬趕到。

「你們這麼明目張膽地衝過來，是想找死嗎？還不快給老子回去！」談寶兒嚇了一大跳，趕忙高呼。但奇怪的是，素來聽話的金翎軍士兵卻並無一人聽他的，只是騎著馬，或是微笑或是滿臉淚水地從他們三人身邊躥了出去。

情形說不出的詭異！

談寶兒大急，便要再叫，耳朵裏卻陡然傳來轟隆隆一陣巨響，忙回過頭去，卻見天姥城的城門不知爲何竟然已是應聲洞開！

天姥城門打開之後，城裏的南疆軍士兵如潮水一般湧了出來。

「不會這麼巧吧？」談寶兒嚇了一大跳。這樣子，兩支軍隊硬碰硬地打起來，金翎軍不全軍覆沒才是怪事。他大叫金翎軍的士兵回來，但奇怪的是，所有的士兵竟然沒有一個聽他的，只是依舊向前。

「老大別叫了，他們聽不見你的聲音的！不過放心，我看他們根本不會打起來！」無法忽然出聲。

「怎麼回事？」談寶兒這才發現無法並沒有隨波逐流，他的馬依舊停在自己身邊。低頭看去，若兒卻也很安靜，睜著明亮的大眼睛，一副若有所思的樣子。

無法面色凝重，搖搖頭道：「我也不能肯定。你繼續看下去就知道了！」

果然，眼見兩支隊伍就要撞上了，楚遠蘭的笛聲卻陡然一個婉轉的變化，於是南疆軍和金翎軍頓時各自讓開了一半的道路，一左一右，南疆軍出城，金翎軍進城，兩支隊伍非但並行不悖，而且交錯而過時還互相微笑致禮，甚至親熱地打招呼，仿似多年未見的老朋友，而兩支軍隊的人臉上卻都掛著一種疲憊之後幸福的滿足。

楚遠蘭佇立在兩軍交錯間，依舊旁若無人地吹著笛子，倩影時而被兩軍士兵所遮掩，時而又顯現出來，看起來仿似一葉海潮裏的孤舟，隨時都會被浪濤淹沒，但偏偏卻並不隨波逐流，只是在那裏載浮載沉，悄然屹立。

談寶兒看得目瞪口呆。這個時候，若兒卻似已想通了什麼事，鼓掌笑道：

「原來如此！師父，咱們快點進城吧，可別浪費了楚姑娘的笛聲！」說著話，她伸手就去抓黑墨的鬃毛，後者吃痛，頓時載著兩人飛奔起來。

兩人身後，無法摸摸頭，嘟囔道：「這丫頭貴爲公主，難道竟然也知道上古舊事，從而

猜出了楚遠蘭的身分嗎？師父說皇室多古怪，看來果然不假啊！」他自言自語一陣，眼見黑墨去得遠了，忙打馬追了上去。

黑墨行動如風，片刻時候就追上了金翎軍，距離城門已不足十丈，已然可以看見城中景象。談寶兒極目望去，卻見這時候最少已經有兩千多的金翎軍士兵進了城，但城中卻是一片的平靜。

此時本來是天黑之後不久，但街上卻幾乎沒有百姓，有的只是成群結隊朝城門外趕的南疆軍士兵，並且這些人見到金翎軍的人也是熱情地招呼，而金翎軍的人也熱情回應，只是兩支隊伍的人叫的名字卻完全不一樣，竟是誰也不覺，各自擦肩而過。

談寶兒滿腹狐疑，只覺如在夢中，正想得腦瓜都快破了的時候，黑墨卻已經到了楚遠蘭身邊，他忙朝楚遠蘭伸出一手，道：

「蘭妹，別吹了，這地方奇怪得很，咱們先離開這裏吧！」

楚遠蘭微笑著點點頭，腳下無風自動，如仙子凌波一般冉冉升起，似慢實快地飛落到了黑墨背上，卓然站立。只是這一過程之中，她並沒有停止笛子的吹奏。

一騎三人，兩坐一立，順著進進出出的人流湧進城去。

黑墨通靈，行動自由，全不需談寶兒控制，他和若兒兩人都是回過頭去看楚遠蘭。直到此時，談寶兒才看明白楚遠蘭所吹奏的是一支三尺長的碧玉翠笛，笛身雖短，卻足有九孔，她玉指連動，孔孔都不放空，那美妙笛聲便從指尖洩漏出來。

談寶兒知道，楚遠蘭這一刻的風華，直到許多年之後，都將牢牢銘刻在自己腦海之中，但在這一刻，他心中卻是無喜無樂，只是靜靜享受這難得的天籟。

入城之後，談寶兒心中的疑惑越發加深了。

向前走了一陣，向外湧的南疆軍士兵便少了，本該是戒備森嚴的城牆之上空無一人，街上也罕見行人，但滿城的屋子都是亮著燈火，偏偏所有的房間裏都沒有一點聲響，全部的居民都陷入了一種說不出的安靜之中。只是這種安靜並非如墳墓的那種，而是配合著淡淡的燈光和嫋嫋繞繞的笛聲，顯得出奇的溫馨。

這一城的萬家燈火，溫馨如斯，哪裡還似兵火戰場？談寶兒只覺如在夢中。

金翎軍入城之後，徑直向北，而越向北走，路上的南疆軍士兵便越發減少，而快到北城門的時候，人才又多了起來，不過大多是南疆軍士，城中百姓極少。

無法見此不禁嘆道：

「不知何處吹蘆管，一夜征人盡望鄉！光是一曲短笛，就能破掉天姥這樣的堅城，疏影

弟子，果然是名不虛傳！」

談寶兒聽得一頭霧水，罵道：

「你個臭小子，說話不好好說，那麼文縐縐雲裏霧裏的做什麼？是要向老子賣弄你的學問嗎？」

「師父你還不明白嗎？」若兒大奇，「『不知何處吹蘆管，一夜征人盡望鄉』，這兩句詩是古代一個著名詩人的話啊！意思是說，不知道哪裡有人在吹奏蘆葦管，曲調中的思鄉之情，引得在外征戰的士兵們紛紛起了思鄉之情。你沒有看見嗎？楚姑娘笛聲和這種蘆管有著異曲同工之妙，只不過因為她吹奏的時候加入了精神念力，所以威力極大，籠罩了整個天姥城，勾起了這個範圍的人的思鄉之情。城裏的百姓都乖乖待在家裏，連門都不想出，正是因為這個，敵軍自動打開城門朝城外跑，是因為他們大多數人都不是天姥出生的，一聽到笛聲便各自向自己家鄉的方向跑！你的部下不聽你命令，是因為這個時候他們眼裏也只有家，所以才一致向南啊！」

啊！談寶兒這才恍然大悟！他雖然剛剛已經隱隱猜到這四周發生的一切不可思議之事和楚遠蘭的笛聲有關，但當真的聽無法和若兒說出來，心中的驚駭依然是難以形容。

過了一陣，談寶兒的心情才稍微平復下來，奇道：

「那為什麼所有的人都有事，就我、你和若兒我們三個神智清醒呢？」

無法鬱悶道：「老大，這個你都不明白嗎？很顯然這是因為我們三人都是絕世高手，法力高強、神功蓋世、道德崇高、思想純潔，所以受笛聲的影響最小，才能保持清醒啊！」

「果然和我想的一樣，哈哈，那個真是英雄所見略同！」談寶兒打個哈哈，自覺這樣說已有面子，也不給無法戳穿自己的機會，立即轉移話題：

「對了，無法，什麼是疏影弟子？」

無法正要解釋，但忽然發現楚遠蘭的眼睛正有意無意地看向自己，便裝出愕然神色道：

「什麼疏影弟子密影師父的？」

談寶兒見無法神色，知道這小子和自己裝傻，正想嚴刑逼供，卻忽然發現前面人山人海，卻是三人說話間已經到了天姥城的北城門，忙一帶絲韁，讓黑墨停下。

北城門的城牆上也沒有一個南疆軍的士兵，而先前入城時候所見的那兩名力士正各自拽著一根粗大的鐵鏈，城門大開，南疆軍士們和城中百姓正魚貫著湧出城去。

南疆軍士很快便盡數出了城，等談寶兒和無法的馬到達城下的時候，已經輪到了金翎軍士兵。因為金翎軍所有的人都騎馬的緣故，個個都是歸心似箭，城門口又頗大，是以出城速度便極快，眨眼之間便盡數出了城。

談寶兒見此大喜，對無法道：「我們也走吧！」無法點點頭，一帶絲韁，兩匹馬並肩朝城門口闖去。

眼見已快到抵城門口，談寶兒不由放聲大笑：「奶奶的，什麼南疆第一堅城，還不是被老子不動一刀一槍的走了出去？哈哈哈哈……」

這賤胚笑得開心，卻全忘記了這次大軍之所以能脫困全是楚遠蘭吹笛的功勞，和自己可是全無半點關係。

「嗤！」「嗤！」談寶兒笑聲未落，空中忽然響起兩聲利器破空之聲，兩道白光如閃電一般從城牆上的箭孔裏落了下來，如兩道平行閃電直取他和無法兩人。

「啊！」談寶兒大吃一驚，猝不及防下不及細想，手指一電，一氣化千雷使出，一道金色閃電朝著自己身前的白光應了上去，同時便聽見無法叫道：「敢偷襲你家佛爺，不想混了是吧？給我留下吧！」餘光瞥去，卻見無法也是右手伸出一指，朝著那兩道白光指去，想來是要以念力硬生生將其截住。

閃電和念力之快，都是天下罕見，可說不過是一念之間的事。眼見當世兩大絕世高手同時出手，黑墨身上無所事事的若兒和正吹著笛的楚遠蘭便都止住了想出手的衝動。

但讓兩女大跌眼鏡的卻是，就在談寶兒的閃電和無法的念力都堪堪要將兩道白光擊落的時候，兩道光卻毫無道理地仿似遇到一面鏡子反射似的，憑空一折，頓時改變了方向，變成了一左一右，分別射向了城門兩側。

這種情形，就好像城牆上出手的人早已經算準了兩人的反應，提前預製好了這兩道白光在何時改道，但又好像這兩道白光本身具有靈性，懂得隨即躲避。

眼前一氣化千雷射到城牆上，將城磚射出一個大孔，而自己的念力鎖了個空，談寶兒和無法兩人都是呆若木雞。

但最讓兩人不可理解的還是那兩道白光的去向，兩道白光竟然真的一條道走到黑，一折之後真的沒有再殺個回馬槍——難道這人埋伏在城牆之上，苦心積慮地，就是爲了和自己兩人開個玩笑？

「不好！咱們快出城！」若兒忽然叫了起來。

啊！談寶兒和無法眼見兩道白光不偏不倚地落到城門左右那兩位拉著鐵鏈的肌肉男身上，這才反應過來，忙各自用力重重去打馬屁股。

白光落到兩名肌肉男身上，頓時化作了兩團白色的火焰，兩肌肉男吃痛之下，雙手自然一鬆，那兩根巨大鐵鏈失去人力拉扯，彈簧機括立即收縮，轟隆隆巨響聲中，天姥城的城門頓

時朝著中間合攏關閉。

原來偷襲那人的目的，並非是真的要對付談寶兒和無法，而是要等所有金翎軍士兵出城之後，再讓城門關閉，將談寶兒這個光桿統領困在城內，再來個甕中捉鱉！

黑墨和無法的馬吃痛之下，速度更增，當即便如兩道颶風一般朝著城門口躥了過去，城門閉合速度雖快，但兩馬距離城門本就不遠，一躥之下，便已距離那城門只有兩丈許不到，兩人各自一帶絲韁，兩馬後腿一蹬，前腿一曲，四蹄離地，凌空縱起，朝著城門飛躍欲出。

千鈞懸於一髮之際，城門口的空氣陡然一陣奇怪的扭曲，一張血盆大口帶著滿嘴的森冷獠牙朝著黑墨迅猛吞噬而來。談寶兒只覺眼前全是一片赤色，大驚失色下，忙一手發出一道一氣化千雷，一手大力向回拉黑墨的絲韁。

黑墨果然不愧是萬中挑一的神馬，雖然身體在空中，但收到談寶兒指示之後，竟在馬頭快接近那張血盆大口的情形下，硬生生降落到了地面。

同一時間，一氣化千雷已經不偏不倚地射中了那張血盆大口。轟然雷鳴聲中，電光縱橫，血光暴射。

紅霧紛飛裏，談寶兒看見一條巨蛇在地面撲騰一陣，最後蜷縮一團，化作了一張黃色符紙，不由罵道：「又是天師教的人！」

「別罵了，老大，快出去是正經！」無法這時候已經躍到了城門之外，眼見城門就要關閉，忙朝著談寶兒大叫。

談寶兒反應過來，眼見城門只剩下不足一丈寬，並且在迅速變窄，大駭下忙一夾馬肚，黑墨通靈，頓時再次騰空而起，載著三人朝著城門縫躍了過去。

「哪裡走！」忽有兩人異口同聲一齊大喝。

聲音未落，城牆之上已經飄下一群人來，其中有兩人身在空中，四隻手一揚，同時叫道：「神兵急急如律令，冰凍之符！」

聲音落時，地面土地裂開，射出兩道月白冷光，不偏不倚，正好命中黑墨身體。本是向前疾衝的黑墨，頓時變成了一尊冰雕，懸在空中。

「竟然將符埋在土裏，卑鄙的傢伙！」談寶兒慣性收勢不及，險些沒有帶著若兒摔下馬去，好容易平衡下來，當即就破口大罵。若兒在一邊聽得只翻白眼，心說人家不過埋了兩張符，你剛才可是在葫蘆谷埋下了一百多燎原符呢！

城牆上飄下來的共有九人，七人在後，兩人在前，將黑墨和談寶兒三人團團圍住。後面七人都是清一色的青布道裝，手持拂塵，而落在黑墨和城門之間的兩人模樣甚是滑稽，兩人年紀已極大，頭上都梳了兩個沖天辮子，其中一個綁髮的是紅繩，另外一個是藍繩，兩人都留著

一把花白的山羊鬍子，身上卻都穿著一身童子才穿的花衣，最離譜的卻是兩個人竟然合穿了一條巨肥的褲子，褲子的下面是四隻繡花鞋。

兩人背對背，落地時是側身對著談寶兒。

談寶兒初時見兩人怪異穿著，還以爲是個兩頭巨人，大是驚恐，待看清楚是兩個人之後，懼意頓去，左掌真氣走聚火之陣路線輕輕拍在黑墨身上，右手五指大張，風雷之聲大作裏，五道金色閃電直撲兩人。

這是談寶兒一氣化千雷學成以來，第一次用出五雷聯珠之術。一道閃電的威力已是非同小可，此時五道一起發出來，自然是驚天動地。

兩名怪人眼見五道閃電射來，卻都是一起發出一聲歡呼來，撫掌道：「來的好啊！好久沒有遇到這麼厲害的閃電了！」同時各出一指，一左一右，帶著一藍一紅兩道淡淡光芒，在自己身前虛畫了一個半圓弧形，合成一個大圓。

「轟隆！」一聲巨響，五道閃電不分先後擊在了那個虛圓之上，緊隨其後那個大圓裏頓時顯現出白茫茫的一片，卻是不知從哪裡冒出了一塊圓形的巨大堅冰來。

五道閃電撞到堅冰，竟然沒有立時將其洞穿，反而是被堅冰吸納住，在上面左奔右躥，如同被關進玻璃櫃子的金蛇一樣，怎麼也逃脫不出。

辮子綁藍繩的老頭見此，得意笑道：

「嘿嘿！我們的玄冰離合盾要是那麼容易被攻破，我們還能叫冰火雙尊嗎？」

「你們是冰火雙尊！」若兒失聲驚呼。

「什麼冰火雙……哎喲不好！」談寶兒的問題剛問了一半，立時驚呼起來。原來他剛才一招聚火陣打在黑墨身上，後者身上的堅冰立時融化，這會兒依然延續了剛才的勢頭，一下子朝著冰火雙尊急衝上去。

眼見黑墨的頭便要撞上那面冰盾，談寶兒不及細想，忙以最快速度一張落日弓，一箭射了出去。

「嗡！」一聲嗚響！談寶兒立時鬱悶得想死，剛才一著急，竟然忘記了搭箭，這一弓不過是放了一下空弦。

但下一刻，談寶兒耳朵裏卻傳來一聲奇異的巨響，他的眼睛卻再也合不上來。

落日弓弓弦一震，雖然是空弦，但弓弦復位之後，一道尖銳的無形之氣依舊呼嘯而出，在空氣中引起一陣振盪，隨即重重擊在玄冰離合盾上。

「砰！」一聲悶響，無形箭氣正中盾牌中央，冰火雙尊引以爲傲的玄冰離合盾在一瞬間碎裂成一塊塊的冰粉，四散飛濺。

雙尊兩人猝不及防，頓時被箭勢餘勁震得飛散開去，而本來困在玄冰盾裏的五條閃電如脫困之龍，朝著雙尊疾射過去。

談寶兒引弓之時，距離雙尊已不足七尺，射中玄冰盾的無形箭氣本身已是快如閃電，冰盾裏暴射出來的五道閃電受到箭氣一催，本身速度更是暴增，雙尊雖然識得厲害，拼命躲閃，但在這間不容髮的距離裏卻哪裡躲得開？兩人被箭氣震退之後剛剛飛起三尺，便被五道閃電不分先後地命中身體，同時發出一聲慘呼，重重摔出了五丈之遙。

談寶兒來不及有想法，黑墨這個時候已經飛速躍到了城門口。但那要命的大門在這個時候關閉的速度達到了最大值，而門縫間所剩下的距離已不足五尺，黑墨的頭已經竄出門去，馬腹剛過一半，便已硬生生卡在了大門中間，四蹄難以著地。

最要命的是，那城門極厚，連帶著談寶兒和他懷裏抱著的若兒，都在同一時間和黑墨一起被卡在了兩扇大門間！

堂堂的大英雄，擊退了看起來很厲害的冰火雙尊，卻被兩扇大門卡死。談寶兒一念至此，簡直是欲哭無淚，心說千不該萬不該，老子之前不該取笑賀蘭牛糞，說什麼開門的肌肉男去看美女了，這大門一閉有人會成肉餅。報應來得真是快啊！

好在站在馬臀上的楚遠蘭並沒有被卡住。她身體一震，回頭便看明了情況，一時又是好氣又是好笑，正要停下笛聲上前幫忙，耳畔風聲作響，再次回頭，卻發現先前那隨著冰火雙尊飄下來的七人卻突然發動了攻擊。

這七人幾乎是同一時間從腰間的布袋裏掏出一把綠色符紙，口裏念念有詞的同時，一齊將符紙朝著城門口一拋。

綠色符紙脫手之後，迅即散開，一碰到風，頓時全化作了一把把碧綠色的長劍模樣。一時間，滿天都是飛劍，散發著碧油油的光華，如疾風暴雨一般，朝著談寶兒諸人疾射而來。

楚遠蘭眼見這七人所發的飛劍看似雜亂無章，其實彼此配合，可謂是密不透風，顯然是某種陣法，心念頓時一動：莫非這就是七極劍陣，這七人就是凌步虛座下的凌虛七子？

楚遠蘭心知自己此時若是不管七極劍陣去推城門，自己三人必定會死於萬劍穿心之下，暗自一咬牙，心說：是死是活就看容哥哥的了，當即身形飄落下地，十指連動，笛聲一轉，本是柔和的思鄉之曲頓轉高亢殺伐之音。

笛聲一轉，空中的劍雨頓時如遇到狂風暴雨的花瓣，一陣叮叮噹噹的鳴響之後，被吹得七零八落，隨風消散而去。

被兩扇鐵門卡住的談寶兒自是不知身後發生了什麼事，只是覺得身體兩側的巨大壓力，幾乎要將自己壓成烤肉餅了。事實上，他一上來雙臂就已被鐵門給壓制住，連伸手去推的機會都沒有。

這一切說來雖長，但這一連串變故到現在，無法躥出城門的馬才跑了一丈不到。

無法聽到身後破風聲，已然知道不好，馬蹄才一落地，身體便已離馬飛起，他人在空中，凌空剛要轉身，便已經聽見楚遠蘭的笛聲一變，而等他轉身過來，黑墨、談寶兒和若兒已幾乎被兩扇鐵門給擠扁了。

無法愣了一下，哈哈大笑道：

「老大，你們這是做什麼？難道在做人肉三明治嗎？」

他嘴裏說笑，手下卻不敢怠慢，當即雙手平伸，向左右虛虛一張，一收笑容，大喝道：

「開！」

念力過處，那本是向中間合攏的大門，竟是硬生生被猛地撐開了大約七尺長寬的大縫。只是可惜那鐵門機括太強，而無法又隔了數丈之遙，鐵門乍開之後，在黑墨剛墜下三尺時，便又重新合攏。

但這短暫的一刻已然足夠！

談寶兒被憋得正難受，眼見鐵門鬆開，當即大喝一聲，雙臂較力，一左一右，撐在了兩扇門之間。便聽機括之聲大作，那兩扇鐵門當即大開。

黑墨頓時掉落下地，卻並沒有立時向前狂奔，而是長嘶一聲，掉轉馬頭望向了夾在城門之間的談寶兒。

若兒叫道：「師父快下來！」

談寶兒大聲道：「你和無法先走，我等著蘭妹一起！蘭妹，別吹笛了，城門要關了，快點出來！」

早在楚遠蘭將笛聲由思鄉之曲變成殺伐之音的時候，天姥城的南疆軍士兵和城外的金翎軍眾人便已驚醒，隨即在發現談寶兒以血肉之軀撐開了天姥城門之後，都是目瞪口呆，驚爲天神。但在發了一陣呆之後，此時卻都已各自回過神來。

兩支軍隊先前出城的時候雖然有前後之分，但出城之後卻都已混在了一起，此時認清敵人，便殺到了一處，一時城外說不出的混亂。

若兒正在猶豫，一大隊南疆軍士已是朝她撲了過來，她此時並無燎原槍在手，知道並無把握擋住這些人，眼見眾人朝城門口撲來，暗自一咬牙，看了談寶兒一眼道：

「好！我去引開他們，老公你保重，回頭我等你來娶我！」說罷高聲叫道：「大夏雲蕼公主在此，有本事就來抓我！」說時打馬便朝城外一側奔去。

雲蕼公主本是此次戰役的重要人物，南疆軍自然大多知道，看見若兒鳳冠彩袍，容色華

麗，知是真的公主，當即追了上去。

無法見此哈哈大笑，一打馬也跟了上去。城門之下，一時之間便再也沒有了南疆軍士的身影。

城裏的楚遠蘭聽到談寶兒的呼聲，回頭見他情形，大吃一驚，當下吹出一段高亢曲調，逼退凌虛七子，再不猶豫，飛身而起，從談寶兒身下躥了出去，隨即回頭道：

「我出來了，容哥哥你快下來吧！」

談寶兒自從修煉了大地之氣後，一身神力已是非同小可，就連落日弓都能全部拉開，只是這城門機括之力卻也非同小可，幾與落日弓相若，他撐了如此之久，早已是筋疲力盡，聽到楚遠蘭叫聲，再不遲疑，雙臂猛一用力，將兩扇城門撐開，雙足大張，在城門上一點，借力向後倒飛而出，但身體剛一動，眼前空氣陡然一片波動，一個巨大的純藍色火球從身前一丈處飛了過來。

「啊！」談寶兒大驚失色，在城門上撐了這麼久，此時他已是筋疲力盡，剛剛的雙足借力已經耗盡了他全身最後一絲真氣，此時哪裡又躲避得了？

楚遠蘭有心相助，但剛才她已將笛子收起，此時卻是有心無力，急忙之中，她驚叫一聲，身形拔地而起，朝著談寶兒身前飄去，竟是要以自己的身軀抵擋這致命一擊。

「不要！」談寶兒看得分明，不由大急，心說吐點血什麼的沒有關係，但要是你這丫頭少了幾根頭髮，老子將來可怎麼向老大交代。但他此時功力耗盡，人在空中，卻是全無辦法，只能眼睜睜看著那詭異的藍色火球，便要將楚遠蘭吞噬。

「嗤嗤嗤！」這個時候忽有一陣輕響連環而起，空氣陡然便產生了巨大的波動。

然後談寶兒就看見了一生中還從來未見的壯觀景象。

那個藍色火球就要擊中楚遠蘭胸膛的時候，球身在一瞬間多了成百上千個細密的小孔，然後整個火球便失去了前進的動力，在一瞬間被瓦解成千萬朵細小的火焰，像絢麗的煙花一樣暴射開來，散落成一朵朵的藍色花瓣，灑了滿天。

但在楚遠蘭身前，卻好像一面無形的牆壁，所有的藍色花瓣射到上面，便自動落了下去，使得她毫髮無傷。

煙花散去時候，談寶兒的身體已經落到地上，而楚遠蘭掉下來的時候，也無巧不巧地正好落在了他懷裏，一時軟玉溫香在抱，正自發癡，卻聽見城門口有人驚叫道：

「況青玄，你這小子竟然吃裏扒外，竟敢偷襲我們……」

抬眼望去，煙花消散的地方，剛剛被談寶兒一氣化千雷擊飛的冰火雙尊已經又生龍活虎地站在了城門口，此刻正指點著一個白衣如雪形態瀟灑的中年人罵罵咧咧，臉上神色又是氣憤

鬱悶，又是驚愕不解。

白衣人雙眉一軒，笑道：「你們兩個廢物活膩味了，竟敢罵我！」說完右手兩指一併如劍，朝著冰火雙尊兩人便是一陣虛虛亂點。

他指點並沒有任何光芒射出，但冰火雙尊卻是如臨大敵，忙不迭地左躲右閃。只是兩人雖然穿著同一條褲子，但行動間卻並無什麼默契，一個向左，另外一個便必然向右，一個要動手，另外一個便必然抬腳，說不出的醜態百出，要命的是兩人邊躲還邊叫。

「老大，他這一劍走的是坎位，咱們快點向左！」

「老二你別胡說，這一劍明明是離位，應該向右！」

「哎喲，你看他坎位變震位了，咱們快向右！」

「明明是向坤位，咱們應該向左旋三圈！」

「不對，應該右旋三圈！」

「我是老大聽我的！」

「老大又怎樣？晚飯我讓你比我多吃了一個包子，這回怎麼也該聽我的了……！」

沉青玄手指亂點一陣，哈哈大笑道：

「我一招未發，你們兩個在那裏屁股就要扭掉了！果然是廢物！」

說話間，他身形一動，落到談寶兒和楚遠蘭身邊，一左一右，將兩人挾在腋下，凌空飛起，越過正在交戰的兩軍，沒入蒼茫夜色中，身後隱隱約約傳來冰火雙尊的爭吵聲。

「老大，我就說他是嚇唬我們的，你還不信，現在被人罵廢物了吧？」

「老二，他明明罵的是你好不好？要不是你礙手礙腳的不配合，我早使出冰火神劍幹掉他了！」

「你個弱智，明明是你自己見到況青玄腿軟，怪得了老子嗎？」

況青玄速度奇快，冰火雙尊的聲音落到談寶兒耳裏漸漸變弱，不時竟連城門口的廝殺聲也漸漸遠去，直至不見。

談寶兒念及若兒和無法，便笑道：

「況大俠是吧？多謝你老人家路見不平、挖坑來填的大俠義大慈悲精神，不過，大俠，你能不能先將我們兩人放下？我還要回去找我的朋友和兄弟呢！」

況青玄微微一笑，道：「談將軍不必急，該你回去的時候，我自然會送你回去！」說罷再不多言，朝前疾飛而去。

談寶兒看他雖然每隔十丈左右便要落地借力，飛掠之間並未借助任何外物，只聽見風聲

嗚咽，知道這廝定是絕頂高手，雖然心憂若兒，卻怕將其惹惱，不敢多說，只是任他擺布。

至於楚遠蘭，之前城門口雖然因有況青玄的保護，冰火雙尊的純藍火球雖然並未將她擊傷，但之前她吹奏玉笛，控制一城幾十萬人的情緒，之後又和凌虛七子相鬥，卻也已耗盡她全身功力，此時乍離險境，一直緊繃的神經鬆散下去，才覺出全身脫力，一句話說不出來。

況青玄揀著兩人，離了天姥城後，並不去天姥港，而是一路直向東北而去。向前飛掠一陣，便出了天姥城控制範圍，而通過城外的小路出了天姥山之後，天氣便重又變暖起來。

談寶兒這一日可謂飽經憂患，眼見天上明月高懸，前方已是一片坦途，身體回暖，不由倦意大增，竟慢慢就在況青玄懷中昏昏睡了過去。

楚遠蘭本也是倦到極處，但記起之前冰火雙尊說況青玄吃裏扒外，眼前敵友未明之前，談寶兒又已睡去，不敢大意，強撐著眼皮，不讓自己睡去。

況青玄似是知她心思，大有深意地朝她笑笑，卻並不揭破。

明月清輝之下，況青玄挾帶著兩人風馳電掣，不時過了平坦地面，前方便又出現連綿不絕的山脈，想來南疆號稱「十萬大山」，並非誇大其詞。

況青玄一頭鑽入山脈之中，四周便全是森林，但鑽入黑漆漆的森林之中，他速度竟是不減反增。

楚遠蘭一路行來，眼見他足不沾塵、貼地便走，知是一種神奇至極的身法，初時懷疑是傳說中的輕功，但此時見他進入夜色下伸手不見五指的森林之中後速度竟然更快，行動之間更是衣襟不沾片葉，驚詫之餘，卻不知究竟是怎樣一種神奇法術了。

黑夜之中，楚遠蘭視力大減，也不知這人要帶自己兩人去何處，心中驚疑不定，但看談寶兒時，這傢伙雙眼緊閉，呼吸平穩，正無心無肺地睡得天昏地暗，不由暗覺慚愧，只覺容哥哥不愧是久戰沙場，在如此情形下依舊睡得如此安心，顯然已具備寵辱不驚、視刀鋒若等閒的大將風采，一時更添敬佩。

況青玄自也不知談寶兒脾氣，心中和楚遠蘭也是一般見識，暗自點頭之外，卻也大是凜然，心說今時今日談容名動天下，果然不可小視。可憐的談大英雄，要是知道自己睡覺也能讓人敬佩恐懼，不知會作何感想。

就這樣，黑夜裏，況青玄挾著談寶兒和楚遠蘭在森林山脈間穿梭，眼前一時黑漆漆一片，一時又是月影婆娑，抑或星光燦爛。

也不知過了多少山頭，行了多少險峰。楚遠蘭卻也倔強，雖然知道自己所爲效果甚微，但硬是以疲憊之軀死撐著沒有睡著，視線隨著況青玄的視線而移動，將周遭一切牢牢記在心中。況青玄看在眼裏，卻如視而不見。

也不知行了多久，就在楚遠蘭再也支撐不住的時候，況青玄忽然帶著兩人又衝出了一片樹林，迎面一陣清風撲來，眼前陡然一片大亮。

細看時，天空除開有一顆大星閃耀之外，其餘星辰已是隱沒，玉兔西落，金烏東飛，天邊一片紅霞燦爛。卻是不知不覺間，況青玄已帶著兩人奔了整整一夜！

眼前是一座山峰之巔。楚遠蘭精神一震，凝神看去，卻見這座山峰本是森林茂密綠草如茵，但偏偏山頂上卻是寸草不生，而是一塊完整的巨大石坪。石坪上除了有三塊人高的大石成三角之形相對聳立之外，一片空曠，被朝霞一映，石頭竟是紅彤彤的一片，很是好看。

況青玄身形停在了山頂，四處張望一下，滿意點點頭，笑道：「就是這裏了！」說時雙手一張，談寶兒和楚遠蘭便一左一右落到地上。

「ㄚㄚ個呸，誰打老子屁股？」被摔在地上的談寶兒頓時跳了起來，眼珠滴溜溜轉了轉，頓時發現了況青玄驚愕的老臉，愣了愣神，隨即上前親熱拍拍況青玄的肩膀，爽朗大笑道：

「原來是老況啊，咱們居然又見面了，真是巧，哈哈！真是人生何處沒有縫啊！」

他一邊胡言亂語，一邊伸出另外一隻手去摸屁股，臉上露出痛苦神色，皺起了眉：

「不過老況啊，你昨晚已經救了本將軍的命，我無論如何都會好好賞賜你的，我又不是馬，這拍馬屁的事情下次就不要了吧！」

況青玄年紀不過三十出頭，被人叫做老況已經夠鬱悶了，再加上談寶兒這傢伙一番胡言亂語搞得暈頭轉向，一時一顆腦袋憑空大了好幾倍，想了好久才明白，談寶兒竟然以爲他屁股痛是被自己拍馬屁拍出來的，當即立時面色鐵青，心想；我況青玄再蠢再無恥，拍馬屁也不會真的拍到人的屁股上吧？

況青玄知道談寶兒這會兒大夢方醒，也懶得和他計較，左手五指一陣掐算，右手食指在空氣中一頓鬼畫符似的亂點。

談寶兒看他出指方位詭異，每一指點出，空氣中便似多了一道冷風，但他手指一移位，那冷風便又憑空消失不見，一時又驚又奇：

「老況，你真是太有型了！要是肯讓我做你老闆，咱哥倆聯手，去鄉下兼職做神棍，一定發了！」

況青玄聞言幾乎沒有當場噴血，心裏罵道：你瞧不起我的劍法也就罷了，用得著這麼損人嗎？但他好歹是有些氣度的人，強忍著狂扁這廝的衝動，硬撐著又虛點了大約有十幾下的樣子，才收住雙手，也不正眼看談寶兒一眼，側頭對著地上的楚遠蘭丟下一句話：

「我去找點吃的，你們兩個最好待在原地，不要想著離開這，否則一切後果自負！」然

後身形一閃，如大鵬一般飛下峰去，幾個起落，便消失在蒼茫林海中。

「老子正餓得慌，有好吃的，傻子才會走呢！你放心去吧！記得帶幾瓶好酒回來！」談寶兒朝著下方大聲囑咐一句，轉過頭來，卻看見楚遠蘭掙扎著想站起來，忙上前攙扶，同時問了一句很白癡的話：「蘭妹，你沒事吧？」

「沒事！」楚遠蘭勉強笑了笑，「容哥哥，趁著他下山，咱們還是先離開這比較好！」

「為什麼要離開他？」談寶兒覺得不可思議，「這傢伙雖然看起來踐得有些欠揍，不過心腸應該還是不錯的吧？你沒有看見他救了我們倆的性命嗎？」

楚遠蘭搖頭道：「之前在城門口的時候，冰火雙尊曾經說過他吃裏扒外，我總覺得他救我們的目的絕不簡單，不然，也不會不當場放了我們，而是將我們劫持到這麼個荒無人煙的地方了。咱們還是先離開他為妙！」

「你說的也有道理！」聽楚遠蘭這麼一說，談寶兒頓時也警惕起來，「你一說我也想起來了，這廝看起來雖然一副玉樹淋了點風的樣子，但眼神中骨子裏卻都透著一種猥瑣！你這樣一個沉魚落雁的小姑娘和他待一起是相當的危險……哎呀，糟糕糟糕！」

「你胡說個什麼啊，容哥哥！」楚遠蘭雖然大方，卻也被談寶兒這流氓的瘋言瘋語給羞紅了臉。

「嘿，沒有什麼……剛才峰頂還有風的，這會怎麼都不見了？是有點熱，咱們下去涼快涼快也好！」談寶兒尷尬笑笑，攙扶著楚遠蘭，看準下山道路，便朝峰下走去。

但等談寶兒兩人才一離開原來站立的地方後，山頂便又開始吹起了風，並且還比之前涼快了許多，談寶兒被風一吹，暑氣盡消，不由心情大好，大聲唱道：

「好風憑藉力，送我上青雲，哈哈，送我上青雲啊！」

楚遠蘭笑道：「容哥哥，你還記得這兩句詩啊？小時候，你在青桑樹下，最喜歡唱的就是這兩句了。那時候，你老說自己總有一天要考個狀元，之後便青雲直上，成爲國家重臣，哪曉得十多年過去了，你果然成重臣了，但卻不是狀元，而是個大將軍！」

談寶兒自然不曉得這兩句詩是什麼意思，只是以前老胡說書時，說到大英雄得意的時候少不得就要唱這兩句，此刻聽楚遠蘭說談容小時候最喜歡這兩句，一時不知該怎麼接，只得笑道：

「小時候的事我大多忘記了，你卻還記得那麼清楚，我看有機會就找你來做我軍中的書記官好了……咦，什麼東西從我臉上飛過，怎麼還有點疼？」

他伸手去摸臉頰，低頭看時卻是嚇了一大跳：

「怎麼會有血？」

他正自愕然，只見眼前一花，忽然覺得手臂上又是一痛，細看時，手臂上竟又多了一道又長又細的傷口，殷紅的鮮血頓時滲透了出來。

「不好！這風有古怪！咱們先退回去！」楚遠蘭說著拉起談寶兒就朝後走。

她不動還好，這一動，四周本來不是很大的風頓時變得猛烈起來，朝她一起撲了過來。

那種感覺就好像楚遠蘭原來是處在一個安靜的大湖之中，她一動，便像將身體原來所占的空間給騰了出來，四周的湖水便一起湧了過來填補空白，頓時在她身周形成了一個巨大的漩渦。

談寶兒知道那些風簡直就如看不見的刀片，眼見如此，不敢遲疑，雙手連動，一下子射出數十道真氣，喝道：

「封！」

他聲音落時，楚遠蘭的身體四周頓時被聚集了一層薄薄的水幕，將她全身裹了個嚴嚴實實。卻是惶急之中，談寶兒用出了蓬萊的封水之陣。

那一陣旋風撞到水上，果然分毫未進，全數消失得乾乾淨淨。楚遠蘭鬆了口氣，感激地看了談寶兒一眼，正想說點什麼，隨即卻大叫起來：

「容哥哥，小心背後！」

第七章　陣法之道

談寶兒早已聽到背後風聲銳響，不敢怠慢，凌波之術展開，身體一旋，朝一側閃了過去，那道尖銳的疾風擦著他手肘的衣服飛了過去。

談寶兒正鬆了口氣，卻陡然覺出腳尖已是一痛，低頭看見厚實的牛皮戰靴前面竟被割出一個大洞，頭皮上又已是一涼，眼光剛瞥見眼前幾縷頭髮飄下來，幾道疾風便已從眼前交錯劃過，將那幾縷頭髮碎裂成段。

碎成十來段的頭髮朝下落，但在下落過程中，幾十道勁風便又再次交錯而過，頭髮便被碎成上百段，之後，百道勁風再次交錯，頭髮便被碎成了粉末，隨風飄散而去。

眼見那幾縷頭髮的悲慘下場，感覺到成千上萬道銳利如刀的風在自己身前交錯，談寶兒只覺得遭遇生命中前所未有的恐怖境況，一時間再也不敢亂動分毫，深怕下一道風所射過的地方不是別處，正好是談大英雄嬌嫩的脖子。

另外一邊，楚遠蘭這個時候身周的水幕早已消失，見到剛才一切也是目瞪口呆，直到看

見談寶兒的眼珠轉了轉，這才長長地鬆了口氣，問道：「容哥哥你還好吧？」

談寶兒暗自咽了一口唾沫，搖頭道：「我……哎喲！」卻是他這一搖頭，一道迅疾的刀風便真的從他脖子邊擦了過去，留下一絲劇痛。

「容哥哥你別亂動了！」楚遠蘭忙叫了起來，「我看這裏已被況青玄動了手腳，咱們只要稍微動一動，立時就會牽動四周空氣的波動，形成不遜於任何利劍的劍風！」

「劍風？」談寶兒愣了一下，「為何不是刀風？我覺得這風簡直就像一把把無形的薄刀，布滿我身體四周呢！」

楚遠蘭嘆了口氣，道：「因為況青玄自己將這種風叫做劍風，而事實上這種劍風在整個神州本來就大大的有名。唉！憑藉他挾帶著兩個人，狂奔一夜而無絲毫疲態的表現，我早該想到是他了！」

「老況難道也是一個知名的高手？我怎麼從來沒有聽過？」談寶兒有些錯愕。

「神州十劍你總聽過吧？」

「這個當然！」談寶兒立時興奮起來，「我對江湖上的事所知不多，但這幾年神州十劍的名頭可是直追四大天人，我怎麼會不知道？嘖嘖，據說這十個人，有人甚至說他們每一個都具備向四大天人挑戰的實力，也不知道是不是真的。對了，你問這個做什麼？」

神州十劍表面上聽來是神州十個用劍的高手，但其實這些人中真正使用真劍的，只有公認的十劍之首，號稱「真劍無雙」的軒轅狂。其餘諸人所謂的劍其實都是指一種道，或是一種法術，比如「問月神劍」，其實是以月光為劍，而「冰火神劍」用的就是冰和火這兩種自然力量，「枯榮神劍」更是一種純粹的精神力而已。

楚遠蘭笑道：

「看來你和我一樣都不太瞭解他們。其實神州十劍並非十個人，而是十一個。因為排名最後一位的冰火神劍其實是指冰火雙尊這對孿生兄弟。事實上，因為神州十劍的名頭太響，並且十劍中人刻意深藏不露的緣故，江湖上的人大多只記得他們劍法的名字，而很少有人知道他們的本來姓名，這就難怪我們之前沒有發現況青玄竟然是十劍之一了。」

「啊！老況也是十劍中人？」談寶兒愣了一下，隨即腦中靈光一閃，脫口而出道：「莫非這廝竟是十劍中以操作風的力量而排在第六位的依風神劍？」

楚遠蘭尚未回答，便聽一人笑著接道：

「錯了！不是排名第六，而是第五，因為一個月前，排名第五的問月老兒已被我打得大敗而逃，所以現在我才是第五！」

談寶兒不用回頭去看，已知是況青玄去而復返。

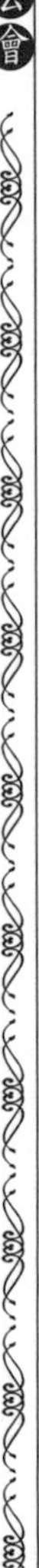

聽見況青玄的聲音，談寶兒不由鬆了一口氣：

「老況啊，你可終於回來了，你知道不知道你留在山頂的這些鳥風，險些要了老子的小命，快點將他們都弄走了！」

況青玄興奮道：「你們果然離開了原地！不錯不錯，在我依風劍陣之中移動了位置，最後竟然能讓自己的同伴也保全性命，談容，你果然有資格和我一戰，算我沒有白救你！」說時一揮手，山頂便又恢復了微風蕩漾的樣子。

談寶兒察覺出身上又有風吹過，當即嚇了一大跳，隨即感覺被風吹到的地方並不痛，知道是那個什麼鳥風陣已經被撤去，當即扭扭脖子，回過頭去，看見況青玄完好無缺地歸來之外，手裏還多了幾隻山雞，頓時來了精神：

「哎呀，老況，你怎麼就知道兄弟餓了，真是太感謝了。」說著上前一把將山雞接了過來：「我手藝還不錯，讓我也來烤吧！」

況青玄料不到談寶兒堂堂抗魔英雄又是欽差大臣，竟然會親自動手做這種瑣事，不由有幾分感動，忙道：「謝謝！」

「謝謝？」談寶兒一愣，隨即大度地揮揮手，「不用謝，不用謝！大恩不言謝，謝啥呢，是吧？」

好歹況青玄也是一代高手，這才沒有當場崩潰，只能很無語地再也不甩談寶兒，直接將自己丟到一邊，盤膝坐到地上，閉目養神去了。

談寶兒見此露出一臉讚許的神色，提著山雞走到楚遠蘭身邊，指著況青玄，壓低聲音道：「蘭妹，你看看，這就是高手風範了！」

楚遠蘭不解：「他的坐姿很平常啊？沒有什麼不同啊！」

「膚淺！」談寶兒搖搖頭，「你所看到的只是表面！要挖掘內涵嘛！你想想，以他老人家玉樹淋了點風的英俊外表，坐到一堆鳥糞上，依舊能保持如此瀟灑的氣度，試問天下英雄，幾人能夠？」

談寶兒的話尚未說完，況青玄已如火燒屁股一般，一躍而起，回頭望去，地上乾乾淨淨，哪裡有什麼鳥糞了？回頭望去，卻見談寶兒一副沒事人的樣子，正唱著某種荒腔野調，興致勃勃地給山雞拔毛，似乎全然不記得自己剛才說過什麼。

況青玄真的是欲哭無淚，他雖然被耍，但要是這樣就動手砍人，實在太沒有風度了，最後，他只能恨恨地冷哼了一聲，打起十二分精神，認真仔細地看清楚一塊乾淨地面，坐了下來，繼續裝酷去了。

他哪裡知道談大英雄一慣的恩怨分明，之前被他的依風劍陣在身上割了好幾條口子，卻

礙於救命大恩和打他不過這兩條原則，不能動手報仇，才開了這樣一個玩笑。

一邊的楚遠蘭忍俊不禁，抿嘴微笑，日間鬱悶頓時去了大半。

在如歸樓的時候，談寶兒沒有少去廚房幫忙，這些年下來，對於做菜燒飯頗有心得，三隻山雞不時便被拔毛乾淨，從酒囊飯袋裏掏出一堆調料撒到雞身之後，談寶兒四處望望，卻沒有看到柴火，便把眼光望向了況青玄，後者氣這會兒還沒有順過來，冷冷道：

「人言談大將軍乃天火神將降凡，還需要什麼柴火了？」

談寶兒知道老傢伙還在和自己生氣，也不著惱，嘻嘻一笑，使出蓬萊聚火之陣引來地火，地面上頓時多了一團烈火將三隻雞團團包圍。

烤雞自然花不了太多的真氣，是以一邊烤雞，談寶兒一邊還和楚遠蘭閒聊，有美女做伴，軟玉溫存，自是說不出的其樂融融。

況青玄本也無聊，眼見兩個後輩沒有半點尊老之心，並無打算找自己請教江湖經驗的意思，只能暗壓住心頭的不爽，在一邊繼續裝酷，擺出一副世外高人的醜惡嘴臉。

不時脂香四溢，三隻野雞被烤得焦黃，眼見可以吃了。談寶兒撤去聚火之陣，待溫度降低一些，從中挑出一隻最大的，並順手從酒囊飯袋裏摸出一瓶酒，一起捧著走到況青玄身邊道：

「況前輩請用！小弟手藝一般，還請多多包涵！」

況青玄不料他如此有禮貌，便鄭重接了過來，隨口客氣了一句：「謝謝！」

談寶兒忙道：「都說不用謝了，大恩不言謝，謝什麼呢？你看你救了我的命，我謝你沒有？大家都自己人嘛，不用這麼客氣的！」說完也不看況青玄的臉色，掉頭徑直走了。

誰和你自己人了？況青玄覺得自己遇上這無恥賤人，簡直就是自己命中的劫數，當下再不多來一句廢話，抱著燒雞便啃了起來。咬了一口，覺得滋味倒是不錯，除了烹飪水準比得上大酒樓的大師父外，還另有一種野趣，當下就著酒，幾口便吃了個乾淨。

吃完燒雞，況青玄小心翼翼地掏出一塊手帕，將手上油脂擦得乾乾淨淨，然後將手帕一扔，長身而起，朗聲叫道：

「談容！」

「大俠何事？」談寶兒屁顛屁顛地站了起來。

經過這些日子，他幾乎已經形成了習慣，覺得自己就是談容了。

況青玄肅然道：「談容，我現在給你半個時辰恢復功力！半個時辰之後，咱們就在這縹緲峰頂決一生死吧！」

「決一生死？」談楚兩人同時失聲驚呼，而談寶兒更是手下一鬆，剛啃了一半的燒雞毫

不留情地滑了下去，迫不及待地和地面來了個親密接觸。

「對！」況青玄面無表情地點點頭，「談將軍，今天不是你死，就是我亡！咱們兩個人之間，今天只有一個能離開縹緲峰！」

談寶兒徹底傻了，愣了好半晌才道：

「況老英雄，我既沒有刨過你祖墳，也沒有搶你老婆，有必要生死相許嗎？」

「誰和你生死相許了？」況青玄差點沒有將剛才吃的雞骨頭一起吐出來，一邊的楚遠蘭也是啞然失笑。

談寶兒委屈道：「你剛不是說什麼我死你也亡的，不是生死相許是什麼？」

況青玄覺得再和這廝糾纏下去，自己肯定會被氣死，無奈道：「你說是就是吧！不過不管怎樣，今天我一定要和你分出生死……嗯，生死！」最後他差點將「相許」兩個字說出來，不由暗自一陣惡寒。

一邊的楚遠蘭道：

「況前輩，既然你是存心要殺死容哥哥，為何之前天姥城下又要救我們？又費盡心機將我們帶到這裏來，還幫我們找食物，又讓容哥哥休息？」

況青玄傲然道：

「王爺待我如上賓，你們率領大軍來攻城，我自然有責任替他解除煩惱！但我依風神劍絕不做背後偷襲別人的事，要殺人，便要堂堂正正地殺，要是趁冰火雙豬和凌虛七蠢圍攻你的時候殺你，傳出去非被天下英雄笑掉大牙不可！哼哼，他們要將你圍攻而死，我就偏要將你救出來，再正大光明公公平平地殺死你！」

「你是說……你之所以救我出來，就是爲了要親自殺死我？」談寶兒大驚。

「不錯！就是這樣！」況青玄點點頭，「談將軍，我等你半個時辰。半個時辰之後，咱們就動手！希望況某的依風之劍不會讓你失望！」

談寶兒一時只覺如墮冰窖，結結巴巴道：

「老況，哦，不，是況大俠，你看這個小弟我也是受人之托，並非有意去闖你家王爺的城池。這縹緲峰據說也是南疆名山之一，也算得風景如畫，這打打殺殺的多殺風景？我看大家不如坐下來，吃隻雞，喝杯酒，大家交個朋友，你說好不好？」

況青玄雙眉一軒，冷聲道：「談容！我敬你是抗魔英雄，才做如此多的解釋，給你一個公平決鬥的機會，你莫要讓我看不起你！」

聽到談容的名字，又被人看輕，談寶兒心中頓時一股熱血上湧，怒道：

「打就打，老子還怕你不成？半個時辰後，你就等著老子來砍你腦袋吧！」

「嗯！」泂青玄輕輕哼了一聲，再不說話，遠遠走到一邊，盤膝坐下閉目養神。

談寶兒走回楚遠蘭身邊，楚遠蘭一把抓住他肩膀，擔心道：

「容哥哥，他依風神劍如此厲害，你當真要和他打嗎？」

談寶兒剛才被熱血衝腦，一時衝動說出一番豪言壯語，此時已將腸子都悔青了，心想被看不起就看不起了，就算你當老子是縮頭烏龜，老子只要不丟掉性命，將來總有翻本的時候，現在倒好，待會只怕要一把輸個精光了！這會兒聽見楚遠蘭問，卻不能掉了面子，只得逞強到底：

「放心放心，沒事的，你哥哥我百萬軍中尚且能取魔人主帥首級，區區一個依風神劍算得什麼？」

楚遠蘭將信將疑，但她昨夜一支思鄉曲控制天姥城數十萬人的思緒，之後又一夜未眠，精神體力都是嚴重透支，絲毫忙都幫不上，便不再多問，只道：

「那好！你好好休息，我不打擾你了！」說完徑直走到一邊，揀了塊乾淨石頭坐了下來。

談寶兒本來還指望這丫頭用她的玉笛行俠仗義一把，來個美女救英雄夫妻雙雙把家還什麼的，眼見她擺明一個對自己信心十足的表情，一時鬱悶到了極處，心說：哼！你這會袖手旁觀，老子掛了你就等著守寡吧！

他心中鬱悶，臉上卻帶著自信的微笑，大馬金刀地坐到地上。撿起那隻燒雞啃了兩口，卻覺索然無味，想起這一戰既然逃不掉，自己功力又並未完全恢復，他當即原地躺下，瞇上眼，大地之氣運轉，很快入睡，進入無名玉洞踏起圓來。

楚遠蘭自然不知道世上有一種法術是可以在夢中恢復功力的，見談寶兒既不盤膝調息真氣，也不用像練精神術的人一樣進行靜坐冥想，只看談寶兒鼾聲大起，不禁大是詫異。

但況青玄見此卻是暗自一凜，心道：這少年說睡就睡，定是對待會兒一戰胸有成竹，擁有必勝的把握，才敢如此放肆，自己等一下定要小心謹慎。一時竟是如臨大敵，半點放鬆不得。

談寶兒進入無名玉洞，腳下不停踏圓，全身真氣不斷恢復，意念之中卻在不斷思索如何才能戰勝況青玄。況青玄號稱依風神劍，其法術便是以操作風聞名，任何一縷風在他手裏都是殺人利器，事實上，在依風劍陣之中，只要自己身體任何一個部位有異動，立時就能引來空氣流動，牽引來劍風，這樣的敵手，叫老子如何能夠戰勝？

唯一的辦法，看來是截斷空氣的流動，但這又談何容易？他老娘的鹹鴨蛋，想我談大英

雄名震當世，難道今日就要將小命送在這裏……？

半個時辰眨眼間過去。

況青玄默數時間，眼見太陽的光線落到地上，映出一片金碧輝煌，當即長身而起，正要喝叫談寶兒，以達先聲奪人之效，卻見後者正好伸了個懶腰，神采奕奕地從地上站了起來，頓時又是一陣大驚，心想：談容名動天下，果然名不虛傳，竟然將時間分配得分毫不差，實是我生平勁敵！

原來法術一道，大凡越是高手，對時間的控制就越是精確。能讓自己安然入睡，並恰好在半個時辰之後醒來，實是絕頂高手了！殊不知，隨著功力的增進，談寶兒現在每次剛好踏完六十四圈圓的時間，正好就是半個時辰！這才一下子就將況青玄給唬住了！

眼見談寶兒站起，況青玄不敢怠慢，恭敬地一拱手，大聲道：「談將軍，請！」說時手指一動，便要動手。

「等一下！」談寶兒忙大叫道。

「將軍莫非有什麼後事要交代？要是有，儘管吩咐，但凡況某力所能及，絕不推辭！」

況青玄好不容易才將已經積聚在指尖的真氣倒壓回去，險些沒有被真氣反噬，造成重傷，心裏恨得牙癢癢，表面卻不能失了風度，因此這兩句話說得很是心平氣和。

「這個……這個……」談寶兒愣了一下，隨即點點頭，徑直走到楚遠蘭身邊，正色道：「蘭妹，今日我和況前輩一戰，生死未卜。若我勝了還好，若我死了，你千萬不要聽你爹那老糊塗的爲我守什麼寡，回頭趕快找個人嫁了。對了，這次嫁人千萬不要嫁當兵的，免得死了都屍骨無存……」

說到後來，談寶兒卻是想起了化成灰散入葛爾草原的談容，又念及自己將要步他後塵，不由悲從中來，再也說不下去。

楚遠蘭聞言，卻是淡淡一笑，道：

「談哥哥大可放心，昔年青桑樹下之約，如今言猶在耳，遠蘭知道該怎麼做的！你放心去比武吧！」

談寶兒自是不知什麼青桑之約，聞言也只能假裝瞭解地點點頭，慢慢走回原位。

況青玄道：「談將軍，事情可交代完了？」

談寶兒點點頭：「咱們開始吧！」說完從背後取下落日弓。

況青玄將氣勢在一瞬間凝聚到頂峰，真氣霎時流轉全身，拱手道：「請！」說完手指一動，一道真氣便要迅射而出，四周的空氣似乎也已做好準備等待他的召喚。

「再等一下！」談寶兒再次大叫起來。

「你又有什麼事？」況青玄這次是拼了老命才算是將蓄勢待發的真氣收住，真氣逆流反噬，難受得要命。

談寶兒將落日弓掛到背上，捂著肚子，不好意思道：

「那個……況大俠，小弟忽然有些肚子疼，我猜是你剛才打的山雞不夠乾淨，等我先去拉泡屎，然後咱們再大戰三百回合？」

啊！楚遠蘭和況青玄兩人聞言都是目瞪口呆！江湖上的絕頂高手決鬥，哪裡有要決鬥之前跟別人說等一下，我拉完屎咱們再打的？而況青玄更是只差沒有吐血，心說：就算剛剛吃的山雞有問題，那也是你烹調時不講衛生，關我什麼事了？

鬱悶歸鬱悶，但況青玄很清楚，大凡高手決鬥最忌心浮氣躁，心裏雖已經快氣炸肺了，卻裝出一副淡然神色，甚至臉上還露出彬彬有禮的微笑：

「談將軍儘管請，這一點時間，況某還等得了！」

「那我可不客氣了！」談寶兒哈哈大笑，四處望望，走到一塊空曠地面，大聲叫道：

「兩位請轉過頭去，我要拉了！記得千萬別偷看哦，哈哈，不然長了針眼可別怪我！」說完便伸手解鬆腰帶。

楚遠蘭萬萬料不到他竟然是要在這山頂公然如廁，一時只嚇得魂飛魄散，忙不及地轉過身去，捂住了鼻子，一張臉漲得通紅。

況青玄也料不到他說的地點是這裏，當即大皺眉頭，轉過頭去。

不時，楚況兩人便聽見身後傳來一陣驚天動地的轟鳴聲，緊隨其後，刺鼻的臭氣布滿了整個山頭。

況青玄緊捂著鼻子，心想：老子堂堂神州十劍排名第五，居然也有一日心甘情願地聞別人的屎臭，這是做了什麼孽來。

如雷鳴一般的轟炸聲響了大約有一刻鐘的樣子，才慢慢停息，隨即便聽見談寶兒懶洋洋的聲音傳來：

「啊！真是爽！我拉完了！」

楚遠蘭沒有勇氣回頭，依舊紅著臉背對著談寶兒，而況青玄卻是事關生死，由不得他說不，在聽到談寶兒聲音的時候，便徑直轉過頭來，然後便看見了談寶兒和他身邊不遠處一堆熱氣騰騰的妙絕天工的「黃金堆」。

談寶兒神情明顯的一愣，隨即乾笑起來：

「哈，原來況大俠依然在山頂啊？小弟方便的時候，還麻煩況大俠幫我當保鏢，這可真是，那個，哈，哈，太不好意思了！」

保鏢！況青玄暗自幾乎快將肚皮氣破，這茅房保鏢的名聲傳出去，自己以後也不要在江湖上混了。他眼光在「黃金堆」上掃了一掃，便用目光鎖定了談寶兒，很是客氣道：

「談將軍，不知是否可以開始了？」

談寶兒羞澀一笑，道：「可以可以，完全可以！讓況大俠等如此久，真是抱歉！來來來，咱們這就開始吧！」

「那況某這就不客氣了！」況青玄嘿然一笑，手指一動，一道真氣終於化作一道勁風噴射而出。勁風過處，四周的空氣頓時發生了巨變，無數道暗流開始蠢蠢欲動。

「來的好！」談寶兒一聲大喝，落日弓弓弦一震，一道無形箭氣頓時呼嘯而出，被空氣流向一牽引，根本不需要瞄準的情形下，直接命中況青玄射出的勁風，而勁風攜帶的暗流也在一瞬間被擊得支離破碎。

況青玄的第一招攻勢就此被瓦解。但這卻激起了老況的鬥志，當即真氣透遍十指，便要發動依風劍陣。

「再再等一下！」一招得手的談寶兒卻再次大叫起來。

「你這臭小子又有什麼鳥事？」況青玄這次再也忍耐不住，不由破口大罵起來。

談寶兒摸摸頭，笑嘻嘻道：「不好意思，況前輩，我想尿尿！」

「不准！」況青玄氣得跳了起來，「你剛剛才拉過屎，現在又要尿尿，你這算怎麼回事？」

「這個，雖然都是拉，但拉屎和拉尿完全是兩回事啊！」談寶兒很委屈地一攤手，「再說了，況前輩，你口口聲聲要和我公平決鬥，你知道不知道，如果這泡尿不尿的話，我任督二脈就要受堵，真氣不能完全通達全身，功力最多只能發揮一成！這是公平決鬥嗎？」

「你……」況青玄氣結，好半晌才全身顫抖著巨吼道：「你……你快給老子滾去吧！」

「多謝，多謝……哎呀，大恩不言謝，我謝個什麼嘛……」談寶兒滿意至極，嘴裏胡言亂語，腳下卻不停留，徑直跑到一處乾淨地方。

況青玄看他果然開始解褲帶，厭惡地看了一眼，便背過身去。不時傳來陣陣水流聲，聽在耳裏，很有些澎湃洶湧的意味，並且有越來越大的趨勢，全無一點停息的意思，直把況青玄恨得暗自罵娘。

足足過了有半盞茶的功夫，況青玄才聽見水聲漸小，緊接著，便聽見談寶兒傳來一聲舒服的呻吟聲：

「哇！真爽啊！好了，老況大俠，你可以轉過頭來了！蘭妹你就別亂動了，後邊亂七八糟的，不適合女孩子看的！」

楚遠蘭聽到決鬥要開始，正打算轉頭，聽到談寶兒的話，雙靨緋紅，低低應了一聲，再不敢轉頭。

沉青玄轉過頭來，只見偌大一個山頭，竟然整個變得濕潤起來，而地面石地的凹處都積滿了水，一時很想問談寶兒，你這是撒尿還是要將這座山給淹了。但好在他也是個很懂禮儀的人，微微一皺眉之後，便道：

「空氣中竟還有酒味，想來談將軍只怕連剛才喝的酒都一併尿出來了，一會兒不會再跟我說因爲酒醉，需要休息個十年八個月什麼的了，咱們這就可以開始了嗎？」

談寶兒擺擺手，很無恥道：「怎麼會？我這人很雷厲風行的，絕對不幹拖泥帶水的事情！來來來，我已經等得不耐煩了，你不要浪費我的時間，咱們這就開始吧！」說時落日弓一揚，弓弦震盪聲裏，一支雕翎箭已經離弦而出。

沉青玄料不到他如此無恥，說動手就動手，眼見那箭呼嘯而來，絲毫不敢大意，當即十指連動，接連點出上百道真氣，四周空氣頓時爲之動盪起來，成千上萬道氣流在他身周流淌起來，名震天下的依風劍陣在一瞬間布置完成。

感受到雕翎箭的恐怖威力，沉青玄手指一點，千萬道依風劍氣，彙聚到一起，形成一柄無形有質的至剛至猛的依風神劍，向著雕翎箭刺了過去。

但就在依風神劍剛剛成形的剎那，便聽見談寶兒一聲大喝：

「七星連斗，封！」

他話聲落時，山頂的天空似乎在一瞬間黯了一黯，北方的天空在一瞬間顯露出漏斗形狀的北斗七星來。

七星的光芒投射到地面之上，在一瞬間分別落在了那三塊巨石、談寶兒三人和那堆便便之上！

況青玄愣了一愣的時候，便發覺四周所有的空氣在一瞬間被結成了冰塊，他在這一剎那失去了對風的掌控！

大驚之下，況青玄忙朝旁邊一閃，但他雖快，可失去依風劍氣抵擋的雕翎箭速度更快，在他身體剛剛移動半步的時候，已經重重命中他左胸。如海潮一般的巨力湧來，況青玄發出一聲慘哼，整個人頓時被雕翎箭帶著飛離懸崖，如斷線的風箏一般，朝山下跌落而去。

「哈哈！老況，你先去下面涼快一會吧，好走不送了！」談寶兒哈哈大笑。

他估計這一箭應該要不了況青玄的性命，不敢怠慢，當即快步走到楚遠蘭身邊，道：

「趁老傢伙沒有緩過勁來，咱們快離開這兒！」

說時也不待楚遠蘭同意，一把將她背在背上，展開淩波之術，下了縹緲峰頂，似一團輕

煙，向著沉青玄所跌落的相反方向疾馳而去。

下了縹緲峰，一路風馳電掣，在森林之間穿梭。楚遠蘭勞累了一夜，之前又一直擔憂談寶兒的安危，此時得脫大難，憂慮盡去，趴在談寶兒肩上，如騰雲駕霧一般，安靜之餘，心中滿是喜樂，不時倦意上湧，終於沉沉睡去。

與之相反，談寶兒知道沉青玄雖然跌落山崖，但自己那一箭並未傷到他要害，多半死不了，自己耍陰，他若是回頭找自己算賬，多半是有死無生之局。一時絲毫不敢大意，顧不得休息，只管將凌波術展到極至，慌不擇路地向前狂奔而去。

太陽的光輝撒滿了整個天地，讓這連綿不絕的十萬大山雲蒸霞蔚，煙雲幻滅，談寶兒視力雖然不錯，在這山巒森林密布的地方卻也只等於瞎子。好在這些日子，他沒有少隨無法這天文達人研究星相之學，對如何看太陽運行軌跡及其陰影變幻來推斷方位已大有心得，是以才能保證自己所行方位和沉青玄墜崖方向完全相反。

他一路疾馳，在山巒間飛奔，在古樹巔跳躍，在崖壁上縱騰。天上的雄鷹目力遒勁，唯一所能看到的，只是蒼茫雲海中飛舞的一點黑影而已。

卻誰又知，這少年腳下的路，將延伸到何方？

也不知飛躍了多久，眼見日已正中，談寶兒回首向來之處，只看見茫茫雲海之中，那一座直拔天際的險峰再也看不到一點光影。

他這才長長舒了口氣，在一條清澈小溪邊，揀了一塊乾淨大石頭將楚遠蘭放下，恨恨想道：

「該死的老沉！大家坐下來吃肉喝酒有什麼不好的？非要打打殺殺的，搞得老子堂堂大英雄居然落荒而逃，早晚有一日老子法力強了，定要狠狠打你屁股！」

兩人在溪邊喝完水，一起坐到了大石之上。

楚遠蘭自然地依偎到了談寶兒肩上，談寶兒本來覺得這樣很不合適，但想想人家累成這樣，多半都是因爲自己，便借了個肩頭給她，而爲了使她不至於滑倒，便勉爲其難地伸出一隻手將她擁住。

兩個人都很享受這難得的愜意。

過了許久，才聽見楚遠蘭問道：

「容哥哥，我知道你剛才在縹緲峰頂所用的是蓬萊封水陣法，可是山頂所有的空氣一直都在況青玄控制範圍之內，你那陣法布下，怎麼他竟沒有察覺？還有就是，封水之陣所控制的是水的力量，怎麼竟將空氣也都封住了？」

談寶兒嘿嘿笑道：

「陣法之道，貴乎自然！用自然之物布陣，比之用真氣布陣，威力更要大許多，所以我這次布陣並非用真氣，而用的是物，他不小心之下，自然就上了大當！」

「用物？」楚遠蘭不解。

「你以為我之前大便小便的，當真是無聊嗎？其實那都是假的！我算準他這樣自命清高的傢伙，絕對不敢看我拉屎！哈哈，所以那團大便就是假的。是我用裂土之陣將一塊石頭弄成粉，再加了些燒焦的鳥羽弄成的，這塊假石頭向地上一放，頓時和山頂原來的三塊石頭形成了一個四角漏斗形狀，然後加上你和他本身的站位正成一條直線，我再向合適的點上一站，嘿嘿，北斗七星之陣便已經形成。唯一所差的，就只是我用真氣發動而已！至於為何封水之陣封住空氣，你忘記我的小便了嗎？小便自然也是假的了！縹緲峰乃是神州水脈支流所過，山頂表面是石地，但石地之下就有許多的地下水，我用個聚水之陣，配合酒水，自然引來了許多的水。空氣中如果都是水，封水陣一發動，自然就能將空氣封住了。怎麼樣？你哥哥我聰明不？」說到後來，談寶兒簡直是洋洋得意了。

楚遠蘭一直默不做聲，只是靜靜聽談寶兒敘述，待他說完之後，才道：

「容哥哥，你怎麼可以用出這樣的手段？」

「為什麼不能用？」談寶兒一愕，隨即覺出楚遠蘭語氣不對，側過頭去，只見後者一張俏臉已是冷如寒冰。

「大丈夫處世，當光明磊落，所行種種，無不可暴露於豔陽之下。暗箭傷人，以陰謀詭計勝敵，豈是我輩所為？」烈日驕陽下，楚遠蘭一字一字清晰說來，彷彿在敘述著一個古往今來千萬人所堅持的大道理。

但這話落在談寶兒耳中，卻是極其不順耳：

「放屁！放屁！既然是敵人，就該無所不用其極，只要能打敗敵人的就是好手段，又哪裡用得著顧及光明不光明、卑鄙不卑鄙？你一個女孩子家自然說不出這樣的話來，這話是誰說的？」

楚遠蘭古怪看了他一眼，良久才道：

「你難道忘了，說這話的人，不正是你自己嗎？」

「我什麼時候說的？」談寶兒大驚。

楚遠蘭看著談寶兒，搖搖頭，輕輕地嘆息了一聲，道：

「容哥哥，十年之前，在大風城外，寒山之上，水月庵中，那棵千年青桑樹下，你所做的一切，你都不記得了嗎？」

「十年前我做了什麼？」談寶兒嚇了一大跳，一把鬆開了楚遠蘭的腰肢。老大啊老大，沒有想到你道貌岸然，難道竟在十年之前就對人家小女孩做了什麼不軌的事了嗎？

楚遠蘭怔怔望了他一眼，忽然伸手一把抓住他的左臂，將他的衣袖撩到肩部，頓時一道斜長的疤痕露了出來。

楚遠蘭望著那道疤痕，長長地嘆了口氣，道：

「要不是這道傷痕還在，容哥哥，我幾乎要懷疑你是別人了呢！你怎麼會連我們的青桑之約都忘記了啊！」

談寶兒暗自嚇了一大跳，心道：「好在老大這移形大法，是連身體表面所有的外貌特徵全部都進行了交換，不然這下子可就被這丫頭給看穿了！」表面卻摸摸頭，尷尬道：

「嘿，不好意思啊蘭妹，我對小時候的事情記得不太多了！我這道疤痕和青桑之約，到底是怎麼回事，你說說吧！」

楚遠蘭幽幽道：「那一年，我們兩家的父母帶我們去寒山水月庵去上香。我看見青桑樹上的花開得正豔，便要你上去給我摘一朵下來，你對我說，未經主人允許不能亂摘。我說反正這裏沒有人，他們又不會發現的。你頓時大怒，說不管別人發現不發現，背後偷人東西就是不對。還對我說，大丈夫處世，當光明磊落……暗箭傷人，豈是我輩所爲？」

談寶兒目瞪口呆，心想：老大你未免太強了吧，十年前你才七歲不到，居然就能說出這樣混賬的話來，佩服，佩服！

卻聽楚遠蘭續道：

「當時我很生氣，說『我不是大丈夫，我只是個小女孩。』但你開導我，說不管是不是大丈夫，做人都該這樣。我似懂非懂，但那個時候，我就覺得你認真的表情好帥……」

說到這裏，她的臉頰微微有些泛紅，「那個時候，你和我約定，說等你將來在沙場上堂堂正正地取得功名，你一定會回來娶我！你爹娘不知道，我爹娘也不知道，這世上只有我知道，你是從那個時候就決定要參軍的！呵，這就是我們的秘密，我們的青桑之約啊！」

談寶兒立時傻眼。原來談容和楚遠蘭之間還有這麼一段往事，並且談容的正義剛直形象竟然對這丫頭影響如此之深。老大啊老大，你叫我退婚的時候，爲什麼不將這事給我說清楚？這下子楚大美女肯定是纏上老子了，你叫我怎麼辦？說明真實身分嗎？那我要娶若兒，這一輩子就徹底沒有希望了。可是要接受楚遠蘭的話，你會不會怪我不夠義氣？

楚遠蘭說完話，就沉浸在美妙的回憶裏，而談寶兒則是心亂如麻，思緒萬千。一時間，兩個人誰也沒有說話，任溪中流水潺潺，任鳥雀將山谷叫得更加幽靜，任那夏日的陽光落在自己身上，將兩人雕塑成一對金像。

也不知過了多久，談寶兒搖搖頭，笑道：

「蘭妹，你不說，這件事我還真是不記得了！不過呢，我看我得重新教導你一下了。不管是在戰場上還是在江湖上，這正大光明地打得過人家，那自然就正大光明地打，如果用光明的法子打不過，那就要用點不光明的法子，一點不光明的不行，那就用點非常不光明的，嘿嘿，總之，打贏才是真理，所謂『兵不厭詐』嘛！不然，難道我們真的打不過人家，還非要拿自己脖子去和人家刀口比硬嗎？」

楚遠蘭覺得這話似乎有些道理，卻又隱隱覺得哪裡不對，但偏偏一時又想不出如何不對。

談寶兒卻不給她反駁的機會，一把抓起她的手就走：

「好了別想了，咱們趕快下山去，免得被老況給追到了！」

兩人知道南疆王既然叛亂，肯定會在全南疆搜捕自己等人，無法和若兒他們在出了天姥城之後，肯定會將軍隊分散，零散地潛回京城。要回京城就一定要向北，而東北方的秦州駐紮有大夏四大名將之一秦雪統領的一支重兵，所以若兒等人最有可能走的路應該就是東北方向。是以兩人當即決定一路向東北而行，去找大部隊會合。

雖然這十萬大山連綿不絕，並且四處都是雲海，但之前談寶兒隨身攜帶有永仁帝送的

《南疆遊記》，而這些日子，談寶兒隨著無法並非一無所獲，可以借助日光月影來判斷方向，使得兩人不至於失去方向。

這樣，兩人在眾山之中一直向東北而去。

第八章　畫皮之術

談寶兒之前並沒有在山林之中生活的經驗，初時極是不習慣，反而楚遠蘭這個千金大小姐卻似對山中情景熟悉異常。

談寶兒見此大奇，楚遠蘭笑道：

「容哥哥，難道你不記得了，我每年都要去我師父那裏住三個月的，她那裏山還不夠多嗎？」

談寶兒雖然聽無法說過什麼疏影弟子，卻不知她師父是誰，怕她看出破綻，便不敢多問，只是一副恍然神情糊弄過去。倒是在路上看見楚遠蘭施展御物飛行之術，知道她所修煉的法術乃是精神術的範疇，不由大是奇怪，心想普天之下，除開禪林和寒山，怎麼還有別的門派精神術如此了得？

此時正值盛夏，森林更是悶熱，其中蛇獸出沒，更添險阻，是以兩人行程甚慢。雖然談寶兒擔心若兒和無法等人是否脫困，但見眼前十萬大山，莽莽蒼蒼，自己出山也不知要到幾許時候，擔心也是無用，便不再做那杞人憂天的事。

唯一值得慶幸的是，況青玄不知是摔下懸崖鬧了個粉身碎骨還是重傷未癒，並未在兩人身後尾隨。森林之中物產豐富，水果茂盛，野獸叢生，加上山泉不絕，兩人並不缺少飲食。加以楚遠蘭美麗可人，善解人意，談寶兒活潑幽默，兩人漸漸熟悉之後，旅途便多歡聲笑語，並不寂寞。

便這樣在山林之間穿梭，走了十來日，雲霧更深，沒有陽光的時候，十丈之內，難見景物，更別說觀看天相了。

這日走到一處險峰之前，談寶兒一查《南疆遊記》，與周遭環境比對一下，發現這裏竟然已到了十萬大山的伽蘭山脈，只要出了眼前這座巨峰，便可見平地和人煙了。

眼見天色已晚，兩人在一處依山傍水的所在停下來打算過夜。之後談寶兒展開凌波術在懸崖上在追一隻飛鳥的時候，很幸運地尋到一個山藤遮掩下的乾淨山洞。山洞之中石桌石椅俱全，此外竟還有一張石床，床上甚至還有一床被絮。顯然這裏很久以前曾經有人住過。

談寶兒大喜若狂，以爲這裏是什麼世外高人的隱居之所，四處敲敲打打，可惜並沒有發現什麼留待有緣人的秘笈，或者是一些可以增加人幾百年功力的曠世奇珍，不由大是洩氣。

之後兩人各自狩獵野漁，在洞中生火弄熟，飽餐了一頓。

吃完晚飯，夜色已經徹底籠罩了整個伽蘭山脈。

談寶兒道：「蘭妹，你勞累了一天，早些睡吧！」將楚遠蘭留在洞中，自己徑直走到山洞口，解下金甲和佩刀，席地坐了下來。

楚遠蘭看了他一眼，道：

「山中晝夜氣溫變化太大，你是知道的。到晚上洞口太冷，你還是到洞裏邊來吧！」

談寶兒怔了一下，笑道：

「不了！沒事的，我皮糙肉厚，凍不到我！再說，這裏很明顯曾經有人住過，我不在這守著，一會兒主人回來可不大好。」

楚遠蘭白了他一眼，目光中卻不無幽怨。談寶兒假做沒有看見，掉過頭去。他又不是傻子，自然知道楚遠蘭的心意，但那心意卻是對談容的，自己就算再流氓再無恥，也不能做這樣的事情。

談寶兒眼見楚遠蘭在石床上睡好，便也運轉大地之氣的調息心法，將那把朝廷發給他以前當擺設現在當柴刀的佩刀抱好，不時便酣然入睡。

睡了沒有多久，談寶兒卻被酒囊飯袋裏的小三給吵醒了。自從進入南疆之後，小三便又開始不食不飲的，談寶兒樂得清閒，卻沒有料到牠今夜竟然吵鬧起來。

從口袋裏爬出來之後，小三便衝著談寶兒仰頭張大了嘴。

老大啊，你早不餓晚不餓，偏偏這個時候，這麼晚了，老子去哪裡給你找吃的？談寶兒大是鬱悶，卻怕這傢伙吵著楚遠蘭，只得道：

「好了好了，你個臭王八，別鬧了，老子這就帶你去找吃的！」

談寶兒將洞口用藤條遮好，帶著小三飛下懸崖。

山中蚊蟲甚多，小三如入仙境，東跳西竄，有如電奔，不時將附近掃蕩一空，便向著遠方行進。談寶兒怕牠有事，只得一路跟隨。一人一龜在山間亂轉，到小三吃飽時，已經離開山洞所在的山崖數里之外。

「老子以後沒有錢花了，倒是可以用你這傢伙去給人家專門抓蚊子。」對著小三，談寶兒苦笑著搖搖頭，當即將牠收入酒囊飯袋，自己返身回洞。

原路返回。來到崖下，展開凌波術，朝著崖上山頂走去。

走到距離山洞還有五丈時候，忽聽洞裏傳來一陣男人的嬉笑聲，其中夾雜著楚遠蘭的驚呼聲。

談寶兒眼見洞口藤蔓果然被人拉開，知道自己沒有聽錯，忙將身形一躍，落到洞口。躍入眼簾的，卻正是一副讓談寶兒怒火沖天的畫面。

山洞之中多了兩個陌生男人，從背影看，一樣的斯文瘦弱，一左一右地站在楚遠蘭身前，楚遠蘭斜躺在地，外面的衣衫已被扯亂，正無助地發出一聲聲哀鳴。

「渾蛋！都給老子去死！」談寶兒怒火中燒，雙手一揚，一氣化千雷貫通十指，雷聲轟鳴中，洞中頓時金光大作，十道金色閃電如出鞘的利劍，分別擊向那兩人。

「啊！」正自邪笑的兩人一起發出一聲慘叫，十道閃電分別從兩人的背心射入，從胸口射出，餘勢不止，擊中四周石壁，頓時形成十個深洞。

被閃電擊中的兩人再也沒有發出第二聲悶響，便倒地而死。一氣化千雷的轟鳴聲，在洞中迴響，震得煙塵四散，良久方息。

媽的！老子疼惜都來不及，你們竟然……簡直是嫌命長啊！望著地上的屍體，談寶兒憤憤地想。

「容哥哥！」楚遠蘭的叫聲響起，談寶兒回過神去，看見楚遠蘭的臉上非但沒有一絲淚痕，反而帶著微笑，神情自然而然，竟沒有一點剛逃過被侮辱命運而慶幸的樣子。

楚遠蘭似乎看出了談寶兒的疑惑，輕輕道：

「我知道你肯定會及時趕回來的！所以，我一點也不慌！」

這是怎樣一個女子啊！談寶兒心裏嘆了口氣，輕輕將楚遠蘭擁抱入懷。

過了一陣，談寶兒問起剛才的事。

楚遠蘭臉紅道：「我睡得很沉，也不知他們什麼時候進來的，只是醒來的時候便已全身綿軟，好像中了傳說中的軟筋散！然後，他們就來，就來……我剛叫了一聲，你就進來了！」

「哦！」談寶兒點點頭，「那你有沒有聽見他們說自己是什麼人？」

楚遠蘭想了想，搖頭道：

「沒有！他們一進來就是笑。只有這個穿藍衣服的，說我自己送上門來，也不知道是什麼意思！但不用想，絕對不是什麼好人就是。」

自己送上門來？莫非這洞竟是這兩個傢伙的家嗎？談寶兒吃了一驚，心說：老子這樣做也不知道是不是叫鳩占鵲巢？

他見楚遠蘭一副我見猶憐的模樣，便將自己的外套脫下給她披上。只可惜軟筋散並無解藥，只有待時間到了藥效自消，因此楚遠蘭一直神智昏沉，兩人又說一陣話，便又沉沉睡去。

談寶兒雖然之前在戰場上已經見過血流成河的場面，但眼見洞裏有兩具屍體，總是不大舒服，當即決定將這兩個倒楣蛋處理掉。他伸手在兩人身上摸了摸，除了有大批的現銀和銀票之外，尚有一大堆瓶瓶罐罐以及兩塊玉牌。

玉牌做工很是精緻，上面分別刻著兩個姓名，談寶兒一見之下大是鄙夷：

「周叢，黃拈花，誰家的老爹給取這麼難聽的名字？」

雖然直覺這些是好東西，但他不知這都是什麼玩意，不敢收進酒囊飯袋，便扯下其中一人的衣服做成包裹，一起收了進去。

露重夜冷。深山多日，談寶兒金甲裏的底衣早已磨爛，當即將另外一人的衣服扯下穿上，飛起兩腳，將兩人踢下崖去。

經剛才一驚，談寶兒再不敢睡，當即抱著落日弓，守在了洞口。

長夜漫漫，他一個人枯坐洞口，不時便有些無聊，默思一陣《御物天書》依舊沒有絲毫進展後，便取出羿神筆來。

見到羿神筆，談寶兒卻是一陣驚喜。這些日子只顧著在山中跑路，他沒有時間管這枝筆，現在一拿起筆來，他發現筆毛上竟然又飽含了上次畫出小三時的那種金色的液體。

難道老子再畫一隻小三出來嗎？談寶兒提起筆來的時候，卻稍微猶豫了一下。

他想了想，決定這次畫個人像，看看是不是會憑空弄個活人出來。一念至此，心中興奮異常，當即筆走龍蛇，在山洞的石地上畫了起來。

不時，一個人像躍然石上，談寶兒一見之下竟然失笑，原來他剛才邊畫的時候，腦子裏還想著被他踢下山崖的那兩人的來歷，這個頭像便像極了其中一個穿藍衣服的年輕人。

頭像畫完之後，談寶兒收斂心神，眼睛一眨不眨地看著地面，但等了許久，那頭像還是頭像，並沒有任何變化。

談寶兒剛才一怒之下，破天荒地使用了十指一起發出一氣化千雷，真氣消耗巨大，這會兒便有些睏倦，他瞪著那頭像等著等著，竟然慢慢睡去了。

入睡之後，很快進入無名玉洞。踏圓之時，身體化作了一道光，順著圓圈不斷流動，同時各種各樣的金光從地面吸進身體，全身一片舒坦。

很快踏圓完畢，身體停了下來，談寶兒覺得丹田真氣比剛才又強大了幾分，全身神清氣爽。定下身形，他的眼光便再次落到石壁上，卻驚奇地發現壁上文字竟然又有了變化，在禁神大陣和一氣化千雷之後，又有了一排新字。

當眼光落到起首四個大字的時候，他呆了一呆：

「畫皮之術！這是什麼玩意？」

繼續看下去，只見旁邊的小字寫道：

畫皮之術，乃移形大法基礎。此術以神筆模他人形象，可以假亂真。之後功力漸深，以之狀天地宇宙萬物，無不惟妙惟肖。此術大成之後，便可習練移形大法……

再之後，便是關於畫皮之術的詳細解說。

流暢地看完所有石壁上的文字之後，談寶兒驚喜至極：

「噢！只要練成這個，以後便能修煉移形大法啊！」

當即，他將大地之氣按照畫皮之術的心法修煉起來，隨即筆走龍蛇在石壁之上放肆作畫，一時間只見洞裏漂浮著各種各樣的人像……

正玩得起勁，壁上的金色文字開始跳動起來，談寶兒的耳邊卻忽然響起陣陣巨大的雷鳴聲，只震得他全身巨顫。

緊隨其後，千萬雷鳴聲彙集成一個聲音：

「容哥哥，天亮起床了！」

睜眼一看，洞外陽光大盛，已是正午時候。

「這一睡竟然又睡了這麼久！」談寶兒暗自搖搖頭，隨即一個鯉魚打挺站了起來。

低頭一看，之前畫的那個藍衣人的形象已經消失不見，他當即再拿起神筆，大地之氣灌注筆身，然後再在地面上一陣亂畫，不時地面上便又將藍衣人的形象栩栩如生地畫了出來，和真人唯一的差別就是膚色是金色的而已。

楚遠蘭撫掌道：

「容哥哥，人人都說你是『詩畫雙絕』，這詩我是不知道了，但這繪畫一道上，怕整個京城都無人出你之右！你這人眼睛尚未畫出來，只有三四分的像，但給我的感覺卻好像真的就是昨晚那人一樣呢！對了，你的畫究竟是和誰學的呢？」

「烏……無師自通！」談寶兒本想說和烏龜學的，還好應變得快。他伸筆朝畫上那人的眼睛位置點了兩點。立時，一陣五彩的光芒閃過，畫像上的金色顏料消失，那大漢臉上的各種顏色已經變得和真人一模一樣！

「啊！怎麼會這樣？」楚遠蘭大驚失色。

「哈哈！沒有想到第一次就成功了！」談寶兒大笑，左手持筆朝著地面人像一指，口裏念念有詞，右手豎指如劍，朝著自己臉上一點，同時喝道：「疾！」

「啊！」楚遠蘭這次更是驚呼連連，不自覺地向後倒退了三步，「容……容哥哥，你……你怎麼變成這樣了？」

談寶兒看見地上剛才畫像所在地方好像缺了一塊，只剩下一個空空的人頭形狀，見楚遠蘭神色，卻是興奮異常：

「變成怎樣？是不是和昨晚那個賊子一模一樣？」

眼見楚遠蘭點頭，不由一陣狂喜，當即飛身出了山洞，朝崖下奔去。楚遠蘭搞不清楚狀況，忙跟了下去。

談寶兒飛到一處溪水邊，停下腳步，朝著溪水裏一看，自己的臉果然完全變得和那個藍衣服的文弱賊子完全一樣了。

楚遠蘭站在談寶兒身側，伸手摸了摸他的臉，道：

「容哥哥，這究竟是怎麼回事啊？你不是被那人的鬼魂附體了吧？」

談寶兒笑道：「別傻了！你容哥哥我這麼英明神武，哪個惡鬼能附我的體？這是我最新研究出來的一種神奇的法術，名字就叫畫皮之術！不管你想變成誰，只要我能畫出來的，你的樣子就可以變成他了！」

「真的嗎？」楚遠蘭大喜，「那好！你先把我變成神州第一美女吧！」

「不用了，你已經是了。」

「這倒也是！」楚遠蘭嫣然一笑，心念一轉，「那你將我變成你的同伴吧！」

談寶兒知道她說的是昨晚山洞裏另外那人，當即答應，神筆展動，不時完成，伸手一指，道：「好了！」

「啊！」楚遠蘭看溪水裏自己的容貌果然變成了和昨晚那人一樣，驚奇之下，伸手去摸自己的臉，只覺入手處皮膚粗糙，再伸手去摸頷下鬍子，入手竟然如有實質，根根如鋼針一般，不禁嘖嘖稱奇。

讚嘆一陣，楚遠蘭忽道：

「容哥哥，這法術真是太神奇了！憑藉這門奇術，我們或者可以化妝成魔人，進入魔族領地，不定能將魔王捉住也未可知！」

不待談寶兒回答，她自己隨即卻又搖了搖頭，「只怕這很不現實。我聽說北海漫無邊際，魔人兩次從魔族大陸那邊過來，都是用那種三十多根桅桿的大帆船呢。如果我們也坐大船，目標一定很明顯，但若坐小船，只怕出海不到十里，便會被風浪所淹沒，那可就『出師未捷身先死，長使英雄淚滿襟』了！」

「長使英雄淚滿斤？」談寶兒吃了一驚，「嘖嘖，眼淚都流滿一斤了，可真夠傷心的。你放心，哥哥我可不會那麼膿包。男兒流血不流淚的！」

楚遠蘭愣了一下，隨即毫無淑女風範地大笑起來：

「容哥哥，你還真能瞎扯，人家那是淚滿襟，衣襟的襟，就是衣服角。這話的意思是淚水把用來擦淚水的衣服角都濕透了。」

「別唬我不懂！這衣服角都濕透了，肯定是有一斤的嘛！」

「不和你扯了，你就喜歡故意瞎說！」楚遠蘭自然不會認為這傢伙是不學無術，只當他故意逗自己開心，一時心裏滿是甜蜜。

兩人說笑一陣，便開始向森林外走去。有鑒於整個南疆必定在追捕自己等人，兩人商議之後，將原來的衣服都收進酒囊飯袋，並且決定繼續戴著畫皮，變成了一個文弱少年，一個剛猛的大鬍子。

又在崇山峻嶺間走了兩日，到這日黃昏的時候，談寶兒和楚遠蘭終於出了伽蘭山脈。遠遠的，透過蒼茫的森林，談寶兒便已發現了森林之外是一片蔥鬱的草原。走了這麼久的崎嶇山路，過慣了與毒蛇猛獸爲伍的日子，陡然看到一望無垠的草原和上面的溫和可愛的昆蟲，那種感覺幾乎讓談寶兒痛哭流涕。

但就在談寶兒將凌波術施展到最快，便要飛出森林去的時候，卻被身旁的楚遠蘭一把拉住：

「容哥哥你等一下，好像有大隊的人馬來了！」

「大隊人馬？不是來抓我們的吧？」談寶兒嚇了一跳。飛到一棵參天古樹上，透過樹葉的縫隙四處望了望，卻見外面一馬平川上，連半個人影子都看不到。正自疑惑，遠方天地相接處，陡然出現一個黑點。

那黑點越來越大，耳裏也漸漸有一陣雷鳴般的巨響傳來，談寶兒細聽之下，發現竟是馬蹄之聲，不僅大驚失色。因爲如此多的馬蹄聲，代表了一支極其龐大的軍隊！

果然，再過一陣，看得清楚了，那隊人馬人人紫盔紫甲，遠遠看去，簡直就如一天在移動的紫色晚霞，蔽日遮天，壯觀至極！

「果然是南疆王的軍隊！」楚遠蘭也飛到了樹上，在談寶兒的耳邊低語，「容哥哥，我看這支軍隊少說有十萬之眾，趕路又很急，只怕不是衝著我們來的……朝廷的軍隊和南疆王只怕現在已經打得如火如荼了！」

如火如荼？就算打得如膠似漆、乾柴烈火，老子也管不著！談寶兒暗自搖頭。他目前自然是趕快找到若兒才是正事，至於戰場上死了多少人，和他是沒有什麼關係的。

這支南疆軍隊似乎真的如楚遠蘭所料，行色匆匆，猶如一片紫色的海潮，迅疾地從森林之外捲了過去。

楚遠蘭看著他們遠去的方向，對談寶兒道：

「容哥哥，他們好像是衝著秦州的方向去了。」

「秦州？」談寶兒愣了一下，「秦州參將秦雪不是號稱我們大夏四大名將之一的嗎？而且那裏有精兵二十萬之多，難道南疆王還想硬攻下這裏？」

楚遠蘭道：「這就叫攻其不備。所有的人都以爲他不會攻秦州，他卻偏偏第一個就攻了

秦州！現在這麼大的一支援軍過去，只怕是秦州已經要被攻下了！」

「怎麼會呢？既然秦州已經要被攻下了，幹嘛還需要援軍？」談寶兒不解。

楚遠蘭嫣然一笑，道：

「容哥哥，你是考我來的吧？秦州地處的地方，乃是蒼瀾江的一個大支流馳江的下游，北接湘城，東連夢州，西對雲州，而且本身更是一個巨大的糧倉，這樣的一個軍事要地被拿下之後，自然需要大軍鎮守！沒有援軍，南疆王的軍隊，就沒有繼續挺進的可能了！」

「聰明！分析得有點道理啊！」談寶兒微笑著點點頭。事實上，這傢伙自己又懂什麼狗屁的軍事了，聽到楚遠蘭分析得似乎有模有樣，便不輕不重地讚賞以掩飾自己的無知。

楚遠蘭笑了笑，沒有再說什麼，只是芳心之中卻滿是喜悅。自從談容參軍之後，她便每日去研究談容留下的書簡，並且特意留心其中的兵法，那個時候，她就存下了將來要和談容一起並肩沙場的決心，今日她一說出自己的見地，便得到心上人的讚賞，叫她如何不喜。

談寶兒想了一陣，忽然一拍頭，道：

「哎喲，不好！我先前只以爲若兒他們會去秦州，現在這邊戰事如此激烈，我看多半他們改道去東邊的夢州了，咱們趕快向東吧！」

楚遠蘭愕道：「秦州很可能正被大軍圍城，你不去幫忙嗎？」

談寶兒心道：「他們喜歡怎麼圍就怎麼圍好了，關老子屁事？眼前最重要的可是找到若兒，不然她有什麼事，皇帝老兒肯定是要宰了老子的！」口中卻一副高深莫測語氣道：「這事你別管，我自有主張！」

楚遠蘭自然是拗不過談寶兒。於是兩人當即出了森林，向著夢州方向而去。

在《南疆遊記》之中記載的清楚，眼前兩人所在的草原因爲依靠著伽蘭山的緣故，所以被稱做伽蘭草原。伽蘭草原並不是一個大草原，有點像夾在伽蘭山和馳江之間的一條狹長的走廊，更具體的說，應該只是一塊長方形的草坪而已。

談寶兒兩人因爲沒有馬，便想到了到馳江邊上乘船。

走了不過兩三里的樣子，前面便聽見了水聲，兩人都是大喜，但當走到江邊的時候，卻都大失所望了。因爲這條聞名神州南部的大江，水流極淺，根本是直接就可以蹚過去，又哪裡會有什麼船？

愣了一下，楚遠蘭忽然想了起來：

「容哥哥，難道你忘記了嗎？《南疆遊記》上說，馳江上游築有大壩名叫弦月，以利於江水灌溉農田，這下游的水淺那是再正常不過了。」

談寶兒恍然大悟，嘴裏卻無恥道：「弦月大壩嘛！我怎麼會不知道？我只是一時沒有記起來而已！」

事實的真相是，《南疆遊記》上這一段記載他根本就沒有看懂。倒是楚遠蘭最近幾天把書借過去看，增長了不少見識。

秦州在馳江下游，而夢州在上游，兩人無奈之下，只能沿河逆流而上。

卻不知是否因爲這裏自古是戰略要地的關係，時近黃昏，兩人沿岸上去，並沒有看到一處民房一處炊煙。

天色漸漸暗了下來，眼見今夜可能又要露宿野外，談寶兒正有些鬱悶，忽聽背後馬蹄聲響，回頭看去，卻見兩騎駿馬從後方疾馳而來。

借著天邊最後的夕陽，談楚兩人看得清楚，只見馬上兩人身著綢衫便裝，並非南疆軍隊，頓時放下心來，便沒有想著迎敵或者逃跑什麼的。

兩騎靠得近了，越發看得清楚，馬上兩人是兩個長得頗爲英俊的少年。談寶兒正考慮找個什麼藉口，耍點詭計騙兩人一匹馬出來，馬上兩名騎士卻一起停住了馬，並且下馬向他們熱情招呼道：

「哎呀！這兩位不是周大哥和黃兄弟嗎？多年未見，兩位兄弟可真是更加的風流倜儻了！」

楚遠蘭一愣之際，談寶兒卻已想到現在自己兩人臉上的畫皮，正是完全照著山洞裏的兩人所畫，眼前這兩人多半是他們的熟人，忙嘶啞著嗓子上前道：

「幸會，幸會！正是我們兩人！竟然在這裏遇到兩位好兄弟，哈哈，可真是三生有幸啊！」

兩個少年一人著白衣，一人著青衫，聽見談寶兒的話，都是笑了起來。

其中那著白衣的少年道：

「周大哥可真是會說笑，咱們可不都是來參加本屆大會的嗎，遇到應該很正常才對啊？對了周兄，你聲音這麼低沉，嗓子沒有什麼問題吧？」

談寶兒自不知道什麼大會，只是道：

「沒有什麼大礙，就是和黃兄弟一起急著趕路來參加大會，都著了涼，我還好些，他甚至連話都說不了！」

他深怕楚遠蘭沒有玩過變聲的遊戲，一下子露了底可就完蛋了！

青衫少年笑道：「周大哥活躍在淵州，黃兄在武神港，都是地處西北，要在十天之內趕到這西南來，自然是要連夜趕路了，搞出點病來也是可以原諒的！不過，千萬別影響一會兒的

發揮，要是不能封王，那可就抱憾終身了！」

白衣少年笑了笑，道：

「宋兄多慮了，周大哥成名十多年，這點區區小病又怎麼能奈何得了他？哎呀，天都快黑了！咱們可得快點趕到弦月壩去！周大哥、黃兄，兩位雖然輕身之術了得，但不必虛耗真氣，不如你們兩位就用我的馬，我和宋兄共乘一騎如何？」

談寶兒要不是怕楚遠蘭誤會，直接就要上前對著這識趣的傢伙一頓猛親，哪裡會有不願意的，當即也不推辭，道過謝，上了馬。

楚遠蘭知他心思，飛身落到他身後，抱住他的腰。那邊兩人也共乘一騎之後，兩匹馬飛奔起來，向著馳江上游而去。

談寶兒並不知道弦月大壩究竟在哪個位置，也不知這兩人要去參加什麼大會，但眼見有免費的馬騎，而且今晚肯定能混到一頓飯吃，此外似乎還有熱鬧看，這便已經足夠。這個時候，談寶兒簡直覺得自己神機妙算，居然未卜先知地知道那兩個混賬的臉會這麼有用，暗中不由得意洋洋。

一路之上，楚遠蘭如談寶兒所願地裝聾作啞，談寶兒自己則假裝很熟地和兩人攀談，雖然名字是問不出來，不過也知道了那穿青衫的姓柳，看樣子兩人還都是一方的知名人物。似乎自己裝的這個周大哥比他們更有名，兩人言談之中除了親熱外，還多有一種敬重。

至於那大會嘛，聽兩人說起來也是風雲際會，神州各地都有英雄豪傑來參加。談寶兒怕露馬腳，也不敢多問，心裏卻是好奇不已。

走了一陣，天色便徹底黑了下來，談寶兒正在想：老子難道命苦得要趕夜路嗎？前方忽然水聲轉急，再向前一陣，眼前陡然出現一片燈火。

走得近些，眼見明月清輝之下，前方一座弧形的大壩，壩上插著百來根竹竿，上面都掛了一盞大紅燈籠。燈火所籠罩的是如山如海的人流，以及一片鼎沸的人聲。

這個時候，前面駕馬的宋姓少年回頭笑道：

「周大哥，弦月壩到了！我們下馬吧！」

談寶兒之前聽到弦月壩，只以爲是一塊寬大的平地，萬萬料不到竟然真的是一座水壩，一時驚訝不已，心說什麼大會竟然要在水壩上開，這麼厲害！

四人下馬步行，一路之上只聞脂香流動，所見卻盡是俊俏少年，見到四人，便多有熱情招呼的，且其中向談寶兒招呼的人最多，卻都不直呼其名，而稱周大哥，臉上都是高山仰止的神情。談寶兒自然都不認識，只能微笑致意，心中疑惑更深。

第九章　偷天公會

四人一路向上，不時走到大壩之上。談寶兒抬眼望去，只見大壩上下，水面至少差了二十丈之多，不同於下面的水流潺潺，壩上所蓄的水卻如同汪洋大海，巨大的暗潮不時碰撞到堤壩之上，發出陣陣震天的鳴響，使人以爲腳下地震，幾乎站立不穩。

在這開會，這些人的腦子莫非有毛病嗎？談寶兒正奇怪，便見一名手戴寫著「後勤」字樣袖章的男人走了上來。

袖章男朝著四人鞠了一躬，面帶微笑道：

「歡迎光臨！爲了與會人士的安全，麻煩四位將請帖出示一下！」

請帖！談寶兒正叫了聲糟，卻見宋柳兩人各自伸手從懷裏摸出一塊玉牌來，遞了過去。

袖章男接過一看，頓時肅然起敬：

「原來兩位就是小神手宋三郎和雲州盜聖柳千雪！久仰！」

「好說！」宋柳兩人接回玉牌，客氣回禮。

眼見袖章男眼神望向自己，談寶兒腦中靈光一閃，伸手從包袱裏將那兩塊玉牌也給拿出來遞了過去。

袖章男接過一看，臉色頓時換了鄙夷神色，口中卻道：

「原來是周兄和黃兄，久仰久仰！」

談寶兒看他神色裏半點久仰的誠意都沒有，不怒反喜，因爲這兩個名字在江湖上肯定沒有什麼名氣，那一會兒認識自己的人便少得可憐，混口飯吃也不會被人發現了。

四人驗過玉牌之後，便被領著進了門。

上壩之後，便看見大壩的中央是一個臨時搭建的圓弧形大月臺，臺下密密麻麻地放滿了蒲團，上面早已是座無虛席，只有偶爾的間隙，可以看見稀稀落落地還有幾個座位。

宋三郎向談寶兒兩人拱手道：

「周兄、黃兄，你們的座位在西北，我們在東南，咱們就此別過！請！」

「請！」談寶兒拱手，四人作別。

談寶兒和楚遠蘭直接去西北位置，一路上果然沒有人和談楚兩人招呼的，談寶兒更加肯定周叢和黃拈花在江湖上真的是名氣缺缺，不然也不會被自己一招滅殺了。

沿途走過去，大壩上約有千多人的樣子，一個個不是身材矮小、賊眉鼠眼，就是肌肉虯

結、虎背熊腰、眼神兇狠，形成了鮮明的對比。談寶兒和楚遠蘭見此都是暗暗心驚，心說自己這是來到了什麼鬼地方。

四人一路前行，不時來到了大壩中央。

走得近些，談寶兒才發現月臺的左右各有一根形似男人陽物的巨柱，兩柱間扯了一塊大紅綢的橫幅，上面寫著十個龍飛鳳舞的大字：

偷天技術經驗交流暨盜王選舉大會。

偷天大會！原來是偷天公會在開大會了！談寶兒心中劃過一道閃電。

原來老胡曾經和他說過，在神州雖然黑道幫會林立，但其中最有勢力的卻一共只有三個，昊天盟、聽風閣和偷天公會。其中以楚接魚領導的昊天盟最厲害，敢於直接對抗朝廷，被朝廷稱為盟匪；以武風吟為首的聽風閣最陰險，專門從事暗殺、投毒、買賣情報等恐怖活動。偷天公會則最為神秘，據說這個公會最初是一群志同道合的小偷和強盜組織起來的，組織以努力保障每個小偷和強盜能善終為最初宗旨，卻沒有想到最後竟然發展成了一股神秘而強大的勢力。他們的首領偷天王每十年民主選舉一次。而這個選舉程序，就是以標榜「切磋偷盜技術，提高偷盜效率，大力發揚偷盜事業」的偷天大會，全稱正是「偷天技術經驗交流大會暨偷天盜王選舉大會」。

難道眼前這個便是傳說中的偷天大會嗎？

談寶兒和楚遠蘭挑了兩個蒲團坐下。因爲兩人真的沒有什麼名氣，左右的人看到了連攀談的意思都沒有。

兩人剛一坐下，便見所有人都安靜下來，一動不動。談寶兒本來還打算將蒲團前面的點心取些來吃的，這會兒卻也不敢妄動，心裏直接罵娘了。

耳裏只有水聲拍岸，眼裏只有明月如霜。一片寧靜裏，只見坐在第一排蒲團上的一個道士模樣的人起身站起，朝著月臺走去。這人身形修長，一襲道袍幾乎拖到地上，頭頂卻不是道冠，而是一頂長長的帽子，行動之間步伐優雅。

這人徑直走到月臺中央，清清嗓子，朗聲道：

「各位來賓，在此明月如霜，好風如水之際，我們共聚在這江潮湧起的風雅之地，共襄盛舉，實是難得。我是本次大會的特邀主持人，來自東海的養生專家枯石子。本次大會可說是千載難逢的盛會，神州各地豪傑共聚一堂。本屆大會應到一千五百人，因爲有三十二人身在官府的囚牢，另外四十七人在去年因公殉職，實到一千四百二十一人……」

談寶兒聽見這道士聲音也不甚大，但在濤聲隱隱裏，竟是字字清晰，顯然是個高手，便問旁邊坐著的一個壯漢道：「嘿，兄弟，這誰啊？」

壯漢鄙夷地看了他一眼，冷笑道：「兄弟你哪個分部的，連這位枯石子道長你都不認識？他老人家是大會開始前一個月，組委會重金禮聘來的奇人！」

這個時候，枯石子已經說完了廢話，朗聲道：

「現在進行本次大會的第一項議程，全體起立，唱會歌！」

談寶兒跟著眾人一起站了起來，然後在臺上的枯石子指揮下，放聲唱了起來：

「我們是偉大的神偷，啦啦啦，我們是偉大的大盜，啦啦啦！不是我們囂張，沒有我們上不到的房梁；不是我們張狂，沒有我們進不了的庫房……」

談寶兒聽得目瞪口呆，覺得今天真是大長見識。他不會唱歌，只能濫竽充數地跟著眾人瞎哼哼，好在旁邊的宋三郎知道他「嗓子不好」，算是蒙混過關。

一曲終了。

枯石子讓眾人坐下之後，笑道：

「好了！我想諸位都已經等得不耐煩了，現在我們就進行本次大會的第二項議程，封王大賽！」

「耶！」臺下一片歡呼聲。

枯石子抬手示意眾人安靜下來，道：

「在大賽開始之前，我再重複一次規則。本次大會共有九名長老，就是現在坐在第一排的這九位了。他們都是偷盜界的資深前輩，論偷盜技術和武術修爲，無一不是一時之選。一會兒我會從九開始，向下數數，數到幾就表示會有幾位長老聯手出戰，想贏得『偷天盜王』稱號的兄弟就可以舉手向他們挑戰，誰要是能打敗的長老聯手人數越高，誰就是本屆偷天大會的盜王。如果當我數到一個數時，有幾個人同時舉手，那這幾位就先進行一次淘汰賽，然後再向長老們挑戰。大家清楚了沒有？」

「清楚了！」眾人高呼。

「很好！」枯石子擺擺手，示意眾人安靜下來，「上一屆的大會的盜王，人稱『萬里不留行』的田某可是打敗了五個長老，雖然比偷盜界的傳奇人物范某差兩個，比採王之王楚某某差一個，但已經是近五屆以來的最好成績了。可惜他去年在西域辦公的時候，被疏影門下給做掉了。所以今天我們比賽開始前，沒有辦法請到他作精彩的發言了。我希望有人能繼承他們的遺志，在本次大會中有人能打破這些前輩們的記錄！好了，廢話不多說，我現在就開始計時，想奪得盜王稱號的請舉手！」

所有人都屏住呼吸，眼神都聚焦到了枯石子身上。全場一片安靜，能聽見的聲響，就只有江風刮在燈籠上的簌簌聲，以及偶爾撞擊著大壩的江潮之聲。

此時本是盛夏，大壩近江，蚊蟲極多。談寶兒坐在籐椅上，正喝著茶，忽然覺得右邊臉上又痛又癢，不由罵道：「哪裡來的不長眼的死蚊子！」忙伸出右手重重打了下去。

「啪！」「九！」談寶兒一個巴掌打到自己臉上的時候，枯石子正好開始數數。

然後全場的人便聽見枯石子大聲嘶吼起來：

「啊！太好了！大家快看，今年竟然有人挑戰九名長老！大會創立一百年之後，終於有人敢挑戰九大長老了！百年未見的盛況！歷史性的一刻啊！這位有種的兄弟快點上臺來！」

順著枯石子激動得顫抖的指頭，所有人的目光在一瞬間落到了談寶兒的身上，而某人手心還帶著蚊子血的手，正好高高舉到和頭部相齊！

「啊！兄弟，哥哥我果然沒有看錯你，你的勇氣和智慧簡直無可匹敵！」之前對談寶兒一臉鄙夷的壯漢，現在是雙眼放出敬佩的神光，激動地一把拉住談寶兒剛想縮下去的手，「一百多年了！從來沒有人做過挑戰九大長老的壯舉！毫無疑問，你實在是我們偷盜界中的蓋世大英雄！」

場中其餘諸人也是面面相覷，然後各自竊竊私語一番，眼中迷惑更深，顯然大家都不認識這個無名小卒，也很奇怪這傢伙難道活得不耐煩了，敢破天荒地挑戰九大長老。

「開什麼玩笑！要我挑戰九個一百多歲的老傢伙嗎？」談寶兒嚇了一大跳，「蹭」地一下站起來便要開溜，但手被壯漢抓著，一時卻是無法脫身。一旁的楚遠蘭搞不清楚他要搞什麼，只能愕然以對。

「太好了，原來是來自……」枯石子本來還打算對這位打算挑戰九大長老的大英雄進行一番介紹，但等他看清這人的時候，才發現這廝面孔生得很，末了只能幾聲哼哼糊弄過去，「啊哈，果然是英雄出少年！請大家以熱烈的掌聲，歡迎九大長老和這位小兄弟一起登臺！」

掌聲如雷，硬生生將一波剛剛撞到大壩的江潮的聲息給壓了下去。

談寶兒只覺得眼前九道光影一閃，九大長老便已經齊刷刷地站到了月臺之上。

九人一字斜排開去，他們的花衣都頗爲寬大，被明月一照，江風一吹，衣袂飄飛，顯得很是飄然出塵，再加上人人滿是皺紋的老臉上全是冷酷，看上去絕對是世外高人的醜惡嘴臉。

「上去，上去！決鬥，決鬥！」眾人眼見談寶兒被和九大長老交手的幸福激動得呆若木雞，紛紛高聲大叫起來。

談寶兒心裏本自發毛，被眾人這一叫嚷，雙腿一陣發顫，便要甩開身旁壯漢，不顧一切腳底抹油。

這時候，他身邊一干好事者見有人腦子發燒要挑戰九大長老，都是喜出望外，生怕他後悔，當即同時歡呼著在一瞬間圍了上來，將他四肢抓住，大家不約而同地一起發力朝臺上一

擲。

談寶兒但覺一股巨力湧來，身體已不由自主地騰空而起，大驚之下，只得將凌波術展開借力使力，整個人凌空一飄，落到了臺上。

眾人見他身法飄逸迅捷之外，還風流優雅，極具觀賞性，簡直就是強盜界夢寐以求的絕頂輕身術，一時不由掌聲雷動，歡呼更烈。

而九大種子高手見到如此身法，都大是駭然，心說難怪這少年敢破天荒地挑戰九大長老，原來真是一直深藏不露啊——卻沒有一個人知道這位仁兄現在最拿得出手的，就是這每日在睡夢中都在練習的蹁躚凌波之術。

九大長老眼見談寶兒落在自己九人圍困正中間，個個依舊一副很跩的表情，似乎落在自己九人之間的並非是一個絕世高手，而是一隻去毛的肉雞。

只有其中一個看起來是老大的傢伙，衝著談寶兒咧嘴囂張道：

「小子，你算是一百多年來最有種的了，連田某人、楚某某那樣的人都不敢同時挑戰我們，不說別的，就憑你這勇氣，你的遺書我幫你交給別人。」

談寶兒忙擺手道：「不了不了，長老您老人家貴人事多，就不麻煩您老人家了！我這剛才是在打蚊子，不是在舉手要來挑戰你們九位，那個你們慢慢聊，我先閃了！」說時他身形一動，身體騰空，朝著臺下飄去。

「哪裡走！」九個聲音同時響起。然後談寶兒便覺得身體一重，整個人好像被千萬斤巨力朝下猛拉，身不由己地倒飛而回。

談寶兒用膝蓋想也知道是九個長老動的手腳，而自己被抓回臺去，定然是九死一生之局，當下一氣化千雷使出，五指帶起五道金色閃電，朝身後猛抓了出去。

「什麼！」有人失聲驚呼。

「啊！」一聲悶哼。

臺下所有人都看得清清楚楚，在談寶兒剛剛飛起的剎那，九大長老一起動手，他身後便憑空生出了九個漩渦，漩渦裏生出九道旋風，合力拉扯著他向臺下降落，而談寶兒那隨手一揮，那五道閃電卻變成了五把金刀一般，硬生生將束縛著他身體的旋風給斬斷。

但斬斷了旋風的談寶兒卻發出一聲悶哼，重重摔在月臺之上。那感覺，就好像談寶兒是一隻被人踩著尾巴的貓，雖然動作迅捷，但剛剛跳到和自己尾巴長度相等的高度，便立時被拉扯回地面！

所有的人都傻了，雖然人人都知道這是九大長老之功，但卻沒有一人看出究竟是怎麼回事。事實上，通常高級的法術施展的時候，並不像低等法術一樣，一定有著絢麗的光影流動或

者非要念動咒語。普通人只是知道高手出了手，卻根本不知道他怎麼出的手。只有同等級或者更高等級的高手，才會憑藉經驗或者從感應四周環境的變化，來發現敵人的攻擊。所以越是高深的法術，便越是神秘。

談寶兒雖然只能算半吊子的高手，但這個道理卻是明白的，所以他在斬斷旋風之後，還被莫名其妙地拉扯回地上之後，頓時知道這九個身穿花衣像瘋子一樣的老怪物的實力，實在不是一般的恐怖了。

他揉揉屁股，從地上爬了起來，暗自叫苦不迭，心想老子怎麼流年如此不利，才逃出沉青玄的依風劍，又落到這九個老傢伙的魔爪。這趕鴨子上架的事，以後少遇到一點行不行？

眼見談寶兒一跌倒就從地上爬了起來，九大長老卻都是面露驚容。

那大長老肅然道：

「果然是英雄出少年！周老弟，我們九人聯合，便是我偷天公會秘傳的捕風捉影大陣，你揮手就能割斷我們的捕風，而中了捉影之術，竟然一點事都沒有，閣下精神修爲之強，當世可謂罕有匹敵了！」

談寶兒自己的御物術至今沒有絲毫進展，又哪裡有什麼精神修爲了，聞言不由詫異道：

「捕風捉影又是什麼玩意？我只是覺得屁股快痛得開花了，難道還應該有別的什麼事嗎？」

大長老看起來很跩，但人卻很好，傳音耐心解釋道：

「你能接一招捉影沒有變成白癡，有資格知道捕風捉影的真相。其實捕風捉影，是兩種法術或者陣法的合璧。捕風說的是我們可以通過敵人移動所帶起的風反過來攻擊他，而捉影則是精神之術，透過直接攻擊一個人的影子，來對他的精神造成傷害。剛才我們只用了一成功力，而你精神修為足夠強，所以才沒有受什麼傷，不過一會兒正式動手就不是這麼簡單了，你自己多加小心吧！」

原來如此！談寶兒明白之後，頓時叫苦不迭。

這捕風應該是類似於依風神劍的操縱風的能力，而捉影則更玄了，直接攻擊人的影子來打擊人本體。這兩種法術的威力本身都已恐怖到了極致，任何一種都不是人可以抵抗的，這九個擁有百年以上功力的變態還聯合在一起使用，難道當老子是天魔降世嗎？

一念至此，談寶兒不由魂飛魄散，叫道：

「哎喲不好，我想起雲州那邊還有好幾家富戶沒有偷，九位長老你們先在這等著，等我去偷了回來咱們再打過！誰偷襲老子誰是我孫子！我先閃了！回見！」真氣灌注全身，身體如離弦之箭，朝著天空直衝而去。

大長老的臉上難得地露出了一絲笑容，搖頭道：

「沒有用的！影隨人在，影動人動，但凡影之所在，你便無所遁形！下來吧！」

隨著他最後的一聲冷喝，九大長老同時伸手朝著月臺上談寶兒的影子輕輕一按。本已飛離月臺邊緣的談寶兒，頓時便如被張開的彈簧失去拉力之後，被猛地反彈回來，重重地砸在月臺上，引來驚天動地的一聲巨響。

「一群王八孫子！」談寶兒吐了口血，再次站起來的時候，不由破口大罵。

這一次他終於感受到了那捉影之陣的強大威力。那感覺，好像有寒到極處的九根冰針，在腦袋裏四處亂竄，那種又冰又痛的感覺讓他忍不住想將自己腦袋劈開來。

「你罵誰是孫子？」九大長老一起變了臉色。

「罵的就是你們！不守信用！老子說好不准偷襲的，你們還非要偷襲！給老子做孫子，我還嫌你們老！所以你們只能做烏龜的孫子！龜孫子……」談寶兒眼見自己打又打不過，逃又逃不掉，索性破口大罵，賺個夠本。

臺下眾人眼見他受了如此重擊，竟敢惱羞成怒地大罵開了九大長老，一時都是瞠目結舌，心說這人真是太強了，連九大長老都敢罵，真是太有種了！

楚遠蘭之前見談寶兒受傷落地，本在考慮是否要出手幫忙，這會兒見他罵敵人這麼起勁，不由猜想，以容哥哥足智多謀的性格，只怕他是要激怒敵人，胸中早已有了破敵之策，我還是不要隨便插手破壞他的計畫的好。

九大長老都是臉寒如冰。眼見談寶兒嘴裏髒話依舊是滔滔不絕，大長老再也忍受不住，怒喝道：「給老子住嘴！」

說時也不和其餘八人招呼，左手向上，隔空虛抓談寶兒的嘴唇，右手虛虛下按，去擊打談寶兒落在地上的影子。這一次，卻是捕風捉影同時發動。

談寶兒之前在依風劍陣裏面待過，知道這種依靠風的流動攻擊敵人的法術雖然可懼，但通常攻擊的入手處卻必然是敵人的身上有氣流產生的所在，而捉影之術更是要攻擊到影子上才有效，眼見大長老動手，當即按照八卦方位將身體朝旁邊旋跨出一步。

這一步跨出，影子的位置頓時改變，大長老的捉影之術便落了個空。而那捕風之術卻如附骨之蛆，談寶兒之前被攻擊的地方是全身產生氣流最多的嘴，這一跨步卻是帶起了一股強烈的旋風。

九大長老的嘴角同時露出了一絲冷笑——捕風之術只需要有一絲的氣流便能如影隨形地跟上，如此大的一股旋風出來，卻不是找死是做什麼？

但緊隨其後，那一絲冷笑卻在九大長老的嘴角凝固住了。

大長老的捕風之術確實抓住了談寶兒這一轉所產生的旋風，但奇怪的卻是，他緊隨其後的真氣攻擊，卻僅僅是將這股旋風碎裂成了兩半，並未傷到談寶兒一根毫毛。

「啊！」九大長老同時大吃一驚。他們從來沒有想過捕風捉影之術竟也有完全失敗的時候。並且最重要的是，敵人壓根沒有做任何動作，只是一個很平常的跨步動作就破解了自己等人引以為傲的絕招！

「大家一起上！發動陣法！」大長老發出一聲招呼。其餘八人點頭，同時出手，捕風捉影之術便變成了捕風捉影之陣。

九個人一起發動的捕風捉影之陣的威力並非是一個人發動時的九倍，而是成幾何級數的增加。一時之間，整個月臺之上，任何一絲風和光影的流動都完全無法逃脫這九人的控制，但奇怪的卻是，九人明明感覺自己每次都已經抓住了談寶兒的風影，可法力攻擊上去的時候，卻是擊到了虛空上，一時心中震驚到了極處。

談寶兒初時感覺到自己身後有空氣碎裂的凌厲風聲，知道是大長老發動了類似依風劍氣的攻擊，卻見自己一點事都沒有，大是詫異，隨即腦中靈光一閃，記起當日在葛爾草原，自己初練凌波之術時，在地上布成了太極禁神大陣，大陣中間的草被大風吹來，卻絲毫不動，想來禁神大陣本身是能禁錮住風的，而大長老所攻擊到的僅僅就是那股被陣法禁錮住的風了。

有了這個發現之後，談寶兒一時狂喜不已，也不做攻擊，將凌波之術展至極處。果然，之後九大長老一起發力，發動威力更大的捕風捉影大陣，但次次都在以為自己擊中的時候，卻依舊攻擊在了虛空之上。

九大長老自然不知道談寶兒此刻所使的，正是上古大神羿神傳下的奇陣「太極禁神」大陣，練到極處，是連神都能禁錮住的陣法，隨手禁錮自己身邊的風實在是小菜一碟，一時心中驚到了極處，只覺得眼前這少年實在是匪夷所思，不發一招竟然能在自己九人的捕風捉影大陣裏邊行動自如，果然是絕頂高手啊！

臺下眾人不能設身處地，自然不明白臺上每一道氣流每一道光影中都藏著殺身之禍，卻只看到九大長老雙手亂動，而談寶兒卻使用一個優美至極的身法在中間穿梭，絲毫沒有任何法術碰撞該出現的絢麗效果，一時間，都是愣然至極，心說：莫非本屆的偷天之王已經內定這少年了，不然為何這些人不鬥法，反而讓他在上面跳舞，九大長老卻在給他打拍子？

楚遠蘭卻是高手，一眼間已看出臺上情勢，不由拿小手輕輕拍拍胸口，慶幸自己剛才沒有魯莽，不然很可能就破壞了容哥哥的計畫呢。

談寶兒凌波之術越走越順，不時竟將太極禁神大陣完整地走了一遍，於是月臺之上的空氣流動在一瞬間被他給徹底禁錮起來。

九大長老慢慢發覺自己捕風所要消耗的力量實在太大，而要捉談寶兒的影子則幾乎不可能了，而等談寶兒陣法一布成之後，九人只覺得自己舉手投足之間彷彿要帶動萬斤巨力一般，動一下都是難上加難！

談寶兒見九人在禁神大陣中竟然還能行動如常，一時也是驚詫至極，要知道就是謝輕眉那樣厲害的魔族高手被禁神大陣困住，也是無法輕易動彈的，這九個老傢伙竟然除了動作稍微緩慢一點外，並沒有什麼大的不正常，不愧是百年歲數的老怪物，狂就一個字啊！

有了這層覺悟，談寶兒一時便不敢輕易逃跑，只是不斷地踏圓，不斷重複向地面注入真氣，以禁神大陣的威力，希望在最後能將九個變態老頭困住，自己好溜之大吉。但就在他心裏打著如意算盤的時候，場面卻忽然有了變化。

九大長老的第九長老年輕時候就是個脾氣暴躁的傢伙，年紀大了雖然稍有收斂，但眼見這樣久攻不下，反而是自己九人被對方某種不知名的陣法所困住，被大大地激發了當年勇，此時已是怒髮衝冠，將花衣一撩，大喝道：

「諸位哥哥，咱們別磨蹭了，和他硬拼了吧！」說完也不管其餘八人的意見，率先撤掉捕風捉影術，全身陡然升起一團慘綠的透明火焰。

同一時間，談寶兒覺得身體四周沒有看到任何異常，便覺得全身灼熱難當，低頭一看，自己全身也已被慘綠色的透明火焰包圍。最要命的是，那慘綠色的火焰好像被某種巨大的壓力壓迫一樣，朝著他身體裏猛鑽。

這是一種相當恐怖的體驗，談寶兒的全身看不到煙，但身上每一寸肌膚都好像正被猛火灼燒，並且拼命地向裏面鑽，似乎要焚燒他全身每一塊血皮骨肉。

原來此刻九長老施展的正是偷天公會九大長老獨門的「玉石相焚」之術。這是一種毫無花俏、純粹比拼兩個人修爲的法術。顧名思義，這種法術一旦展開，敵對的雙方就如同玉和石對撞一樣，必然有一方會死掉，更嚴重的是可能玉石俱焚兩敗俱傷。

最要命的還是，這種法術一旦施術者有了施法的意願，不管敵人願意不願意，都根本無法拒絕，只有無奈地接受真氣或者精神力比拼，也只有偷天公會才能才敢才願意施展這種被人唾棄、一點技術都沒有的法術。

談寶兒自然不知道這種法術，但感受無窮無盡的灼熱朝身體裏鑽，直嚇了個魂飛魄散，正不知該如何是好，卻忽然覺出丹田的真氣仿似受到某種異力的牽引，竟然自發地散布全身，從全身的穴道和毛孔溢了出去，像之前在天姥城時一樣，形成了一個包裹全身的金色大光球，將慘綠火焰給硬生生擋在了身體之外。

九長老眼見自己真氣化成的綠火朝對方身體裏猛鑽，正得意自己英明的變招呢，陡然看

到金球，然後就覺得攻擊的力量受到阻礙，知道對手組織起了防守力量，不由凶性大發，直接將全身功力毫無保留地攻了出去。

但他真氣才一動，談寶兒身上的金球卻在一瞬間變成了紫色，一股巨力反震回來，他頓時狂吐出一口鮮血，同時，談寶兒身上的綠火越來越淡，而他自己身邊的綠火卻是越來越濃，並且朝著身體裏猛鑽。

其餘八大長老見九長老使出大法，本來已經收手，這會看見談寶兒的力量竟然將自己這個擁有百年功力的九弟給震得真氣反噬，一時都是驚愕到了極處，心想這小子年紀輕輕，功力竟然高到了如此境界，真是後浪推前浪，一浪更比一浪高啊！

感慨歸感慨，幫忙卻是要的，只聽大長老喝道：「好小子！再接我的試試！」說時，他身上也騰起了一團綠色火焰，而談寶兒紫色光球頓時被壓縮了許多進去，而球外的綠色火焰頓時變得濃烈起來。

談寶兒抵住九長老已經覺得很吃力，眼見大長老也加入，正要叫一聲老子完蛋了，隨即卻發現自己身上的紫色光球不過是稍微向裏邊縮了一點，擋住這兩人的進攻卻是綽綽有餘，心想：就憑自己的功力，絕對是無法擋住兩個百年功力的高手的全力進攻的，對方顯然只是做了個樣子，並沒有盡全力，於是誠心道謝道：

「多謝兩位前輩手下留情！我看今天就玩到這裏，大家坐下來喝口茶，吃個包子，有什麼事慢慢商量好不？」

其餘七位長老一聽這話，頓時被搞得十分鬱悶，心想：這小子得了便宜還賣乖是不是，占了一點上風就來譏刺我們沒有吃飽飯嗎？好！我們兩個人功力拼不過你，咱們九個人一起，我看你怎麼死的！

當下，其餘七大長老同時爆發了，身上陡然騰起了強大的慘綠色火焰，在這一瞬間，談寶兒只覺得身上的綠色火焰陡然間濃烈到了極處，紫色光球竟然只剩下了如同蟬翼一樣的薄薄一層。

而就是那層蟬翼，也在一瞬間被突破。只聽得一聲好像什麼東西碎裂的脆響，紫光被綠火衝了進去，隨即煙消雲散。衝破紫光的綠火如同一條條饑餓的小蛇，猖獗地從談寶兒的身體四周鑽了進去！

全身的劇痛，腦袋似乎也要在一瞬間被分裂成千萬碎塊，談寶兒的神智在一瞬間變得迷糊，這一刻，他唯一的奢望就是，趕快死去，不要再受這非人的痛苦！

他身體四周燃燒著的綠火，乃是九個百年功力的高手的真氣所化，其強大的熱量，甚至在一瞬間燒光了談寶兒身體四周的空氣，他整個人被空氣壓力帶得離地而起，身不由己地朝著

江中斜飛去。

「嫁衣之陣！」迷迷糊糊中，腦中似乎有人朝著自己一聲大喝，談寶兒不及細想，當即搜集起身體裏僅存的一絲真氣，沿著當日天牢中屠龍子所傳的真氣運行之法，在身體之內形成了一個漩渦，同時口中念動咒語道：

「斗轉星移，乾坤顛倒，嫁衣有術！」

「轟！」那九道真氣，好像九道兇猛的洪流，在談寶兒體內嫁衣之陣布成的一瞬間，全數衝了進來。

九道真氣衝進來之後，便要在談寶兒的體內爆炸開來，完成玉石相焚術的最後一步「以玉攻石」，將談寶兒炸成粉碎。但之前，談寶兒實驗過不下百次都沒有成功過的嫁衣之陣，竟然在這生死關頭無巧不巧地布成了，那九道真氣受到陣法的牽引，頓時按照陣法的安排在談寶兒體內運行起來。

這嫁衣之陣，乃是蓬萊幾乎要失傳的神奇陣法，最主要作用就是可以轉借功力。最主要的功能有兩個，一是直接吸收別人的真氣為自己所用，另外一個則是將自己的功力暫時或者永久借給別人。當日屠龍子在天牢中使用的是第二個功能，此刻談寶兒使用的卻是第一個。

九道真氣本來如九條狂野不羈的大龍，在談寶兒體內橫衝直撞，但受到嫁衣之陣的牽引，頓時在一剎那間流轉了談寶兒的全身。

本來談寶兒體內的真氣非常微弱，不足以控制九龍這樣強大的力量，但嫁衣之陣又號稱「永不停息之陣」，因爲敵人的真氣一旦爲自己所用之後，很快就會變成陣法的一部分，直到窮盡爲止，所以嫁衣之陣初時威力還很弱，但過了片刻之後，談寶兒竟然勉強可以完全操作這九條巨龍的去向了。

在這一瞬間，談寶兒的身上，所有千古以來習武修法之人，窮其一生無法打通的穴道和經脈，在這九大高手全無保留的合力攻擊之下轟然洞開！

談寶兒雖然神智有些不清，但直覺卻告訴他，這九條大龍實在太過恐怖，並非自己可以用嫁衣之陣將其吸收煉化，等到九條大龍在身體裏轉了一圈之後，他不假思索，當即用嫁衣之陣將九道狂猛的真氣朝著雙手引了過去。

九道真氣本來是帶著巨大的爆炸力的，進入談寶兒體內被牽引著瘋狂亂轉，衝關突隘的，正不爽得緊，這會兒眼見前方有了通路，當即奪路而出。

九道真氣合爲一道，射出談寶兒手心的時候，震得他的手掌一陣劇烈地顫抖，幾乎沒有將手腕折斷，而一股強大的反震力傳來，自己竟然不由自主地倒飛出去。

真氣出了身體，談寶兒神智頓清，睜眼看去，這一剎那時光，自己竟已飛離堤壩，到了

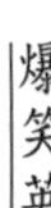

馳江之上，那道集合了九大高手力量的真氣卻變成了一顆綠色的光球，如彗星一般朝著堤壩暴射了過去。

「轟！」一聲驚天動地的巨響，綠色的光球重重轟在了堤壩之上。

馳江大壩建成已有千年之久，一直是南疆農事灌溉的重要支撐，千年以來，可說是功勳顯著。但這長達十里的長堤歷經千年風雨，卻早已是腐朽不堪。

最重要的是，就在這堤壩的正中央，偷天公會搭建月臺的地方，堤壩的內部早已被南疆一種特產的螞蟻——紅火蟻給吞噬一空，只怕下次漲潮的時候，這個千年大堤就要崩潰了。

無巧不巧地，談寶兒以嫁衣之陣彙聚九大長老畢生功力的一掌，正好劈在了這裏。

巨響過後，堤壩上的眾人只覺得眼前燈火搖曳，腳下一陣劇烈地顫抖，然後就發現所有的大紅燈籠都被淹沒，而自己的耳膜似欲破裂，更加驚天動地的巨響聲傳了進來。眾人還沒有反應過來怎麼回事，便覺得腳下土地下陷，然後便看見眼前白浪滔天。

大地彷彿在這一刻轟然倒塌。囤積在馳江中準備灌溉的江水，彷似一條巨大的銀龍，將堤岸沖為兩半，然後如星河倒瀉一般，席捲而下。

「轟」的一聲，月臺分崩離析，頓時被滔天江水沖走。臺上大多數人被天地間的偉力捲中，根本來不及作出任何反應，已被江水所淹沒，留給世間的不過是與江水聲相比幾聲微不可聞的驚呼聲。

可憐的九大長老，他們本來是最有希望逃脫的，但剛才將全身的真氣都用在了和談寶兒玉石相焚，這會眼見江堤崩潰，大浪滔天來，唯一能做的，就是勉強將自己的身體的位置提高一些，不至於被江水立時淹沒，但也順著那二十丈高的堤壩被沖了下來，隨即身不由己地隨波逐流，在這突如其來的滔滔洪流之中載浮載沉。

其餘的人就更加不堪了，要與這天河倒泄一般的自然偉力對抗，任何的法術都顯得蒼白無力，他們唯一能做的就是施展出全身的本事，讓自己不被江水所淹沒，變成水中無主孤魂。

談寶兒自然不知道這千里大堤本來已被蟻穴所潰，一時只被自己的傑作所驚呆了，心中一片空白，只是不斷重複一個念頭：

「老子一拳就將這千年大堤給轟斷了……這太扯了吧，一定不是真的！哈哈，不是真的……」

但大浪激起的水花濺到他臉上，提醒他這是一個不爭的事實。

到他清醒過來的時候，身體也已經從天空堪堪落到了水面之上，腳下巨浪捲來，他不及細想，當即凌波之術踏出，身體頓時便輕如鴻羽，在一朵朵浪花尖上踩過，順著南去的滔滔江水，隨波逐流起來。

「蘭妹！」定下神來之後，談寶兒這才想起楚遠蘭來，當即放聲高呼。但此時水聲轟隆，如同悶雷在耳邊炸開，他聲音雖然不小，卻不通運功發音之術，聲音便被水聲淹沒得無影無蹤。

順著水流，下了二十丈高如瀑布一般的堤岸，談寶兒舉目四顧，只見滔滔大水之中，千多個身影都被大水捲襲，在水中掙扎求存，載浮載沉的，狼狽不已，倉促間又哪裡分得清楚誰是楚遠蘭？

白衣！對了，蘭妹穿的是我的白衣！談寶兒記起現在楚遠蘭身上穿的，正是自己脫給她的白色長袍，當即開始尋找江水裏穿著白色衣服的人。

只是在偷盜界裏，白衣勝雪幾乎是每個風雅神偷的標準流行裝，談寶兒以前也喜歡學人家裝風雅，金甲裏邊配備的便是一襲白色的絲質長袍，此時終於知道什麼叫風雅有罪了。因爲他一眼看去，滿江盡是白衣人，無奈之下，他只能一個個的找。

不是！不是！還不是！談寶兒鬱悶透頂，他每從水中抓小雞似地抓起一個人來，卻都不是，便順手扔到岸上去了。這些幸運的傢伙，只因爲在偷盜之餘不忘學習風雅，穿了一身白衣，便幸運地撿回了一條小命。

馳江之水，一旦破堤而出，猶如萬馬奔騰，速度卻當真是風馳電掣。偷天公會諸人雖然大多身具法術武功，但在這大自然的偉力面前卻也是無能爲力，他們拼盡全身之力，唯一能做的也只是讓自己不要被江水淹沒，使自己能夠隨波逐流而已。

但談寶兒的淩波之術卻最是神奇，不管水流如何湍急，如何的浪潮滔天，他只要真氣不竭，就總能凌駕於浪潮之上，永不沉沒。所以在別人都在苦苦掙扎著喊他救命的時候，這個賤人卻全不理會，只是心情愉悅地一門心思地在找美女。

江水滔滔，一路向南而下。

談寶兒如仙人一般淩波踏浪，找尋楚遠蘭的身影。

到得後來，江中不時有白衣人被拋到岸上，而且每一個被拋的白衣人肚子上都免不了被他一拳狠揍，同時伴隨著一聲咒罵：

「媽的！一個個人模狗樣的，也學人家裝瀟灑玩什麼玉樹淋風，什麼衣服不好穿，穿什麼白衣嘛！」

此時早已夜黑多時，雖有明月如盤，但在這白浪滔滔的江水中尋找一個白衣人，本身就是一件困難至極的事，往往是漂了十丈之遠，才能尋到一個人。只是談寶兒覺得楚遠蘭是談容的未婚妻，不管如何，自己總是要將她找到，不然將來如何對老大交代。可是他卻沒有問過自己，一發現楚遠蘭不見了，自己內心的焦急，卻僅僅是因爲要對老大交代嗎？

就這樣，江水一路狂奔，載著千多人一路南下。越向前，馳江江面越窄，江水便溢出大江的居多，而到後來，江水更是毫不客氣地直接躍上岸去，淹沒了許多良田和房屋。

談寶兒已不知是第幾次從水裏提著穿著白衣的人來，他只是不停地做著將人提起再拋到岸上的機械動作。

這一次，他又提起一人，粗看一眼不是楚遠蘭，便要狠揍一拳再扔出去，那人喘了口氣後，卻大叫了起來：

「周大哥，多謝你救命之恩！」

談寶兒這才認出那人是宋三郎，老實道：「不客氣！舉手之勞而已！」說時便要將他扔上岸去，宋三郎卻又已道：

「周大哥是在找黃兄弟吧？他們的座位在距離潮水最近的地方，應該是漂到最前面去了。周大哥何不到江潮最前面去找？」

「對啊！」談寶兒一拍腦門，將凌波術展到極處，踏著波浪，朝著江流潮頭奔去。

身後傳來一陣大叫聲：「哎喲，周大哥救……救命……咕咚……」卻是談寶兒恍然大悟下，伸手去拍腦門，提著宋三郎的手卻自然而然地鬆開了……

很沒有義氣地，丟下宋三郎在水裏愉快地做著一隻一天到晚游泳的魚後，談寶兒身法如電，朝著潮水的前頭狂奔而去。

這一奔騰，他才發現這水流之速實在是匪夷所思，他自己速度已經夠快的了，但走了許久，前方卻依舊看不到潮頭，而一路上總是散布著三三兩兩落單的偷天公會的倒楣鬼們。

也不知奔了多久，談寶兒終於趕到了潮頭，而且水裏也果然正有好幾個白衣人掙扎著載浮載沉的，談寶兒正要上前一個個翻看，忽見前方燈火通明，耳朵裏更是隱隱傳來陣陣的喧鬧之聲。

「啊！」等看清楚前方的景象之後，談寶兒不由倒吸了一口涼氣。

在這個明月朗照，風涼如水的夏夜，佇立在秦州城頭的秦州總督——大夏四大名將之一的秦雪將軍的心情，實在是壞得無以復加。

秦州被圍已足足有十天了，但近在咫尺的夢州卻並沒有派任何的援軍過來，更讓人憤恨的是，剛剛城外探子回報的消息說，城外又來了一批敵人的大軍，足足有十萬之眾。加上原來的二十萬人馬，僅有五萬兵馬的秦州城外已經被六倍於自己的敵人給重重圍困了。

在今夜之前，秦雪還可以從早在大戰爆發前自己散布在城外的探子發來的信鴿上得到戰報，但今夜之後，毫不誇張地說，整個秦州城只怕再連蒼蠅也飛不出去了，以後再也不可能得

到任何敵軍的情報了——從某種意義上來說，或者根本就不需要了。

今夜之後，秦州這片曾經的大夏國李氏王朝的領土便要改姓賀蘭了。想到這裏，望著遠方如紫潮一般湧來的南疆軍，以及更遠處連綿十里的聯營，秦雪嘴角不由露出了一絲苦笑。

然後這絲笑容變得很是猙獰，他一雙白皙如玉的雙掌重重按在了城牆上，修長的十指骨節突兀，手背上的青筋彷似一條條受了重創的巨龍——雖然燃燒了憤怒，使自己擁有了恐怖的力量，但這樣的張牙舞爪，卻也不過如同城下的馳江之水一樣，只是奄奄一息前最後的瘋狂而已。

「國賊！」憋了許久之後，秦雪翕子崎嶇的雙唇才恨恨地吐出了這兩個字。

一直在旁邊默不做聲的副將秦長風見此，嘆了口氣，道：「大人，胡總督若非擅長見風使舵，又怎能做到兩朝元老？你英雄氣概，又何必和這種小人生氣！」

秦雪聞言冷笑道：「小人？哼哼，你太看不起他了。這王八蛋不是小人，他是國賊！十日之前，南疆王藉口我國悔婚，發動叛亂，秦州被圍，我讓他出兵，咱們裏應外合，必然打得賀蘭英屁滾尿流，他當時答應得好好的！但第二天卻跟我說雲蕪公主逃到了他夢州，他必須保證公主的安危，城外敵軍重重，他不能輕易冒險！」

秦長風沒有接腔，因爲他知道這位並不算年輕的儒將一旦滿口髒話，那就表示他的發洩會如滔滔江水，連綿不絕。

「冒險！冒他娘的險！狗屁，狗屁！」秦雪果然髒話不斷，「夢州城中兵馬十萬，城外賀蘭耶樹只放了一萬人在那看場子，他就怕了，說是夢州已被重重包圍，甘心窩在城裏當縮頭烏龜！你說說，這王八蛋不是國賊是什麼？國之將亡，必有妖孽！」

「嗯哼！」秦長風忙大聲乾咳了一下，將秦雪的聲音給壓了下去。不管如何，「國之將亡」這四個字卻是不能亂說的。

秦雪似乎也是意識到了自己的話有問題，許多未完的話便變成了幾聲冷哼。一時之間，兩人卻都沒有說話，眼裏只有遠方如潮水一般湧來的敵軍。

過了片刻。

秦雪陡然重重一拍欄桿：「不行！我們不能坐以待斃！如果秦州被攻下，那通往中原的大門便徹底被打開。我得再派人去夢州！長風，這次由你親自去！」

秦長風苦笑道：「大人，小人並不怕死，但卻想死在戰場上，而不是自己人的酒桌上。胡總督或者是太保守了些，但雲蒹公主是陛下最鍾愛之女，以他的性格，謹慎一些是再正常不過。最要緊的卻是……」說到這裏，他壓低了聲音，「此次護送公主來的，除了有失蹤的談容將軍外，還有太師的獨子范成大。你想想，這兩個人在他城裏，他有膽子分兵出城嗎？我去那

裏，他不用毒酒悄悄把我幹掉才是怪事！」

秦雪聞言愣了愣，一時竟沒有了話。

過了好半晌，他才嘆了口氣，拍拍秦長風的肩膀道：「長風，跟著我這幾年，你也長大了。看問題比我還透徹了，很好，很好！可惜，可惜……」

秦長風知道大人說很好，是欣慰自己成才了，說可惜，卻是說自己來不及在邊關大顯身手，今夜卻要葬身在這場國家內亂之中。他心中沒來由地也起了一種英雄末路的悲壯，但表面卻是灑然一笑：

「大丈夫自當精忠報國，馬革裹屍不過尋常之事，又有什麼可惜的？再說仗還沒有打，勝負就還未知！當日魔人百萬大軍犯我龍州邊關，司徒總督殉國，形勢艱危，人人都以爲龍州將下，最後又怎樣？談容將軍以卑微之身，還不是帶領龍州軍擊敗三倍於己的敵人嗎？」

這不過是自我安慰的話罷了！秦長風聞言，苦笑著搖了搖頭。談容能以一己之力於百萬軍中取敵人首級，能熟睡一腳踢死黃天鷹，能赤手空拳招來風雨，能一箭射碎怒雪城的城門，能一把火燒掉十萬敵軍，最後還硬是讓天姥城主動打開城門，這樣神話一樣的作爲，是你能做到，還是我能做到呢？但即便是強如談容者，此時不也是音訊全無了嗎？

只是這樣的話，他卻是不能說出來的。

他拍拍秦長風的肩膀，然後走到士卒中間，衝著城牆上所有的人大聲道：

「諸位將士，今日一戰，乃是我等報效國家之時。生死由命，成敗在我！大丈夫生死都要轟轟烈烈，今日就讓這幫叛賊看看我大夏男兒人人都是真英雄！殺！」

他最後一個字吼出來的時候，隨身佩劍「鏗」的一聲拔了出來，指向城下。

這個時候，城下的南疆軍也已如潮水一般湧了上來。

「殺啊！」所有的大夏軍士兵熱血沸騰，悍不畏死地和南疆軍廝殺到了一起。對於已經堅守秦州十日之久的他們來說，這已經是最後一戰了。這一戰之後，秦州或者就不再是國土，英雄的身軀或者也會湮沒於塵土，但此刻，卻必須要流盡最後一滴血，守衛這片國土。

冥冥之中，這樣的誠意能否感動上天，降下那回天之力？

同一時間，城樓之下，南疆軍陣營中，一身雪白長衫的賀蘭英，英俊的臉蛋上寫著「意氣風發」這四個字，現在，他正頗爲感慨地對一邊的凌步虛道：

「師父，父王以前老瞧不起我，說我不是領軍之材，現在怎樣？他去攻夢州十日沒有效果，而我攻秦州，堂堂大夏四大名將之一的秦雪還不是被我打敗了！」言下很有一點「想不到老子也有今日成就」這樣的感慨。

凌步虛這會兒看著賀蘭英的白色儒生裝就很有氣，心說：這戰場之上，你個臭小子不穿盔甲，被敵人流箭掛掉，我看你找誰哭去。你是風流瀟灑了，這保護你的麻煩還不是落到我這倒楣師父頭上？聽到賀蘭英的話，凌步虛很想說，你老子攻夢州就帶了那點人馬哪裡是在真攻，只是在幫你牽制，好讓你獲取大功立威好不好，再說了，且不說你的人馬是秦雪的六倍之多，要不是有你師父我在這坐鎮，就算再給你三十萬人馬，你也攻不下秦州來。

當然，這樣打擊自己少主的話，凌步虛是懶得說的，聽到賀蘭英的話，他微笑點頭道：

「王爺的眼光自然不會錯，不過，世子，你最近的進步那是有目共睹的，爲師很是欣慰！但是世子，大戰尙未結束，你現在就說打敗了秦雪，會不會言之過早？」

賀蘭英聞言，幾乎沒有將肚子笑破：

「哈哈哈，師父，你這次怎麼這樣謹慎了？比我那號稱『謹慎小王子』的二弟還要謹慎！眼前這樣的場面，難道你認爲還有誰能夠力挽狂瀾？是秦雪，是永仁那老兒，或者還是那個不知在哪座深山老林裏餵野豬的大英雄談容嗎？」

談容！聽到這兩個字，凌步虛的眼裏閃過一絲奪目的光亮：

「世子，你千萬不要低估談容這個人。葫蘆谷中那一把火，可是燒掉了我們十萬人馬！」

「哼！那不過是父王太不小心，才會著了他的道！」賀蘭英眼中閃過一絲不屑，「就說眼前這樣的情形，有師父你坐鎮，我們三十萬大軍攻城，就算他能及時出現，又當真有什麼回天之力不成？」

被徒弟暗自一捧，凌步虛卻沒有飄飄然，而是搖頭道：「談容此人，每有鬼神難測之機，咱們還是小心些的好！」

「師父，你這句長他人志氣滅自己威風的話，我可不愛聽了！」賀蘭英頓時非常的不爽，「鬼神難測之機？他談容再厲害也不過是一個人，難道他還能憑一人之力，將我這三十萬大軍都給滅了不成？」

凌步虛搖搖頭，正想再說什麼，耳朵陡然豎了起來，指著遠方，手指顫了幾顫，驚聲叫道：

「那……那是什麼？」

「什麼什麼？師父，你老人家年紀也不小了，怎麼就一點也學不會鎮定，一天到晚大驚小怪做什麼？」賀蘭英邊說邊搖頭，順著凌步虛的手指看去，卻發現在天地相接的地平線上，出現了一條白線在朝這邊迅疾地移動。他正想不知該對這一奇特的現象提出什麼假設，耳朵裏卻傳來了轟隆隆的，如雷鳴般的巨響。

那白線越來越粗，雷聲越來越響。正在攻城的南疆軍士和守城的大夏士兵，也都在一瞬間被這恐怖的聲響所震動，一時竟忘記了攻守，各自抬頭朝著聲音來處望去。

白線持續向前推進，聲音更加的驚天動地。那聲音仿似是萬馬奔騰，卻又似山崩海嘯，震耳欲聾，整個秦州的城牆似乎都爲之害怕地顫抖起來。所有的人睜大了眼睛，都不知道究竟發生了什麼事。

過了片刻，城牆之上，終於有人發出了一聲歡呼：

「哈哈！天啊！蒼天有眼！」

這一聲歡呼是如此的狂野，所有的大夏士兵都聽出了是自己的總督大人，而每當有這樣的歡呼聲的時候，那就表示自己的軍隊要取得勝利了，眼前這樣的情形，自己的軍隊即將要獲勝嗎？

這個時候，凌步虛卻也已經看清了那白線是什麼東西，不由失聲驚呼道：

「快，快，快撤退！全軍撤退！快快快……」

但沒有人動。凌步虛雖然身爲南疆王世子的老師，但他並不是這支三十萬大軍的主帥，能作主的人是賀蘭英。而凌步虛殺豬似的慘叫的時候，賀蘭英還沒有看清楚那白線是怎麼回事，是以並沒有立即下達撤退的命令，因此所有的南疆士兵都依舊是一片茫然。

凌步虛很快發現了這個現象，忙一把抓住賀蘭英胸口的衣服，一把將他提了起來，大聲道：「快下令全軍撤退！快快！再耽擱就來不及了！」

賀蘭英被人像抓小雞似地抓了起來已經很不爽了，這會兒感覺到凌步虛的唾沫星子都噴到自己臉上了，簡直就是怒氣勃發：

「大膽凌步虛，你是要造反是不是？膽敢如此對待本世子！」

凌步虛眼見火燒眉毛了，這毛頭小子還跟自己耍大牌亂扣大帽子，不由氣急敗壞：

「你個混賬！趕快下令全軍撤退！」

賀蘭英見此也是火大了，怒道：

「你這大逆不道的老雜毛，快放了本世子！你算什麼東西，你叫老子撤退老子就撤退，那老子不是很沒有面子？」

凌步虛氣得幾乎要哭了，心想：老子怎麼會遇到你這個小祖宗，平時看起來小大人似的，一到緊急關頭就變成這個鳥樣。

眼見這小子不會屈服，他一發狠，當即一把將賀蘭英放下，伸手從隨身布袋裏掏出一張符紙，朝著賀蘭英胸前就是一貼，隨即低聲喝道：「全軍撤退！」賀蘭英便如傀儡一般，身不由己地大聲喝道：「全軍撤退！」

原來凌步虛這一張符紙正是叫做傀儡符，中了符的人便如一個沒有自由的傀儡，會跟著施符者說一模一樣的話，做一模一樣的舉動。

南疆軍聽到賀蘭英的命令，當即傳令全軍撤退。但卻已經遲了！

就在賀蘭英和凌步虛這兩塊玻璃你抓我衣襟，我抓你衣領，抱在一起卿卿我我的時候，那白線卻已推到了城下，眾人看得分明，只見月光下，滔天的洪水滾滾而來，而在洪水的最前端浪頭上卻站著一個手持一把大弓威風凜凜的少年人。

「談容！」

「是談容！」

南疆軍士兵明白那白線是鋪天蓋地的洪水時，已是臉色慘白，待發現前些日子一把火燒了南疆十萬大軍的談容赫然立在浪頭的時候，都是一起失聲大叫起來。

原來以談寶兒的法力，目前畫皮之術只能堅持兩個時辰的樣子，這會兒時間已過，臉容已經恢復了談容的樣子。

南疆軍驚惶失措下，全以爲這莫名其妙出現的滔天大水必然是談容引來對付自己的，也不待賀蘭英的命令下來，早已是四面八方地落荒而逃了。

大水尙未到跟前，三十萬大軍已是亂成一鍋粥，人人爭先逃命，各隊人馬互相衝撞，互相踐踏，一時之間死傷不計其數。等眾人終於搞明白應該朝著大水流來的方向逃命的時候，大水卻已經到了城下。

一時間，只聽得哭爹喊娘之聲響徹雲霄，大水一到，人馬頓時立足不穩，被水流沖得四處亂漂，一時哀鳴陣陣，呼救不絕。三十萬大軍，便如三十萬隻螞蟻，被這一江春水如摧枯拉朽一般沖了個七零八落，死傷遍地。

凌步虛自然也看見了立在潮頭的談寶兒，直覺這場大水多半和他有關，心中恨不得立時上前將他殺死。但理智告訴他衝動不得，且不說自己未必就能將這和師兄戰成平手的傢伙幹掉，就算幹掉了，現在這大水都已經淹了馬腿高了，賀蘭英這混賬小子到時候只怕也被大水給淹死了，那自己的前途可就算是全毀了。

有鑒於此，凌步虛暗自一咬牙，將早已嚇得近乎一個白癡的賀蘭英一把提起，挾在肋下，在腳上貼上兩張分水符，身形一展，便朝著遠方逃命去也！

但他身形剛剛一動，便聽得背後風聲尖銳，同時傳來談寶兒的大叫聲：

「大膽凌步虛，快將你談爺爺要的人留下來！」

凌步虛回頭一看，頓時嚇了個魂飛魄散，原來一支雕翎箭夾帶著一團勁風已經到了他身後三尺，朝著自己背上疾射而來。雖然箭還沒有臨體，但凌步虛卻知道那強大的勁風絕對可以將自己射個穿心，並且連屍體帶出百步之外。

無量天尊！爲什麼這談容的箭會強到這種境界！凌步虛自然不知道談寶兒的弓乃是上古神弓落日，只以爲這是因爲他本身的超凡實力所致，一時恨得牙癢癢。其實若真的一對一的決鬥，十個談寶兒也未必是凌步虛的對手。

箭風襲體，留給凌步虛的卻只有兩個選擇，一是使出全身的法力，硬接下這一箭便成，二是放棄賀蘭英這個蠢材，自己逃命。

作爲一個有見識的人，凌步虛自然不可能選第一個這條讓自己兩人都掛掉的絕路，所以在千分之一秒內，他將賀蘭英這個包袱朝身後一拋，同時自己一彎腰，叫道：

「世子，你先留下掩護我，回頭我來救你！」

凌步虛躲得不算慢，談寶兒這一箭正好擦著他的肩膀過去，凌步虛不敢停留，分波踏水亡命而去，可憐世子從空中掉下來，仍茫然不知所措。

「哎呀！怎麼搞成這樣？」談寶兒使出最快的速度，趕到賀蘭英身邊，一探爪，伸手將他抓在了懷裏，待看清楚這人樣貌，卻不由愕然道：「小英子，怎麼是你？」

「怎麼不是我？」賀蘭英這會已經被徹底嚇傻了，只懂得呆呆地回應。

「媽的！這什麼世道嘛！是個人都穿白衣，難道風雅是這麼好學的嗎？」談寶兒鬱悶地搖搖頭。

原來剛才談寶兒一掌轟斷馳江大壩之後，便踏著江水尋找楚遠蘭，路上見到白衣人便撿起來，隨後朝岸上扔。一路行來，這失去控制的滔天大水卻終於突破了馳江範圍，向兩側迅速蔓延，終於沖到了秦州城下。

此時談寶兒幾乎已經將江中所有的白衣人救起，見到兩軍大戰，本來正打算腳底抹油溜之大吉的，正好看見凌步虛挾著白衣的賀蘭英要逃跑，頓時以為是凌步虛將楚遠蘭帶走了，哪裡會客氣，當即放箭便射，不料射到手的不是美女，而是賀蘭英這坨牛糞。

鬱悶之下，談寶兒單手一用力，將賀蘭英凌空拋起，朝著秦州城頭扔了過去。城頭大夏士兵這會才如夢初醒，人人歡呼不絕，在秦雪的指揮下，將賀蘭英結結實實地捆綁了起來。

第十章　一江春水屍橫流

大水越來越大，談寶兒站在浪尖，極目望去，四處都漂浮著南疆軍的屍體，卻再也看不到一個穿白衣的人，暗道：莫非楚遠蘭已經被這場大水給淹死了嗎？一念至此，心頭沒來由地一陣大痛，幾行眼淚悄然灑落。

正自悲戚，忽聽身後有人叫道：

「容哥哥，你跑得好快，我都快追你不上了！」

那聲音清雅悅耳，說不出的動聽。談寶兒大喜，忙一轉頭回去，卻見身後一名白衣少女踏著一樹枝凌空懸浮，翩然若仙，巧笑嫣然，卻不是楚遠蘭又是誰來？

「蘭妹！你沒有死啊！」談寶兒喜出望外，飛身過去，一把將楚遠蘭緊緊抱住。

楚遠蘭見他眼角淚痕未乾，眼中喜悅真摯，不由一陣甜蜜，嫣然笑道：

「你就那麼希望我死嗎？」

談寶兒忙道：「怎麼會？我可是巴不得你永遠別死，永遠都陪著我呢！我剛以爲你被大水沖走了，便追著潮頭去找你……蘭妹你哭個什麼？」

「我知道！對不起，容哥哥，我和你開玩笑呢！」楚遠蘭的聲音忽然有些哽咽，「這一路行來，我覺得我們似乎疏遠了好多，以爲你已經不喜歡蘭妹了！所以剛才大水淹來，我悄悄躲了起來，然後就一直跟在你身後，看你會不會爲我著急……」

楚遠蘭說到這裏，卻再也說不下去了。

談寶兒聽得心頭暗罵：「臭娘們兒，你明明在老子後面，卻不肯現身，害得老子白擔心這麼久！簡直是……可惡！」他本來還想在心裏罵些狠話，但想起懷裏的軟玉溫香，到後來卻竟然不忍，只是用了可惡這個詞。

再細細一想，談寶兒卻是暗自嘆了口氣。楚遠蘭自幼和談容青梅竹馬，又自小定親，本來指望著談容這次凱旋歸來就成親，但所等到的人卻早已不是自己要等的人了。隱隱之中，他覺得這個美女很有些可憐。一念至此，他抱著楚遠蘭背的手便不由緊了幾分。

兩人正自纏綿，陡然聽見城頭有人大聲叫道：

「城下手持神弓之人，莫非就是我大夏第一少年英雄談容談將軍嗎？可否上來說話？」

大夏第一少年英雄！這八個字說得談寶兒一陣飄飄然，雖然明知道人家說的不是自己，但這賤人依舊覺得全身每個毛孔都是一陣舒暢，忙回頭拱手道：

「在下正是談容，這就上來！」

說完，雙足在浪尖上一點，凌空飛起十餘丈，然後在城牆上一點一借力，再次騰身飛起，穩穩落到城牆之上。

這幾下動作飄逸，速度迅捷，猶如鷹飛兔走，說不出的乾淨俐落，城上士兵見了，頓時又是一陣歡呼如雷。

楚遠蘭隨即也是駕馭著那段樹枝，飛身上了城牆。她本來美到極處，動作又優雅，立時引來更強烈的掌聲，聲勢之大竟還隱隱在談寶兒之上。

兩人連袂降落，一個俊美威風，一個清麗脫俗，英雄美人相得益彰，配合著城下滔滔江水，另有一種說不出的風情。

城頭士兵見此，都是如見仙人，不由自主齊齊跪了下去。

談寶兒正自不解，四十多歲看起來斯文儒雅的秦雪拱手行禮道：

「末將秦州總督秦雪，率領秦州軍將士拜見欽差大臣！」

「哦！這個……大家都起來吧！」談寶兒這才想起自己好像是送公主來南疆出家的欽差大臣，忙問秦雪道：「秦大人是吧，我在天姥的事情想來你已知道了，不知你們是否有了公主的消息？」

眾人站起。

秦雪笑道：「談將軍不用擔心，公主殿下和貴屬一眾人等現在都在距此百里外的夢州城中，人人安好。大家都在盼著你和楚姑娘的消息，沒有想到你們這一回來，就帶來這場大勝利，整整三十萬敵軍就被這場大水給沖得一乾二淨了……對了，談將軍，最近天氣炎熱並沒有下雨，忽然來這麼一場大洪水，莫非是你弄來的嗎？」

這個問題簡直是太關鍵了，所有人的眼神都集中在了談寶兒臉上。

這麼多人望著自己，談寶兒自不好將功勞攬到自己身上，正想說這場大水都是偷天公會那九大妖人的傑作，便看見楚遠蘭滿臉崇拜地看著自己叫了起來：

「哎呀！我明白了！容哥哥你真厲害！之前我還誤會你呢！」

「怎麼誤會我了？」談寶兒愕然。

楚遠蘭興奮道：

「我們出伽蘭山脈的時候，看見南疆十萬援軍來秦州，你不來救這裏，反而跟著偷天公會的人向著馳江上游行去，還說你自有安排。我現在算是明白了！你當時一定已經知道了偷天公會的人在那開偷天大會，因此就想出了這個一石二鳥之計！對不對？」

一食二鳥？一份食物兩隻鳥爭著吃嗎？談寶兒搞不懂什麼叫一食二鳥，只能點頭：

「嗯嗯，一食二鳥，大致是不差了，你說說怎麼個一食二鳥法？」

秦州眾人更是不知道什麼偷天公會的集會了，聞言都是吃了一驚，一起望向了楚遠蘭。

楚遠蘭因爲興奮，臉蛋紅撲撲的：

「容哥哥，你看到南疆援軍到達，就說秦州這邊一定打得很凶，又從周叢的玉牌早就發現偷天公會這幫妖人在馳江大壩集會，所以你就趕了過去，然後一拳轟斷馳江大壩，非但水淹三十萬敵軍，解了秦州之圍，而且還將偷天公會一幫妖人全部淹死！這可不是一石二鳥、一箭雙雕、一舉兩得嗎？」

「啊！」所有秦州軍人士都驚呆了，一個個望著談寶兒瞠目結舌，隨即又再次跪了下來，看談寶兒的眼神如見天神。

秦雪有些結巴道：「談……談將軍，你……你真的一拳轟斷了馳江大壩？還淹死了偷天公會的精英？」

談寶兒自不知馳江大壩早被螞蟻搞得一團糟，自然也不明白什麼叫「千里之堤，潰於蟻穴」，想起馳江大壩果然最後是被自己打斷的，而偷天公會諸人卻是已被淹死得七零八落的，便老實地點了點頭，認真道：

「是的。我剛扮作偷天公會的人去參加了偷天大會，轟斷馳江大壩我只出了一拳，而偷天公會的人也被淹死得差不多了。」

聽他親口承認，城上除了楚遠蘭外，所有的人都徹底地傻了。馳江大壩距離秦州不算遠，這些人大多自然是見過的，那麼雄偉壯觀的一座大壩，竟然被談容一拳就給轟斷了！一時間，人人看談寶兒的眼神裏都已滿是敬仰！

秦雪愣了一下，隨即咚咚咚朝著談寶兒連磕了三個響頭。身後軍士見了，卻都是如夢初醒，紛紛磕頭如搗蒜。

談寶兒看到這種場面，以爲這些人是不是有求於自己，忙道：

「諸位不要如此，有什麼事起來說嘛！大家好兄弟，有事好商量嘛！但凡小弟力所能及的，赴湯蹈火，在所不辭！」

秦雪終於停止了磕頭，起身時候，已是淚流滿面：

「不用了，談將軍！你爲秦州做的已經實在是太多了！秦某一生沒有服人，但這次見到將軍您，不得不寫一個服字！」

這算怎麼個說法？談寶兒愕然。

秦雪朝著談寶兒長鞠一躬，振振有詞道：

「秦某剛才磕頭三下。第一下，是代表秦州五十萬百姓謝你解了秦州之圍。第二下卻是

代表朝廷，謝你滅了三十萬敵軍，擒了南疆王世子，一舉將這場戰爭給暫時平息了下來。這第三嘛，才是秦某自己的意思，因為我佩服你！秦某服將軍您，並不是因為你神功蓋世，能於百萬軍中斬下敵帥首級，能熟睡一腳踢死黃天鷹，能赤手空拳招來風雨，能一箭射碎怒雪城的門，能一把火燒掉十萬敵軍，還能一拳擊潰千里長堤！秦某服你，是因為你智勇雙全，神機妙算！」

談寶兒被這傢伙的長篇大論聽得一愣一愣的，心說：除了百萬軍中斬敵人主帥這件事是老大做的外，好像其他的都是不才的小弟我幹的耶，不知不覺間，我竟然做了這麼多威風凜凜的大事，要是讓老胡小三他們知道了，還不知會羨慕成什麼樣子呢！

他正暗自得意，秦雪卻又已續道：

「秦州被困，你一出山就知道了。你若此時隻身前來救我們，我只當你是條熱血漢子，但你卻沒有選擇這條路，而是去馳江上游，砸開馳江大壩，水淹三十萬敵軍，同時還消滅了江湖中聲名狼藉的黑道組織偷天公會，用心之良苦，計謀之新奇，手段之巧妙，功力之強悍，實是讓秦某不佩服都不行啊！」

談寶兒這次是直接傻眼了，心說：老秦你真是太客氣了，老子去馳江上游純粹是為了避開大軍交戰，一門心思地要逃命，什麼用心良苦全是扯蛋，至於一拳砸斷大壩淹死偷天公會和三十萬南疆軍的事情，實在是純屬巧合。

他臉皮雖厚，但面對如此匪夷所思的場面，臉頰還是不由有些發燙，忙笑道：

「秦將軍過譽了，小弟能做成這件事，實在是有些巧合！」

秦雪只道他謙虛，立時對他崇拜又加深了：

「談將軍居功不傲，實在是國家棟樑！秦某佩服佩服！」

旁邊諸人自然也是和秦雪一般心思，一時間對這位「居功不傲」的傳奇大英雄敬仰更深，看談寶兒的眼神裏的崇拜，簡直就如城下的江水一般連綿不絕。看那架勢，要不是因爲他身邊還有一個仙子一般的楚遠蘭，大傢伙肯定一擁而上，以熱情的狼吻來表達自己內心的波濤洶湧的激動了。

本來嘛，用馳江大壩的水來淹沒敵軍這個點子本身已經是異想天開，更難得的是竟然能夠付諸實施，而且竟然一下子就成功了，並且還順便幫江湖上除了一個大害，這樣的非常人舉動，只有非常人才能做得出來，別人想一想都會被笑白癡的。

談寶兒被這些人一頓胡天黑地地亂吹捧，頓時便也飄飄然起來，自己也覺得自己果然是神機妙算，爲了國家興衰而用心良苦，總之，是眾人所有的讚美之詞加到自己身上都完全不爲過，便欣然接受了眾人的吹捧。

眾人見他如此神態，都是不以爲怪，只覺得這位少年英雄果然也是性情中人，喜怒形於色，果然是赤裸裸的英雄本色，對他反而更加尊敬。

馳江所蓄積的水固然不少，只是大壩被轟開之後，江水便脫離了江道，沒有軌跡地四處亂流，流到秦州的雖然是主流，但卻也遠遠達不到洪水氾濫的地步，不過過了小半個時辰的樣子，江水便漸漸平息下來，變得像清淺的小溪。

秦雪乃是當世名將，自然不會放過這樣的機會，當即向談寶兒道：

「談將軍，如今我軍不費吹灰之力就已大獲全勝，以屬下之意，不如盡遣我城中主力，以迅雷不及掩耳之勢去夢州城下，咱們裏外夾擊，定能將賀蘭耶樹這漏網之魚一舉擒殺！不知你意下如何？」

又打仗？談寶兒幾乎沒有當場破口大罵，心說：老子勞累了一天，熱飯都還沒有吃一口，大半夜的卻放著美容覺不睡，陪你們去抓什麼漏網的蝦子泥鰍什麼的，你腦子有毛病啊！不過，作爲一個大英雄，這樣上不了檯面的話是說不出口的。冥思苦想半晌，談寶兒終於找到一個藉口：

「秦將軍，我看這個不妥。夢州雖然在馳江上游，但這場大水如此大的聲勢，江水奔流，賀蘭耶樹定然已經發覺。這老狐狸狡猾的很，發現異常肯定已經溜之大吉，咱們去了也不過是撲一場空而已！」

秦雪聽得心悅誠服，眼裏全是崇拜道：「談將軍果然是思慮周詳，算無遺策，我所不及，末將佩服！」

談寶兒心頭奇怪：「遺策？老胡說死了的人才能用這個『遺』字，什麼遺言、遺物啊遺產什麼的，你說老子沒有遺策，是詛咒老子到死都想不出計策嗎？」但「我所不及」和「佩服」這兩個詞他還是聽得懂的，當即謙虛道：「哪裡哪裡，碰巧想到而已！」

秦雪又真誠地表達了一番自己的佩服之情，隨即道：「談將軍，城外敵軍死傷無數，末將這就要帶人去打掃戰場，不知將軍是否願意同往？」

在大夏，讓一個戰勝的將領去打掃戰場，這對所有的領兵將軍來說都是一種榮耀，因爲看著自己一手打下來的勝利，對所有的領兵將領來說都是一種最好的誇獎。

談寶兒自然聽老胡說過這個傳統，雖然肚子餓得咕咕叫，心中鬱悶到了極處，卻還是不敢忤逆傳統，只能微笑著答應了下來：「這是談容的榮幸，自然是要去的！」

秦州軍眾人聽他願意跟著去，更加地歡聲如雷，人人喜悅之情溢於言表，因爲這樣就可以和大英雄更加零距離接觸了。

談寶兒見此卻暗自嘆了口氣，心說：作爲偶像原來這麼不容易啊！

大水過後，城外都是南疆軍的屍體。雖然因為被浸泡的時間並不算長，膚色如常，但肚子裏卻都是灌滿了水，個個像充滿氣的皮球一樣，堆得秦州城外四周皆是。談寶兒雖然在上次怒雪城外已經經歷過真正的戰爭，見此慘烈場面，卻依舊忍不住想嘔，只是眼見身邊的楚遠蘭一副淡然若定的樣子，覺得自己不能表現得太窩囊，這才強自忍住。

忍了一陣，談寶兒終於是堅持不住，對秦雪眾人道：

「你們在這邊打掃，我去別的地方看看！」

秦雪諸人不疑有他，自然是點頭答應。

別了大部隊，談寶兒一個人奪路而逃，他很想找一個無人的地方嘔吐一頓，但一路行去，滿地都是屍體，在月色下甚是可怖，搞得他頻頻作嘔。

展開凌波之術一直向前，也不知奔了多久，水漬終於漸漸少了，入眼滿地月光似雪，空氣裏也沒有了水藻的難聞氣味。看來這場大水蔓延的範圍並不算十分的廣，賀蘭英的三十萬大軍卻偏偏被主流沖到，可說是運氣太背，而我們的談大英雄卻是洪福齊天。

到了這裏，談寶兒的心情終於好了起來，胸口的噁心感才稍微平復。入眼美景，心情舒暢之後，緊接著，談寶兒便再次感到自己已經餓得前胸貼後背了。他當即決定要找點吃的，眼前卻是一片荒山野林，並無人煙。

正在鬱悶，空氣裏卻飄來一陣致命的烤肉香氣。談寶兒使勁吸了吸這香氣，頓時覺得上天待自己還不薄，當即義無反顧地朝著香氣飄來的方向飛掠過去，至於烤肉的主人是否願意將自己的食物分一點給他，卻不在某人考慮範圍之內了。

向前走了一陣，隱隱看見前方有一片火光湧動，仔細一看，卻是有著十來堆篝火，篝火的旁邊隱然躺著百來號人，身邊十來輛推車，車上有一條條裝得鼓鼓的麻布大口袋。

談寶兒看出這些人多半是外出做生意的，頓時一喜，當即走上前。但越向前，他卻發現一件古怪的事。這百多人或坐或臥，聚集在一起，四周卻是安靜得出奇，唯一能聽見的竟然只有篝火燃燒聲。

這些傢伙在搞什麼飛機？難道都在冥想練功嗎？一念至此，他不由停下了腳步，決定先觀察一下再行動。要知道偷看到別人練功可是行走江湖的大忌，這一點老胡可是沒有少說的。

他剛將身體躲到一棵大樹下，準備看看形勢再出來，從與他來時相反的方向，卻陡然出現了幾道黑影。

那幾道黑影來勢很快，幾乎在談寶兒剛剛反應過來的時候，這幾人已經如鬼魅一般憑空出現在了談寶兒身前。談寶兒嚇了一大跳，忙將身體縮了縮，躲到大樹背後。

身後沉靜了片刻，隨即響起一個中年男人的聲音：

「怎樣？都昏了嗎？」

一個少女的聲音道：

「一切都還好。他們都中了麻血散，現在都已經進入昏睡狀態！最快要到明天早上才會醒來。」

談寶兒吃了一驚，麻血散這種藥物他卻是聽老胡說過的。這種藥乃是神州黑道第一幫昊天盟的獨門迷藥，凡是吃了這種藥的人，四個時辰內都會昏迷不醒。這幾個人難道是昊天盟的人嗎？想起昊天盟，談寶兒頓時想起上次在天牢見到的那個風情萬種的月娘，心說也不知道她現在怎樣了。

卻聽那中年男人讚許道：

「不錯啊，小菊！這次你第一次單獨行動，竟然就立了大功，不錯不錯！此地距離秦夢兩州都是不遠，我聽說談容就在這附近，咱們辦完事早些走！」

那少女撇嘴道：「嘖嘖，二叔，難道連你也怕那個談容嗎？我聽說他在天姥城下被人救走了，之後就失蹤了，我看他多半是傷重死了。要不我還真想和他比劃比劃呢！」

中年男人沉聲喝道：

「小菊！你千萬不要亂來！談容是什麼人？百萬軍中都能取敵帥首級的人物！豈是你可以比劃的？雖然我們昊天盟並不怕朝廷的人，但談容這個人，能不招惹你們還是不要招惹！聽到了嗎？」最後一句話卻是對所有屬下說的。

「知道了！」那少女不甘的聲音和另外四個中年人的聲音同時響起。

中年男人又道：「時候不早了，咱們趕快辦完事早點下船去吧！」跟著便是一陣窸窸窣窣的聲音，好像眾人在翻箱倒櫃地找什麼東西。

談寶兒將頭稍微探出一點，借著月光瞥去，頓時看見場中共有六人，其中一名看來是首領的中年人沒有動，其餘五人則正分工俐落地在那些被他們麻昏的一名老者身上亂翻。

找了一陣，所有的人卻都一無所獲，五人的眼光都落在了他們首領身上。

其中那名年輕的少女道：「二叔，那東西似乎不在他身上！」

首領搖搖頭：「沒有道理的！情報明明說東西被他隨身攜帶，難道……哎喲！」卻是他說話的時候，那本已該被麻昏的老者忽然從地上翻身起來，一掌正中他胸膛，猝不及防下，整個人被打得倒飛出去。

「二叔！」「好賊子！」那少女和其餘四人大驚，分別向著首領和那老者撲了過去。老者哈哈大笑，展開掌法和四人鬥到一處。

五人用的居然全是武功！一時間勁氣縱橫，煙塵飛舞。但凡被掃中的大樹，都如摧枯拉朽一般全成了碎片，地面的泥沙被五人的勁風激起，震得樹葉沙沙作響。

談寶兒雖然躲在大樹之後，眼見這些傢伙光顧自己打得開心，全然不顧地上的烤燒雞烤乳豬什麼的，不由暗自破口大罵：

「幾個渾蛋！真是飽漢不知餓漢饑！」

好在場中打了一會，便已分出了勝負。昊天盟的人四個打一個，卻全然占不到上風，反而被老者的掌風壓得幾乎喘不過氣來。

鬥了一陣，老者連出四掌，不分先後擊中四人的胸膛。

四人倒飛出去，砸到樹上落下來，再也起不來。

老者哈哈大笑道：「人人都說楚接魚是我神州武學第一人，卻沒有想到手下人竟然是如此廢物！你以為就憑你們幾個，也敢來取無縫天衣？癡人說夢！」說時他一撩袍袖，傲然立於當場，分明是一派的宗師氣度。

「程老鏢頭果然是寶刀未老，楚某佩服！」一人朗聲笑道。談寶兒循聲望去，卻見說話的人正是剛剛被一掌打飛的首領。

老傢伙這會兒已經不需要少女攙扶了，紅光滿面，像個沒事人一樣，正望著老者微笑。

老者臉上露出詫異神色，隨即嘴角露出了一絲苦笑：

「原來是楚接魚的弟弟楚問魚，難怪能硬受我一掌也無事！昊天三十六傑，果然人人都有過人之處。老夫收回剛剛說的話！不過楚二爺，你們昊天盟爲黑道魁首，號稱『盜亦有道』，平白無故千里追隨來取老夫所保的這趟鏢，斷人財路，總該有個說法吧？」

楚問魚哈哈笑道：「敢問程老鏢頭，你這趟鏢可是受南疆王所托，而送達的地方乃是方丈山禪林寺？」

「你怎麼知道？」老者臉色一變。

「哈哈，我昊天盟分舵遍布天下四十八州，這天下之事，能瞞過我們的可不多。」楚問魚得意一笑，不過隨即臉色沉了下來，「南疆王素有背叛朝廷之心，這次更是公然舉兵犯九州邊境！若真讓他將南疆從神州分裂出去，東海和西域一起效仿，到時神州內憂外患，魔族侵入大風城，禍害蒼生。程雪松，這個後果你擔當得起嗎？」

原來這程老鏢頭竟是程雪松！談寶兒頓時大吃一驚。

自古以來，每逢山賊強盜興起的時候，鏢局也就跟著興盛，而程雪松所開的天龍鏢局正是當今神州最有名的鏢局，據老胡說此人縱橫江湖五十多年，所保的鏢卻從來沒有失過手，乃是談寶兒少年時的偶像之一。

卻見程雪松愣了愣，隨即冷笑道：

「聽聞昊天盟素與朝廷爲敵，這次怎麼做起朝廷的狗腿來了？」

楚問魚笑道：「程老鏢頭說話不用這麼尖刻。不錯，我昊天盟素來和朝廷不睦，幾個月前甚至還派人進宮行刺過。但神州本是一家，不管朝廷怎樣錯，這天下蒼生總是第一位的，可不像某些人那樣只顧自己，全然不管魔族侵略！」

程雪松的臉色變了變，最後冷笑道：

「楚二爺，程某不是第一天在江湖上混，你不必口口聲聲天下蒼生，你取了天衣也不過是拿去孝敬你們盟主。老夫保鏢從來只問價錢，不問是非，你有本事就儘管放馬過來。」

「冥頑不靈！」楚問魚臉色一冷，「小菊，我們上！」說時雙手亮個架勢，已朝程雪松撲了上去。

那少女小菊雙手懷抱，懷中忽然冒出一個月白色的光球，發出一道道白光朝程雪松射去。

「天月珠！」程雪松見到白光大吃一驚，慌忙閃躲，而但凡被白光所射中的地方，無論是燒雞、推車還是睡著的人的身體，都化成了粉末。好在那白光只能一道道地發射，而且速度也不過是和一般的兩百石的弓箭相若，勉強可以躲避。

不過楚問魚的拳法卻甚是厲害，拳拳相連，形成一道道密不透風的拳牆，每一招打出卻逼得程雪松不得不賣力的應付招架，而他本人號稱「鐵甲神」，一身護體真氣早已練得出神入化，程雪松的掌力打在他身上威力卻減少了一大半，此消彼長之下，程雪松處處受制，好幾次險些被楚問魚所逼差點就被天月珠的白光所擊中。

鬥了一陣，程雪松已經完全落於下風，只剩下招架之功，毫無還手之力。

楚問魚勸道：「程老鏢頭，你成名不易，楚某也不想對你痛下殺手。只要你肯交出天衣，咱們就此罷手如何？」

程雪松冷笑道：「哼！『鐵甲神』楚問魚，『天月珠』楚小菊，一老一少都是昊天三十六傑裏的高手人物，老夫輸給你二人聯手也沒有什麼丟人的。要天衣就沒有，要命就有一條，你們儘管來拿吧！」

「那得罪了！」楚問魚搖搖頭，拳速加快，拳風頓時暴漲一倍，越發壓得程雪松喘不過氣來，而楚小菊的天月珠上射出的白光也是越來越快。

終於有一次，楚問魚的雙拳和程雪松的雙掌重重地對碰到一起。勁氣對撞中，楚問魚慘哼一聲，整個人倒飛出去，重重摔到地上。但贏得對拼的程雪松還沒有來得及得意，卻已被天月珠的白光掃中胸口。

程雪松哼了一下，想說什麼，卻吐了一口鮮血出來，身體萎頓在地，再也一動不動。

「二叔，你沒事吧？」楚小菊擔心楚問魚，回頭就要去找他，卻被楚問魚喝住：「我沒事，搜搜他身，天衣多半在他身上。」

「哦！」楚小菊點點頭，雙手一合，天月珠收回體內。

她走到程雪松身邊，伸手去解他衣服。但她手指才一碰到程雪松的衣領，後者眼睛陡然睜開，同一時間，她胸口如遭雷擊，整個人被大力一帶，不由自主地朝著談寶兒所在的方向斜飛過來。

「啊！」談寶兒不及反應，忙一伸手將她接住。然後兩人對望一眼，楚小菊發出了一聲驚呼。然後毫無徵兆地一把緊緊將談寶兒的脖子摟住，興奮叫道：

「哥哥，你怎麼在這裏？」

哥哥？談寶兒頓時愣住。

談寶兒愣了一下，隨即想起楚小菊叫楚問魚爲二叔，想來她該是楚接魚的女兒，那麼叫自己哥哥，該是和月娘一樣，把自己當做那個什麼昊天盟的少主了。

「啊！小菊，哥哥好想你啊！」想明其中關鍵，談寶兒這無恥賤人當即嘶啞著嗓音叫了一聲，同時毫不客氣地張開雙臂，將楚小菊緊緊摟住。

「小菊也想哥哥啊！」楚小菊喜極而泣，抱著談寶兒，在他臉上就是一頓狠親，幾乎沒有當場將談寶兒給融化了。

在談寶兒未現身前，她簡直就是個乖乖女，談寶兒一出現，她整個人便活躍起來。親了一陣，楚小菊才想起一個問題，詫異道：

「哥哥，你的聲音怎麼了？」

談寶兒聽到詢問，忙掩飾道：

「前一陣感冒嗓子發炎，好了之後就這個樣子了！」

「啊！對，月娘和我說過！哥哥你好可憐哦，回頭到昊天島，找白神醫給你治治吧！」

楚小菊神色很是緊張。談寶兒自是點頭不迭。

兩人這一番動作，早已將旁邊的程雪松和楚問魚給驚動了。

楚問魚看到自己侄兒忽然現身，臉上自然都是喜色。而程雪松挨了楚問魚一掌，整個人卻似沒事一樣，這會看見樹後的談寶兒，又聽見他和楚小菊的對話，不由冷笑道：

「我當是誰！原來是當日大鬧天牢，並且破了張天師火龍地蛇陣的昊天盟少盟主楚小魚啊！昊天三十六傑來了三個，昊天盟可真是看得起老朽啊！」

當日談寶兒和月娘大鬧天牢的事，談寶兒對永仁說的時候，並沒有說昊天盟的人將自己

當做少盟主，所以永仁便以為當晚來的真的昊天盟少盟主，事後禁軍傳出江湖的消息，也就沒有談容什麼事，而將大破張若虛火龍符和地蛇符的壯舉都推到了楚小魚身上。

原來昊天盟少盟主叫楚小魚啊！老楚家取名字，可真是沒有水準。小魚小魚，可不是被大魚吃了，或被人煮來下酒嗎？談寶兒心裏胡思亂想，臉上卻朝著程雪松擠出一個和善的笑容：

「啊哈，小弟正是楚小魚，程前輩好啊！這大半夜的，我以為只有我才睡不著，沒有想到大家都睡不著，哈哈，這可真是巧啊！」

程雪松聞言怒道：「明明是你們在這埋伏程某，又說什麼巧不巧了？」說時竟不打招呼，「轟！」地一拳就朝著談寶兒打了過來。

一邊的楚問魚忙叫道：

「小魚小心了，這老傢伙身上穿著無縫天衣，水火難侵，法術難傷，唯有武功可敵！你用天河長流掌打他！」

剛才程雪松被楚小菊的天月珠光擊中，竟然沒有一點事，是以楚問魚判斷出程雪松竟是將押運的無縫天衣穿在了身上，忙提醒侄兒。

「瞭解！」談寶兒一邊答應，一邊腳下展開凌波術，抱著楚小菊避了開去，心中卻鬱悶地想，老子何時又會什麼天河長流還是短流的鳥掌法了。

程雪松這套拳法名叫無雙連拳，一旦展開，拳勢便如滔滔江水，連綿不絕，每一拳打出都是承接上一拳，同時引領著下一拳，起承轉合之間並無一點破綻。而最要命的是，他每一拳打出之後，拳風並不是立時消失，而是被後來的拳風擊打迴旋，他越向後打，拳風便遍布全場，將敵人重重包圍。

對上這樣的拳法，閃避本來就是自尋死路，最後一定會被重重疊疊累積起來的拳風所擊潰。就連楚問魚這樣的身手，都只有以攻對攻，才沒有落下風。但很快，場中所有的人都驚奇地發現，這套拳法竟然完全對談寶兒沒有作用！

凌波之術本來就隱含有太極禁神大陣的大威力，每一步踏出都有鬼神莫測之機，更加上談寶兒前不久剛在況青玄的依風劍陣以及偷天公會九大長老的捕風捉影陣中歷練過，對於風向最是敏感，程雪松的拳風雖然厲害，但比起依風劍陣和捕風捉影之術卻猶如小巫見大巫，上不得檯面的。所以每次看上去程雪松都要擊中談寶兒，但最後事實證明，那只是一道快速身法帶出來的虛影而已。

眼見談寶兒懷裏抱著一個人，居然還如此優雅輕鬆地避開了自己連綿不絕的拳風，程雪松的心幾乎涼透了，心說：完蛋了，這小子這麼囂張，功力必然超凡入聖，此時雖然還一招未

發，但一招發出定然是石破天驚，一擊致命。

他哪裡知道談寶兒並非是要耍酷，而是被他拳風逼得手忙腳亂，完全忘記了將楚小菊放下來。而姿勢優雅，那是凌波術天生就有的，談寶兒每天睡夢中都在練，對其精義的瞭解可說是已深入骨髓，這會兒他即便狼狽得摔個狗吃屎，動作也會如行雲流水地流暢，優雅得無以復加。

至於發動反擊，那更是癡人說夢了，談寶兒會的能攻擊人的，只有一氣化千雷和落日弓，一個是徹頭徹尾的法術，對無縫天衣無效，另外一個則是要雙手用力，抱著楚小菊的他，很明顯沒有這樣的能力。

兩個人就這麼耗著。談寶兒的凌波術是越踏越流暢，姿勢優雅得快沒邊了，而程雪松爲了快點拿下他，則是拳拳用盡真力，但偏偏卻連談寶兒的衣襟都沾不到，心裏是越發地冰涼，心說老夫一世英名今日就要掛在這小兒手裏了。

但談寶兒一味地躲閃，卻有人不幹了。

楚小菊叫道：「哥哥你今天是怎麼了啊，一段時間沒見，怎麼光閃躲不打人了。我們昊天盟可沒有這樣婦人之仁的！你雖然抱著我，可不是還有一隻手空閒著嗎？快用天河長流掌打死這老頭啊！」

談寶兒十分鬱悶，心說：你以為老子不想一掌拍死這煩人的老蒼蠅，但我也要會那麼一招半式才行啊，別說天河長流，老子連天河倒流都不會呢！

但他決定虛張聲勢，先應付一下這丫頭，於是扯著嗓子乾號一聲，大喝道：

「好啦！看我的天河長流掌！」

說時，沒有抱人的左手一掌平推而出。

請續看《爆笑英雄3天人不一》

遊戲時代 I

天機破 上下

內容簡介

天是熱的，地是旱的，

四野無風，人如蒸籠中的饅頭。

我在戈壁大沙漠裡，而我卻不知自己爲何置身於此。

我想不起我的過去，我的未來一片混沌，

現在，我只是一支商隊裡最低層的苦力。

在商隊被沙漠大盜「一陣風」多次襲擊後，

我意外成爲嚮導，並肩負著護送聖女前往東方絲綢之國的使命。

然而，我不幸遭沙漠鬼城裡的沙蛇螫傷，陷入昏迷，

醒來後卻發現自己置身在一個截然不同的世界！

這裡有高聳入雲的四稜高樓，寬闊筆直的大道，

大道上有無數飛馳而過的金屬怪獸。

更奇特的是，在這個世界我見到了一個女子，

她居然是「一陣風」……

遊戲時代 II
創世書 上下

內容簡介

傳說在人類遙遠的蒙昧時代，
曾經有過一個高度發達的遠古文明出現在大西洋上，
那就是今日沈睡在百慕達三角海底的亞特蘭提斯，
這片也被柏拉圖等古代學者稱爲大西洲的神秘大陸，
究竟有過怎樣的文明？
又爲何會突然沈沒？
它沈沒的時間爲何與各民族都有過的大洪水的傳說暗合？
這其中又有沒有其內在的聯繫？
更令人不可思議的是，
探險家在沈沒的海底，
發現了比埃及最大的胡風金字塔更爲巍峨宏偉的海底金字塔，
它與古埃及金字塔是否有著神秘的聯繫？
守護著埃及金字塔的獅身人面獸斯芬克斯，
又有著什麼不凡的來歷？
《遊戲時代》第二卷將爲您一一作答。

遊戲時代 III
毀滅者 上下

內容簡介

「一個握血而生的嬰兒，將成為蒙古人未來的英雄，
領導蒙古人跨上征服世界的馬背，將毀滅帶給所有文明！」
一個關於「毀滅者」的預言在漠北草原興起，
一個民族以令人無法相信的速度集結起來，
如狼群般從漠北草原蔓延到整個歐亞大陸，
以不可阻擋之勢攻城略地，肆意屠戮，
只因為他是上蒼派出的「毀滅者」！
主人公追隨著毀滅者的步伐，
火燒花剌子模都城玉龍赤傑、飲馬浩淼里海，
翻越天塹高加索，縱橫廣袤無垠的俄羅斯大草原……
兩萬怯薛軍的西征，縱橫馳騁數萬餘里，
擊潰了數十倍的各族軍隊，
不僅締造了世界軍事史上前所未有的奇蹟，
也揭開了這次西征的真正企圖。
《古蘭經》中有著怎樣的秘密？
中原道教名宿，長春真人丘處機不遠萬里、歷盡艱辛
去見天底下最大的可汗，又是出於怎樣的動機？
隨著主人公探索的步伐，一個個歷史謎團漸次揭開，
同時新的謎團又出現在他的面前。

遊戲時代IV
尋　佛

內容簡介

貞觀年間，大唐高僧玄奘，不遠萬里去往遙遠的天竺取經，
他究竟是要取什麼樣的經書？
一個被誤認爲是蒙古探子的東方人，
闖入了天竺佛教聖地那爛陀寺，
此時的那爛陀寺只剩斷垣殘壁，
玄奘大師當年苦苦追尋的佛門真經，卻偏偏就藏在這廢墟之中。
主人公破迷蹤密道，看透曼陀羅幻境，
終使佛陀遺書得以重見天日。
誰知婆羅門教日、月、星三宗祭司聞風而動，
風雨雷電四大修羅傾巢而出，
而主人公身邊，尚潛藏著一個帶有嗜血基因的「吸血鬼」。
妻子的誤解，同伴的背叛，
佛陀遺書的得而復失，身陷修羅場的絕望，
都沒能動搖主人公心志，
他終於奪回了佛陀遺書，拿回了失落多年的戰神之芯。
當他真正掌握《天啓書》奧秘之時，
新的時空爲他開啓，
曾經的戰神終於重新駕起傳說中的戰神之車，
突破遊戲世界的束縛，駛向廣袤無垠的星海……
在歷盡磨難之後復甦的戰神，將開始屬於他的全新傳奇。

V 遊戲時代
通天塔

內容簡介

傳說遠古時期，
人類欲建高塔直達天庭，以示與神平等之決心。
人類這種團結一心的精神令神靈也感到恐懼，
於是變亂了人類的語言，使不同族群的人們語言不再相通，
人們因誤會而內訌，高塔最終沒能建成，
這就是《聖經》上記載的巴比倫通天之塔。

在浩渺無垠的星空中，也有一座巴比倫塔，
不過它不是外形上的高塔，而是人類精神上的通天之塔。
它集中了人類多個領域的精英，創造了驚人的科技成果，
就如同巴比倫塔威脅到神靈超然地位，
它從誕生之初就注定了被毀滅的命運。

然而，誰也不能阻止人類探索的步伐！
以主人公爲代表的人類菁英，
沿著亞里斯多德、柏拉圖、牛頓、愛因斯坦等等先輩的足跡，
用實際行動向諸神發出了自己的最強音。
通天之塔，又開始在最偏遠荒涼的星域冉冉升起。

遊戲時代 VI
銀河爭霸

內容簡介

銀河聯邦作為人類社會名義上的最高權力機構，
漸漸失去了對大財團的控制能力，
在這個戰亂紛紜的動蕩時代，
一心建造人類通天之塔的主人公也無法再獨善其身。
尤其前輩們遺留下來的各種科研成果，
更是成為各方勢力覬覦的目標。
投入到這個戰亂時代，聯合支持自己的大財團，
成為了主人公唯一的選擇。
掌握了《易經》、《古蘭經》、《天啓書》等密碼的主人公，
似乎已是縱橫星海的不敗戰神，
直到他遭遇人類歷史上最偉大的軍事統帥
——曾經下落不明的毀滅者，
才真正遇到了一生中最強大的軍事對手。

最糟糕的民主也勝過最完美的獨裁，
弱小的聯邦政府並沒有像周王朝那樣覆滅，
而是在無數英雄滾燙熱血澆灌下，
重新煥發出強大的生命力，
所有貌似強大的利益集團，最終都成為了歷史的灰燼。

遊戲時代 VII
天之外
（END）

內容簡介

銀河聯邦的勝利，
昭示著人類社會新時代的到來，
當全人類重新走向團結和聯合，
巴比倫通天之塔必將以前所未有的速度直達「天庭」。
人類探索世界的步伐開始走向更爲廣袤的時空和星宇，
天堂在哪裡？地獄又在何方？
廣泛瀰漫於宇宙之中不爲人知的暗物質和暗能量，
又是怎樣一種存在？
黑洞之內又有著怎樣的奧秘？
佛家的「空」，道教的「道」，
穆斯林的「真主」，基督徒的「上帝」，
它們是否是對同一種存在的不同描述？
科學範疇的超弦理論與宗教範疇的四大皆空，
如何在作者的筆下成爲和諧的統一？
人類社會的終極文明究竟又是怎樣一種的形式……
所有這一切都是科學或宗教暫時無法回答的終極難題。

大話英雄 ②絕代風華 (原名：爆笑英雄)

作　　者：易 刀
發 行 人：陳曉林
出 版 所：風雲時代出版股份有限公司
地　　址：105台北市民生東路五段178號7樓之3
風雲書網：http://www.eastbooks.com.tw
官方部落格：http://eastbooks.pixnet.net/blog
信　　箱：h7560949@ms15.hinet.net
郵撥帳號：12043291
服務專線：(02)27560949
傳眞專線：(02)27653799
執行主編：朱墨菲
美術編輯：吳宗潔

法律顧問：永然法律事務所　李永然律師
　　　　　北辰著作權事務所　蕭雄淋律師
版權授權：蔡雷平
初版換封：2015年6月

ISBN：978-986-352-175-4

總 經 銷：成信文化事業股份有限公司
地　　址：新北市新店區中正路四維巷二弄2號4樓
電　　話：(02)2219-2080

行政院新聞局局版台業字第3595號
營利事業統一編號22759935

定 價：280元　特價：199元

國家圖書館出版品預行編目資料

英雄傳說 / 易刀著. — 初版. —
臺北市 : 風雲時代, 2015.04-
冊 ;　公分
ISBN 978-986-352-175-4(第2冊 : 平裝). —

857.7　　104004304